절대적인 행복의 시간,

3년

절대적인 3분

행복의 시간,

조영주 장편소설

MONGSIL
BOOKS

I'm Your BATMAN!!!

2006년 10월 31일, 홍콩

란콰이퐁은 전 세계에서 밀려든 사람들로 발 디딜 틈이 없었다. 사람들은 각각의 나라를 대표하는 괴물들은 물론, 배우들과 각 나라 대통령들이나 연예인들로 분장했다.

3, 40미터마다 나타나는 오드리 헵번은 <티파니에서 아침을>에 등장했을 때처럼 선글라스에 검은 원피스를 입은 채 기다란 곰방대를 들고 담배 연기를 내뿜었고, 마릴린 먼로는 <7년 만의 외출>에서 선보인 하얀 원피스 차림이었다. 가끔 일행이 있을 땐 바로 밑에서 선풍기로 치마를 들어 올렸는데, 개중에는 남자도 섞여 있어 치마 아래로 트렁크라도 보이면 사방에서 폭소가 터졌다.

영화 속 영웅도 있었다. 슈퍼맨은 셔츠를 풀어 헤치며 등장해 사람들 앞에서 변신했고, 스파이더맨은 손바닥에서 거미줄을 뿜었다. 그 중, 단연 눈에 띈 슈퍼 히어로는 배트맨이었다. 배트맨은 고담 시티의 밤하늘을 수놓은 그 모습 그대로 하늘을 날았다. 배트맨의 등장과 동시에 누군가 "Batman!"이라고 소리치자, 모든 카메라들이 배트맨을 향했다.

그런데 무언가 허전했다. 찬사처럼 쏟아지는 셔터 가운데 추락하는 배트맨은 뭔가 빠진 것 같았다.

누군가 소리쳤다.

"el alla!"

스페인어.

"aile!"

프랑스어.

"つばさ!"

일본어.

"날개!"

한국어까지.

그랬다.

하늘을 나는 배트맨에겐 날개가 없었다.

배트맨은 란콰이퐁의 좁은 골목, 건물마다 내건 수많은 시체며 호박 모형들이 다닥다닥 달린 빨랫줄을 온몸에 휘감고 추락했다. 사람 반 괴물 반, 모두들 비명을 지르며 달려들었다. 배트맨에게 무슨 일이 일어났나, 펭귄맨이나 조커의 습격을 받았나. 끊임없이 웅성거렸다.

얼굴은 하얗고 이마에서 피가 흐르는 좀비 경찰이 튀어나왔다. 좀비 경찰은 배트맨에게 다가가 러시아어로 한참 무어라 떠들다 고개를 저었고, 이 상황에서도 사람들은 좀비 경찰과 죽은 배트맨의 투샷을 찍겠다고 야단이었다. 한발 늦게 진짜 경찰이 나타났다. 제복경찰들은 란콰이퐁 축제를 통제하려 센트럴역부터 길 안내를 하던 노란 선을 들고 와서 배트맨 주변에 저지선을 쳤다. 중국어로 마구 소리를 치며 괴물들을 밀쳤다. 전 세계에서 모여든 괴물들은 제각기 자신들의 나라말로 불평을 쏟으며 경찰과 몸싸움을 벌였다. 카메라맨들은 신난다고 이 광경을 사진으로 남겼다.

경찰과 괴물들의 주먹다짐과 그사이에 쓰러진 배트맨의 검은 몸뚱이, 배트맨을 바닥 아래 지옥으로 끌고 가려는 듯 온몸을 휘감은 피 묻은 손과 발, 괴물의 머리는 세계 여러 나라의 마감 뉴스를 장식했다.

다음날, 날개가 없는 배트맨의 정체가 밝혀졌다. 경찰은 평소 심한 우울병을 앓던 관광객이 배트맨 복장을 하고 충동적으로 건물 옥상에서 뛰어내렸다고 발표했다. 하지만 배트맨의 날개가 어디로 갔는가에 대한 이야기는 나오지 않았다. 사람들은 해석했다. 배트맨은 자살하기 위해 처음부터 날개를 달지 않았다고.

9

일주일이 지나자 배트맨 소동의 관심은 사그라졌다. 보름이 지나자 지방신문의 빈칸 메우기 용도의 박스기사 신세가 되더니 한 달이 지났을 때엔 아무도 기억하지 못했다.

하지만 란콰이퐁의 할로윈은 배트맨을 잊지 않았다.

이듬해, 수많은 배트맨이 홍콩에 날아들었다. 남녀노소 가릴 것 없이 배트맨 분장을 하고 나타나 비운의 배트맨을 애도했다.

몇 마디 나누지 않아 대화가 끊겼다.

말이 통하지 않거나 할 말이 없어서가 아니라 뜻밖의 공통점이 있는 탓이었다. 세계 각국에서 온 배트맨들은 이날, 하나같이 날개 없는 배트맨을 만났다. 날개 없는 배트맨은 바닥에 엎드려 무언가를 찾다가 자신과 마찬가지로 배트맨 복장을 한 이를 발견하면 빠르게 다가와 말했다.

"내 날개 내놔."

그렇게 란콰이퐁에는 할로윈에 어울리는 하나의 전설이 늘었다. 강시와 좀비, 자살한 장국영에 이어 날개 없는 배트맨 귀신이 나타난다는, 날개 없는 배트맨이 잃어버린 날개를 찾아 란콰이퐁의 골목을 헤맨다는 전설이.

2011년 10월 25일, 한국

김 형사는 겨울잠에서 덜 깬 불곰처럼 서장실 주변을 두리
번거렸다. 인사과 정 과장이 서류철을 들고 서장실에서 나오
다가 김 형사를 발견하고 말을 걸었다.

"너… 계속 거기 있었냐?"

김 형사가 고개를 끄덕였다. 김 형사의 시선은 곧 정 과장
이 든 서류철로 향했다.

"혹시…?"

"서장 승."

정 과장은 서장실 문을 닫더니 의미심장한 표정으로 대답
했다. 김 형사는 살금살금 4층 복도를 걸어가다가 계단에 이
르러 뛰기 시작했다. 1층 특수반, 이른바 강력 백팀의 문을
열고 들어가며 소리쳤다.

"백 팀장님이 졌습니다!"

"으랏차차!"

김 형사의 말에 씨름판의 천하장사처럼 강세창 형사가 괴성을 지르며 제자리에서 일어섰다가 "으악!" 비명을 지르며 다시 주저앉았다. 고질병인 아랫배의 통증 탓이었다. 하지만 세창은 한 손에 든 폴더 폰을 잊지 않았다. 바로 아내에게 문자를 보냈다.

'여보, 나 이제 치안센터 근무야. ㅠㅠ'

바로 답장이 왔다.

'ㅇ ㅏ ㅅ ㅅ ㅏ'

세창은 일 년 전 췌장암 초기 판정을 받았다. 발견이 빨라 완치는 했지만, 이후 여자들 생리하듯 한 달에 한 번씩 이유 없이 배가 아팠다. 하루빨리 치안센터로 발령을 받아 현직 형사생활을 은퇴하고 싶었지만 백 팀장은 들은 체도 안 했다. 백 팀장은 자신의 은퇴가 훨씬 더 시급하다며 스스로 치안센터 발령장을 직접 작성해 인사과에 보냈다.

그랬더니 바로 박 서장의 호출이 왔다. 서장실을 찾은 백 팀장에게, 박 서장은 울상이 되어 말했다.

"백 팀장님, 정말 왜 이러십니까. 백 팀장님이 없으면 우리 경찰서 망합니다."

지난 2010년 7월 23일, 박 서장은 강남경찰서에 처음 출근한 날, 아침 조회에서 백 팀장을 발견하자마자 계속해서 노려보았다.

박 서장은 얼굴이 새하얗다. 역삼각형의 얼굴에 가로로 긴 눈은 여우를 연상시킨다. 그런 박 서장이 쥐 잡아먹을 듯한 표정으로 백 팀장에게서 단 한번의 시선도 떼지 않다니 백 팀장은 혹시 자신이 알지 못하는 엄청난 비리에 연루된 건 아닐까. 영 찝찝했다.

조회가 끝나자마자 박 서장은 백 팀장을 호출했다. 백 팀장은 서장실에 들어가 엉덩이 끝만 소파에 걸치고 앉았다.

"무슨 일로 부르셨습니까…?"하고 백 팀장이 말꼬리를 흐리며 말을 꺼내자마자 그때까지 가만히 노려보기만 하던 박 서장이 벌떡 일어났다. 백 팀장에게 성큼성큼 다가오더니 바닥에 엎드려 넙죽 큰절을 했다.

"백 팀장님의 고명은 오래 전부터 들어왔습니다. 앞으로 아버지처럼 모시고 싶습니다!"

백 팀장은 이 고명이 떡국에 올라가는 그 고명인가 싶었다. 홍금보를 닮았다는 이유로 가끔 놀림을 받는 경우는 있었으나 고명이라니. 엉겁결에 엎드려 맞절을 하긴 했으나 찝찝하기 짝이 없었다.

그날 이후, 박 서장은 하루가 멀다 하고 백 팀장을 불러 최소 십 분씩 담소를 나눴다. 단순히 이야기 상대가 필요해서 그런 건 아닌 듯 지극정성이었다. 그는 백 팀장이 툭 던진 말인 "취미는 바둑"에 다음날 당장 바둑판을 서장실에 사다 놓기까지 했다.

처음엔 박 서장이 왜 이러나 불안했던 백 팀장도 하루 한국 바둑을 두다 보니 곧 마음을 열 수 있었다. 박 서장은 머리가 좋은 편인지 처음 바둑을 둔다는데도 금세 늘었다.

하긴, 머리가 좋지 않다면 저렇게 젊은 나이에 강남경찰서 서장을 꿰찰 수 있을 리 없다. 이건 경찰 상부에서는 박 서장을 훗날 경찰청 고위 간부로 점찍어 놓았다는 뜻과 같다. 이때까지만 해도 백 팀장은 박 서장 덕에 편히 지내다 적당히 은퇴를 하면 되겠구나 생각했다. 그런데 이 은퇴가 문제였다. 이듬해, 백 팀장이 치안센터로 가고 싶다는 전출 희망서를 적자마자 바로 박 서장의 호출이 왔다. 박 서장은 백 팀장의 양손을 붙잡고 소리쳤다.

"저를 버리고 어딜 가십니까, 스승님!"

언제부턴가 박 서장은 바둑을 가르친 백 팀장을 스승이라고 불렀다.

"치안센터라뇨! 이렇게 젊으신데!"

심청이 아버지 찾듯 간절한 목소리에 백 팀장은 가슴이 벅차올랐다.

"서장님이 날 위해주는 건 고맙지만 이제 정말 물러서고 싶습니다. 많이 지쳤어요."

"안 됩니다!"

박 서장은 단호했다.

그런다고 치안센터 발령을 포기할 백 팀장이 아니다. 백 팀장은 갖은 핑계를 대보았다.

"요즘엔 비만 오면 허리가 쑤신다고."

지난 주말에 북한산을 올라서.

"옥벨트 사드릴게요!"

"소화도 잘 안 돼."

어젯밤 먹은 삼겹살이 얹혀서.

"갤포스 한 박스 상비시킬게요!"

"자꾸 헛구역질이 나. 신 게 당기고."

이건 우리 여보야 증센데.

"안 돼요! 안 돼요! 안 된다고요!"

백 팀장이 벽에 똥칠을 할 정도로 실성했다고 하면, 박 서장은 벽지를 새로 발라줄 수준의 받아치기였다.

이정도가 되자 백 팀장은 찜찜했다. 정말 전혀 예상치 못한 비리에 연루된 건 아닐까 싶은 기분에 슬쩍 돌려 왜 그렇게까지 은퇴를 말리느냐 물어봤지만 소용없었다. 첫 인상 그대로 백여우 같은 박 서장은 백 팀장의 질문에 대한 대답을 교묘하게 피했다.

은퇴를 둘러싼 팽팽한 접전. 백 팀장에겐 어떻게든 한방에 상황을 역전시킬 것이 필요했다. 이런 백 팀장의 눈에 들어온 것이 바둑판이었다.

"그럼 바둑을 둡시다."

백 팀장이 바둑알 통의 뚜껑을 열며 말했다.

"서장님이 이기면 내가 경찰서에 남겠습니다. 내가 이기면 치안센터, 콜?"

이 제안에 박 서장은 이솝우화에 나오는 포도밭의 여우처럼 입을 오물거리더니 "좋습니다!"라고 말하며 검은 알을 잡았다.

바로 제1회 백 팀장 은퇴 쟁탈전을 치렀다.

그 결과, 백 팀장은 졌다. 눈알이 튀어나올 듯 바둑판을 노려보는 박 서장의 기개 탓이다. 평소엔 승률이 비슷하건만 은퇴를 걸자 계가도 가지 못했다.

이후로도 번번이 백 팀장의 패퇴가 연잇더니 이날도 결과는 마찬가지였다. 초반에는 백 팀장이 승승장구했는데 중반 이후 점차 승기가 박 서장을 좇는다 싶더니 계가 직전 장고를 거듭하던 백 팀장이 결국 패배를 선언했다.

박 서장은 손에 든 부채를 접으며 안도의 한숨을 쉬었다. 바둑판 옆에 놓인 서류를 백 팀장 앞으로 쓱 밀었다. 강세창 형사의 치안센터 발령장이었다. 백 팀장은 눈물을 머금고 서류에 사인했다. 그 서류에 박 서장이 서장 직인을 찍음으로써, 강세창의 치안센터 발령이 이뤄졌다.

이날 저녁, 특수반에서 소소한 다과회가 열렸다. 세창의 치안센터 발령을 축하하고, 백 팀장의 패배를 위로하는 자리였다.

특수반 소속 백 팀장, 세창, 김 형사, 나 형사 총 네 명은 무알콜 샴페인을 종이컵에 담아 건배를 했다.

세창은 단번에 샴페인을 원샷한 후 신이 나서 방방 뛰다 결국 배를 잡고 주저앉았다.

"늙은 날 두고 가니 마음이 편하냐."

백 팀장 역시 단번에 비운 후 빈 종이컵을 세창에게 내밀었다. 세창은 종이컵에 다시 샴페인을 채우며 말했다.

"에이, 그럴 리가요."

말과 달리 세창의 입가에선 웃음이 떠나지 않았다. 연이어

세창은 쇠꼬챙이처럼 마른 나 형사에게 샴페인 병을 내밀며 말했다.

"막내야, 받아라!"

나 형사는 190센티미터의 장신인 데 반해 몸무게는 70킬로그램이 채 되지 않았다. 올해 서른둘인데도 여전히 강력 백팀에서는 막내였다. 몇 명이나 그의 아래 새로 인원이 들어왔지만 얼마 못 가 다른 부서로 '도망'치거나 차출되었다.

샴페인을 따르는 내내 세창은 무어라 떠들었지만 나 형사는 듣지 않고 핸드폰만 들여다보았다. 궁금증이 생긴 세창이 고개를 빼고 나 형사가 든 핸드폰을 훔쳐보았다.

"보지 마요!"

"정보는 공유해야지."

"이건 내 개인 트위터라고요."

"그래, 트위터! 그것도 해야지! 가르쳐 줘!"

나 형사는 대답 대신 트위터에 새 멘션을 작성해 올렸다.

'선배가 트위터를 가르쳐달랍니다. 스마트폰도 아니면서.'

그러는 사이 이미 세창은 나 형사의 핸드폰에서 관심을 끊었다. 어떻게 하면 논알콜 칵테일을 마시고 취할 수 있는 건지 술주정 같은 소리를 연이었다.

"나 이제 다 할 거다! 해외여행, 골프, 등산, 바둑!"

나 형사는 다시 한 번 트위터에 멘션을 띄웠다.

'세상엔 논알콜 마시고 취하는 사람도 있습니다. 예를 들어 제 선배가 그렇습니다.'

"그보다 트위터 어떻게 하는 거냐고. 나도 좀 가르쳐줘."

"핸드폰부터 바꾸세요."

"핸드폰을 왜?"

세창이 자신의 폴더 폰을 들어 보이며 말했다. 그는 업무용으로 지급되는 스마트폰도 귀찮다고 거의 쓰지 않았다.

나 형사는 대답도 하기 싫다는 듯 샴페인을 들었다. 한 모금 홀짝이고는 중얼거렸다.

"사건이나 터져버려라."

"너 혹시 뭐라고 했냐?"

이런, 트위터에 올린다는 게 말로 해버렸다.

"아뇨? 암말도 안 했는데요?"

세창은 미심쩍다는 듯 눈을 게슴츠레 떴지만 나 형사는 모른 체했다.

이 순간, 특수반 책상 위의 전화가 동시에 울렸다. 두 명의 형사가 사건이 터지길 바랐고, 한 명의 형사가 치안센터 발령에 입이 쩍 벌어진 순간이었다. 어린 시절 씨름을 한 덕에 체격이 좋고 그만큼 반사 신경도 좋은 김 형사가 잽싸게 움직였다. 전화를 받아 "네"만 반복하다가 마지막에 멈칫했다.

"네, 다시 한번, 네, 확인하겠습니다."

갑자기 김 형사의 목소리가 커지는가 싶더니 통화가 스피커폰으로 전환됐다. 나 형사도, 세창도, 백 팀장도 모두 입을 다물었다. 샴페인이 든 종이컵을 테이블에 내려놓으며 눈빛으로 서로를 바라보았다. 김 형사가 "말씀하세요."라고 말하자 스피커폰 반대편에서 약간 상기된 목소리가 흘러 나왔다.

"코엑스 광장. 하늘에서 배트맨이 떨어졌습니다. 즉사입니다."

전화가 끊기는 것과 동시에 누가 뭐라 할 것 없이 나갈 채비를 했다. 그러는 사이 누군가의 입인지 모르겠으나 모두가 마음속으로 생각하던 질문이 튀어나왔다.

"왜?"

왜.

이 한 마디가 코엑스 배트맨 사건 해결의 가장 큰 걸림돌이 될 줄은 이때까지 아무도 예상하지 못했다.

2011년 10월 26일, 홍콩

홍콩을 가면 반드시 찾는 빅토리아 피크 정상. 키도 몸무게도 피부색도 연령대도 모두 다른 남자들이 차츰 늘어나더니 오후 두 시가 되자 백 명을 훌쩍 넘겼다. 무슨 일이 났나 싶어 모여드는 관광객까지 합쳐지자 인파는 이백, 삼백으로 늘었다.

명주는 이런 사람들이 가장 많이 몰리는 광장 중앙에 서 있었다. 오는 남자들마다 명주를 쳐다보기에 명주가 연예인인 줄 알고 사진을 찍는 사람들도 있었다. 하긴, 해골이 다닥다닥 붙은 휘황찬란한 옷을 입은 키 큰 여자가 피크 트램 기념촬영 존 앞에 서 있으면 오해할 만도 하다. 명주는 자신에게 쏠리는 시선을 자각하며 심호흡을 크게 했다. 좌우명과 각오를 되새겼다.

어떤 상황에서도 너 자신으로 있으라.

"리!"

명주가 리성하이를 불렀다. 리성하이는 재스민과 함께 명주에게서 멀찍이 떨어져 모른 체하다 마지못해 다가왔다. 명주는 그런 리성하이의 귀에 대고 무어라 속삭였고, 리성하이는 고개를 끄덕인 후 중국어로 그 말을 통역했다.

광장에 모인 남자들이 각기 근처 건물로 흩어졌다. 얼마 지나지 않아 그들 중 쉰 명 가까운 숫자가 돌아왔다. 그들은 모두 배트맨 코스프레 차림이었다. 상당한 수의 배트맨들이 한자리에 모이는 건 흔치 않다. 구경꾼들은 플래시까지 터뜨리며 사진을 찍었다. 배트맨들 역시 기분이 좋았는지 양팔을 흔들고 포즈까지 취해 보였다. 다들 웃는 가운데 주최자인 명주만 진지했다. 이곳이 란콰이퐁이라고 착각한 듯 희희낙락, 사람들 앞에서 포즈를 취하는 배트맨들을 일일이 아래위로 훑으며 말했다.

"키가 작아. 피부가 너무 하얘. 배가 나왔어. 어깨가 좁아. 엉덩이가 커."

명주는 총 스무 명의 배트맨에게 "쏘리"라고 말했다. 그때마다 리성하이는 명주를 대신해 배트맨들에게 백 홍콩달러를 쥐여 줬다.[1]

---

1) 당시 환율은 1HKD≒145원이었다.

이제 광장에는 스물세 명의 배트맨만 남았다. 명주는 다시 한번 "리!"를 외쳤다. 리성하이가 배트맨들에게 중국어로 명주가 정한 '대사'를 읊으라고 전했다.

"I'm your Batman."

배트맨들은 명주가 자신의 앞에 설 때마다 같은 말을 속삭였다. 명주는 그들의 목소리에 일일이 귀를 기울였다. 하지만 명주가 찾는 목소리는 없었다. 명주는 마지막까지 남은 스물세 명에게 2백 홍콩달러씩을 쥐여 보냈다.

배트맨이 사라지자 구경꾼들도 뿔뿔이 흩어졌다. 명주도 지쳐 계단에 주저앉았다. 재스민이 전동휠체어를 타고 그런 명주에게 다가왔다. 중국어로 무어라 말했다.

"이제 어쩔 거냐고 묻는데."

리성하이가 번역했다.

"글쎄."

명주는 짧게 대답했다. 배트맨을 한꺼번에 너무 많이 만났더니 피곤했다.

"글쎄 좋아하네. 어쩔 거야, 이 상황?"

리성하이의 말대로 '글쎄 좋아할' 상황은 아니었다. 재스민 부부를 만나고 삼 년, 단 한번도 한국말을 배워본 적 없는 토종 홍콩 남자 리성하이가 명주도 소설에 써 본 적 없는 단어들인 '시나브로', '데면데면', '급살 맞게'를 시기적절하게 써서 한국계 회사에 입사할 동안, 명주는 배트맨의 'B'자도 찾지 못했다.

칠 년 전, 홍콩 란콰이퐁의 할로윈 축제에서 명주는 우연히 배트맨을 만났다. 그 배트맨이 명주에게 한 말이라고는 딱 하나, "I'm your Batman"뿐이었다. 명주는 문제의 배트맨을 다시 한번 만나고 싶었기에 이듬해부터 매년 할로윈만 되면 홍콩으로 날아왔다. 하지만 매년 헛수고 끝에 올해는 리성하이를 통해 신문과 트위터로 광고를 내기에 이르렀다.

'칠 년 전 홍콩 란콰이퐁에서 만난 배트맨을 찾습니다. 이메일 cameraian@naver.com 혹은 트위터 계정 @cameraian_kr로 연락주세요.'

상금도 걸지 않았기에 반응이 없을 줄 알았는데 이메일과 DM, 답 멘션이 빗발쳤다. 다들 심심했던 모양이다. 개중엔 스팸도 많았다. 일일이 만나려면 아무리 시간이 많아도 끝나지 않을 것 같았다. 명주는 이들에게 다시 한번 답장을 보냈다.

'당신이 절 만난 날은 언제였죠? 정확한 날짜와 시각을 적어주세요.'

명주가 배트맨을 만난 날은 10월 31일 할로윈데이 밤 10시였다. 이 사실을 모르는 사람은 대답을 할 수 없었다. 그런데도 많은 사람들이 딱 잘라 10월 31일 밤 10시라고 답장을 보냈다. 할로윈이니까 그런 복장을 했으리라 쉽게 추측했을까, 아니면 인터넷 어디에 모범답안이라도 돌아다니나.

10월 31일이라고 말한 사람들에겐 10월 26일 배트맨 옷을 갖고 빅토리아 피크 광장으로 오라고 다시 한번 이메일과 답 멘션을 보냈다. 전송한 이메일의 숫자는 534통이었고, 실제로 온 사람은 20%, 그 중 배트맨 복장을 챙겨온 사람은 50%였으며, 명주가 찾는 진짜 배트맨은 0%였다.

역시, 배트맨은 아무리 홍콩에 와도 찾을 수 없는 스컬 파라다이스(skull paradise)일까.

스컬 파라다이스는 세심하게 조각한 해골과 자개로 만든 크리스털 꽃이 다닥다닥 달린 팔찌다. 한국에 진출하지 않은 브랜드로 지금 명주가 목에 건 전신해골 목걸이와 같은 브랜드인 코퍼스 크리스티(corpus christi)의 제품이다. 해외구매 대행을 통하면 70만 원 정도면 구입이 가능하다. 해골에는 돈을 아끼지 않으니 그렇게 사도 큰 무리는 없었다. 그러나 명주는 이상한 고집을 부리고 있었다. 이왕이면 쇼핑의 천국 홍콩에서 해골 천국, 스컬 파라다이스를 구입하고 싶은 고집. 그건 배트맨을 반드시 찾아내겠다는 고집만큼이나 집요했다.

"아아, 귀찮아! 몰라! 나 그냥 포기할래!"

명주는 어린애처럼 양팔과 양다리를 흔들며 소리쳤다. 그
때마다 원피스에 주름이 잡히며 해골들이 울고 웃었다. 이런
명주를 불쌍히 여겼는지 재스민이 중국어로 무어라 말했다.

"재스민이 뭐래?"

"포기하기 전에 마지막 시도를 해보라는데."

리성하이가 해석했다.

"무슨 시도?"

명주가 재스민을 바라보자, 재스민은 "리."라고 짧게 말했
다.

"리?"

오른손 검지로 리성하이를 가리켰더니 리성하이가 실실 웃
으며 오른손 검지를 맞댔다.

"나 아니고 이혁."

리성하이의 손가락을 툭 쳐 떨어뜨리며,

"이혁?"

"해결사."

"해결사?"

"명주 씨도 알 텐데, 왜 성룡이 주연했던 <시티헌터> 있
잖아."

<시티헌터>라면 명주도 어렸을 때 봤던 일본 만화다. 나

중에 영화로 제작되었다. 그 영화에서 성룡은 해결사 역할의
주인공을 맡아 연기했다.

"시티헌터가 정말 있어?"

"홍콩에 없는 게 어디 있어."

"배트맨, 코퍼스 크리스티."

"그 둘 빼고."

"쳇."

"만나볼래? 미리 말하자면 돈이 좀 들어, 이 친구는."

"얼마나?"

"그런 식으로 물으면 곤란하지. 이 친구는 주는 만큼만 일
해. 일억 원을 주면 일억 원어치, 백만 원을 주면 백만 원어
치를 일하지."

받은 만큼만 일하는 해결사라니, 궁금증이 생겼다.

명주는 서울 강남구 삼성동 코엑스 지하에서 작은 테이크
아웃 커피집을 운영한다. 밥벌이 더하기 일 년에 한 번 홍콩
갈 돈만 모으면 된다는 생각으로 주 5일 철칙을 지켰다. 받
은 만큼 일하는 해결사의 방식은 자신과 비슷한 것 같았다.

"좋아, 그러자."

명주가 계단에서 일어나며 말했다.

"그럼 일단 짐은 풀고 갈까?"

명주는 홍콩에 있는 동안 재스민의 집에서 묵을 예정이었

다. 그 재스민의 집은 빅토리아 피크 광장에서 걸어서 5분 거리였다. 문제의 해결사를 만나기 전, 짐을 풀고 간단하게 요기를 할 시간은 충분했다.

명주는 작년에 이어 이번에도 2층 손님방을 쓰기로 했다. 대충 짐을 놓은 후 1층으로 내려와 간단하게 먹었다. 메뉴는 재스민의 특기인 나이차(奶茶)와 홍콩식 햄버거인 쭈빠파오였다.

식사를 모두 마친 후 명주와 리셩하이만 집을 나섰다. 재스민도 함께 가고 싶어 했지만 리셩하이와 명주가 동시에 말렸다. 재스민과 함께 나가려면 차를 몰아야 한다. 하지만 할로윈 축제 기간으로 거리가 만원이었다. 곧 퇴근 러시아워가 시작될 시간이다. 재스민과 차로 이동하는 건 무리였다.

다시 집을 나와 보니 예상대로 빅토리아 피크 광장은 관광객들로 발 디딜 틈도 없었다. 둘은 버스정류장으로 향했다. 은산을 오르내리는 마을버스는 오는 시간이 들쑥날쑥하고 코스 자체가 은산을 빙빙 돌기에 관광객들보다는 현지인들이 주로 이용했다.

명주는 자리에 앉자마자 손잡이 위치부터 확인하고 꽉 잡았다. 홍콩의 마을버스는 좌석이 가득 차면 그 이상은 승객을 받지 않는다. 한번 타면 각각 승객이 내릴 정류장을 확인한 후 경사 심한 내리막길을 날듯이 달린다. 명주는 운전석

위쪽 천장에 있는 실시간 속도계를 확인하며 몇 번이나 "우라질!"을 외쳤지만 리성하이는 익숙한 듯 반응하지 않았다.

멀미가 나지 않을까 염려할 무렵 란콰이퐁을 지나쳤다. 할로윈 주간을 맞아 클럽으로 향하는 가장행렬이 꽤 많았다. 대부분 날개 없는 배트맨이었다.

가까스로 버스에서 내렸을 때, 명주는 다리가 후들거릴 지경이었다. 이런 명주를 리성하이가 부축하며 IFC빌딩으로 향했다. 건물 1층 쇼핑몰은 할로윈 기간인데도 호박 등으로 장식한 곳이 없었다. 홍콩역과 센트럴역, 스타페리 선착장까지 겹쳐 번잡스럽기 때문인 듯했다.

"여기 어디 있을 텐데."

리성하이는 바로 안으로 들어가지 않고 광장 주변을 두리번거리며 말했다. 명주 역시 리성하이를 따라 주변을 둘러보다가 알로하 셔츠에 무릎까지 오는 카고 팬츠를 입고 '노숙자'에게 찝쩍이는 동양 남자를 발견했다.

보통 '노숙자'라고 하면 더럽고 지저분하고 가난한 사람들을 떠올리지만 홍콩은 다르다. 특히 IFC몰 앞의 거대한 광장처럼 탁 트이는 곳마다 노숙하는 이들은 단순한 걸인이 아니라 아마들이다. 아마는 필리핀 등 인근 동남아시아에서 온 여자 가정부들로 주중엔 홍콩인 가정에서 입주 가정부로 일하고 주말엔 쉰다. 아마들은 집값을 아끼기 위해 주말이면

IFC몰 앞 광장 등에 텐트를 편다. 홍콩의 기후는 따뜻해 노숙에 무리가 없다.

명주는 "해결사가 늦나 봐."라고 말하며 IFC몰 통유리 너머 복도를 들여다보았다. 버릇처럼 코퍼스 크리스티부터 찾았지만 역시나 보이지 않았다. 대신 처음 들어보는 'BLACK POLL'이라는 상표가 눈에 띄었다.

그러는 사이 리셩하이가 아마들에게 다가갔다. 정확히 말하자면 그들에게 말을 시키는 알로하 셔츠의 남자에게 다가가 어깨를 툭툭 쳐 아는 체를 했다. 남자는 그런 리셩하이를 무시했다. 눈앞의 아마들과 대화를 하느라 바빴다. 남자는 한참의 이야기 끝에 아마들에게 손 키스까지 날리고 나서야 리셩하이의 인사를 받아주었다. 리셩하이는 그런 남자에게 전혀 싫은 내색을 하지 않았다. 싱글벙글한 얼굴로 남자와 함께 돌아와 명주에게 그를 소개했다.

"리혁, 정확히 발음하자면 이혁. 해결사."

"이 사람 어디가 시티헌터? 완전 믿음 안 감."

명주의 말에 리셩하이의 표정이 잠시 굳었다. 어색한 미소를 지으며 명주와 이혁을 번갈아보더니 말했다.

"명주 씨, 내가 아까 까먹고 하나 중요한 것을 말 안 해줬다. 이혁은 한국 사람이야."

"그런데?"

"지금 명주 씨가 하는 말을 다 알아듣고 있다고."

"그래서?"

"그래서가 아니라 죄송합니다. 아닙니까?"

이혁이 말했다.

"제가 왜 죄송하죠?"

"절 비웃었잖습니까."

"비웃지 않았어요."

"비웃은 것이 아니다?"

"다만 좀 웃겼을 뿐이에요. 당신 같은 사람이 어째서 시티 헌터에 비견되는지 이해가 안 되어서요."

"내 어떤 점이 웃겼습니까? 이 옷이? 아니면 이 얼굴이? 나 잘생긴 걸로 아는데?"

"와 자존감 무엇."

명주는 그 말에 더 코웃음을 쳤다.

"그런 점이 신용이 안 가는 거죠. 너무 가볍잖아요. 게다가 아까 손 키스도 막 날리는 거 다 봤어요. 주말이라고 작업 걸던 거 아님?"

"자기 보고 싶은 것만 보는군."

"대장금 몰라요? 홍시 맛이 나서, 홍시 맛이 난다고 했을 뿐이에요."

"아이고 그러세요, 대장금 나으리. 제가 어떻게 하면 신뢰

하시겠는데요?"

"코퍼스 크리스티의 스컬 파라다이스를 찾아낸다면 조금 믿어볼 수도 있겠죠?"

"그게 뭔데요?"

"자개 꽃이랑 해골로 장식한 팔찌."

"그깟 해골로 날 신용하겠다?"

"그깟?"

"몇 분 안에?"

"몇 분?"

명주는 자신도 모르게 눈썹을 치켜떴다. 칠 년 간 매년 홍콩에 오면서도 찾지 못했던 코퍼스 크리스티를 이 남자는 단 몇 분 안에 찾을 수 있다고 자신하고 있었다.

"30분."

"명주 씨 잠깐만!"

리성하이가 황급히 끼어들었다. 명주의 팔을 붙들고 몸을 돌려 속삭였다.

"왜 계속 시비조야?"

"내가 뭘? 저 사람이 일을 잘 하는지 못 하는지는 확인해야 할 거 아니야."

"저 사람은 진짜야!"

"그러니까 그걸 증명하려는 거…."

"거기 두 사람 나 귀 안 먹었어."

이혁이 명주와 리셩하이 사이로 얼굴을 들이밀었다. 명주가 당황해 얼굴을 뒤로 빼자, 이혁이 재빨리 명주의 손목을 꽉 잡았다. 명주와 두 눈을 마주치며 말했다.

"대장금 나으리가 그렇게까지 말씀하신다니 30분 안에 찾아드리죠. 코퍼스 크리스티의 스컬 파라다이스를."

그러더니 명주의 손목을 던지듯 놓고 사라졌다.

명주는 갑작스런 상황이 황당하기도 하고, 약간 짜증나기도 해서 혼잣말을 했다.

"재수 없어."

"명주 씨가 뿌린 씨앗이야."

리셩하이의 말투가 흔치 않게 공격적이었다.

"우리는 부탁을 하는 입장이잖아. 그렇다면 한 수 접어야지, 안 그래? 무엇보다 이혁은 진짜야. 30분 안에 코퍼스 크리스티의 스컬 파라다이스를 찾아내겠다고 말하면 만들어서라도 눈앞에 갖다 보일 남자야."

"그러면 만들라고 해."

명주는 여전히 퉁명스러웠다. 욱신거리는 손목을 다른 손으로 만지작거리며 말했다.

"내 눈앞에 스컬 파라다이스를 만들어서라도 보이라고 해."

그러고 얼마 지나지 않아 리셩하이에게 이혁의 전화가 왔다.

"우리보고 오라는데."

6시 25분, 이혁이 사라지고 15분밖에 지나지 않은 타이밍이었다.

그럴 거라고 예상했으면서도 명주는 기운이 빠졌다. 하도 자신만만하기에 약간 기대했는데 역시 입만 산 남자였다. 지금쯤 아까 전화번호를 딴 아마들 중 한 명의 텐트에서 노닥거리고 있겠지.

명주는 실망감에 가득 차 아마들을 향해 걸었다. 그런 명주를 리셩하이가 불러 세웠다.

"어디가?"

"그 남자 만나러 가야지."

"이혁은 저기 있어."

리셩하이는 등 뒤의 IFC빌딩을 가리키며 말했다. 바로 건물 안으로 들어가더니 로비에서 고층 직통 엘리베이터에 올라타고 47층 버튼을 눌렀다.

"거기 호텔 아냐?"

"맞아."

"이혁이 거기 살아?"

"장기투숙 중이지."

알고 보니 엄청난 갑부인 건가?

명주는 속으로 적잖이 놀랐다. 그 남자가 포시즌 호텔의 장기투숙자라니, 아까의 복장으로는 전혀 짐작이 되지 않는다.

47층에 내리자 새하얀 대리석이 깔린 고즈넉한 복도가 나타났다. 리성하이는 4712호로 향했다. 문을 두드리자 바로 이혁이 열어줬다. 이혁은 와이셔츠에 잿빛 양복, 붉은 넥타이 차림이었다. 아까는 잘난 척한다고 생각했지만 지금 보니 확실히 자신감을 가질 만한 외모였다. 190센티미터에 가까운 장신, 쌍꺼풀 없이 큰 눈과 그에 어울리는 윤곽이 뚜렷한 얼굴에 적당한 근육질.

"명품 슈트를 입으니 사람이 좀 달라 보이나 봐요, 대장금 나으리?"

명주가 한참 물끄러미 바라보자니 이혁이 말했다. 명주는 뭐라고 대꾸해야 할지 몰라 입을 꽉 다물었다.

"일단 앉죠."

명주는 순간 당황했지만 일단 그 말대로 했다. 저도 모르게 허리를 꼿꼿하게 펴고 앉았다. 이혁은 맞은편 소파에 앉아 파묻힐 정도로 몸을 뒤로 젖혔다. 가느다란 왼손 검지로 자신의 턱을 톡톡 두드리며 말했다.

"긴장했습니까?"

"전혀요."

"그렇게 등을 꼿꼿이 펴면서 긴장하지 않으셨다?"

이혁은 피식 웃으며 양복 안주머니에서 검은 벨벳으로 만든 주머니 하나를 꺼냈다.

"솔직하지 못한 분이로군요."

이혁이 다시 한번 명주의 손목을 낚아챘다. 명주는 그의 힘을 이기지 못하고 테이블 위로 몸이 쏠렸다. 다른 손으로 테이블을 잡고 그에게 끌려가지 않으려고 노력했지만, 소용 없었다. 빅토리아 피크에서 만났던 수많은 배트맨들처럼 이 혁은 명주의 귀에 대고 속삭였다.

"당신의 몸은 이토록 솔직하건만."

이혁의 몸에서 묘한 향기가 났다. 어지러울 정도로 달콤한 향기에 명주는 현기증이 날 지경이었다. 그런 그가 갑자기 명주의 손목을 놓았다. 밀치듯 명주를 본래의 자리에 앉혔다. 명주는 본능적으로 이혁이 만진 손목을 감싸 쥐었다가 생경 한 감촉을 발견했다. 명주의 손목에 스컬 파라다이스가 채워 져 있었다. 게다가 이 팔찌는 명주의 손목에 맞춘 듯 딱 맞 았다.

"홍콩에는 없는 게 없습니다. 만약 없다면 우리가 못 찾는 것뿐."

이혁은 빈 벨벳 주머니를 명주에게 내밀며 말했다. 그 벨벳 주머니에는 낯선 상표 'BLACK POLL'이 적혀 있었다.

"IFC몰 광장의 아마는 홍콩에 와서 일주일에 5일은 일하고 주말이면 IFC몰에 모여 이야기를 나눕니다. 당연히 자신이 일하는 집 사람들의 액세서리나 옷차림도 이야기하죠. 이중에 윤명주 씨가 말한 문제의 팔찌를 아는 사람이 있으리라 생각했죠. 이 추측은 옳았습니다. 블랙 폴이라는 이름의 브랜드에서 코퍼스 크리스티를 판매대행 한다고 알려주더군요."

"사이즈는?"

"그래서 헤어지기 직전 당신의 손목을 잡았죠."

이 사람, 진짜야.

명주는 손목이 욱신거렸다. 기대감에 가슴이 뛰었다. 무슨 말을 어찌해야 할지 알 수 없어서 이혁을 바라보자니 이혁이 먼저 손을 뻗어왔다. 왼손이었다. 명주는 그 왼손을 맞잡으며 말했다.

"의뢰를 맡기죠."

"의뢰를 받아들이겠다고 말한 적이 없습니다만."

"그럼 이 손은 뭐죠?"

"팔찌 값. 4,355홍콩달러 부탁합니다."

명주는 당황해서 손을 놨다. 지갑을 꺼내보았지만 그 정도 금액은 없었다.

"계좌이체도 되니까 너무 당황하시지 마시고요."

이혁은 얼굴이 벌게져 어쩔 줄 몰라 하는 명주를 보며, 다시 한번 소파가 푹 들어가도록 몸을 묻었다.

"그래서 배트맨을 찾고 있다?"

다리를 꼬며 양손을 겹쳐 무릎 위에 올리며 말했다.

"저는 의뢰를 고릅니다. 제 취미에 맞는 의미가 아니라면, 이쪽에서 거절합니다."

"셜록 홈즈 흉내인가요."

"인정하죠. 왓슨은 없지만."

"좋아요. 말씀드리죠. 저는 칠 년 전 할로윈, 란콰이퐁에서 우연히 만난 배트맨을 찾습니다. 남자는 키가 180센티미터 정도에 배트맨 복장을 하고 있었습니다."

이혁이 리성하이를 보며 말했다.

"리, 지금 이 사람 나한테 귀신을 찾아달라고 말하는 건가?"

"저에게 물으세요."

리성하이보다 먼저 입을 뗐다.

"당신에게 의뢰하는 사람은 접니다. 절 보세요."

이혁이 리성하이에게서 시선을 돌렸다. 쌍꺼풀이 없는 눈을 크게 뜨자 순간적으로 짙은 쌍꺼풀이 생겼다.

"말씀하시죠."

"제가 찾는 건 2006년에 죽은 귀신이 아닙니다. 2004년에 만난 사람입니다."

명주는 2004년 홍콩에 왔다가 배트맨을 만나 첫눈에 반했다. 그 후 문제의 배트맨을 다시 만나고 싶다는 생각에 이듬해 할로윈에 다시 홍콩을 찾았다. 배트맨만 보면 "Do you remember me?"를 외쳤으나 그녀가 찾는 배트맨은 재회할 수 없었다. 2006년도 마찬가지였다. 아니, 그해에는 찾을 시도조차 하지 못했다. 날개 없는 배트맨 자살소동으로 비상이 걸린 탓이었다.

그해 이후 상황은 더 복잡해졌다. 날개 없는 배트맨이 자신의 날개를 찾아 돌아다닌다는 괴소문이 돈 이후, 그 어느 때보다 많은 관광객이 홍콩을 찾았다. 게다가 이들 중 태반은 배트맨 코스프레를 했다. 그들은 할로윈에서 흔히 하는 대화인 "Treat or Trick"나 "Happy Halloween"대신 "Give me back!", "내 날개 내놔!"를 각 나라 말로 외치고 다녔다.

"당신이 찾는 그 배트맨이 2006년에 죽은 날개 없는 배트맨일 가능성은 없습니까?"

"잊으셨나요, 그 배트맨의 정체를?"

이혁은 명주의 말에 잠시 생각하듯 위를 바라보더니 휘파람을 불었다. 자리에서 일어나 잠시 빙빙 돌더니 제자리에 앉아 손을 내밀었다.

"이 의뢰, 받아들이죠."

이번엔 오른손이었다. 명주는 잠시 그 손을 가만히 바라보다가 오른손을 뻗어 맞잡았다.

"아, 까먹고 말씀드리지 않았네요, 제 성공보수."

스컬 파라다이스가 찰랑거리도록 손목을 흔들 때, 이혁이 말했다.

"백만 홍콩달러 정도면 괜찮겠군요."

"백만 홍콩달러?"

리성하이가 먼저 입을 열었다. 당황한 표정이 역력했다. 뭔가 한 마디 덧붙이려고 하기 전, 다시 이혁이 입을 열었다.

"곤란하신가요?"

"아뇨!"

"명주 씨!"

리성하이가 놀라 명주의 이름을 불렀지만 명주는 무시했다. 더욱 힘차게 이혁과 맞잡은 손을 아래위로 흔들며 말했다.

"백만 홍콩달러, 준비하겠습니다."

"오케이. 내일 아침에 봅시다."

이혁은 피식 웃으며 맞잡은 손을 놓았다. 휘파람을 불며 뒤도 돌아보지 않고 방을 나섰다. 명주는 그가 휘파람으로 부는 노래가 무척 귀에 익었지만 제목은 도통 기억나지 않았다.

주인이 없는 방, 리셩하이와 명주 역시 슬슬 일어나려고 했다. 그런데 그때 누군가 방문을 두드렸다. 리셩하이와 명주는 이혁이 돌아왔다고 생각해 문을 열었다. 아니었다. 룸서비스였다. 커피와 클럽 샌드위치. 그러고 보니 저녁 먹을 시각이었다.

"이혁의 배려로군."

리셩하이가 피식 웃으며 샌드위치를 하나 들었다.

"하긴 백만 홍콩달러를 달라고 했으니 이 정도는 해야지. 도대체 한국 돈으로 얼마야? 백만 홍콩달러면…."

"한 일억 오천만 원쯤 되겠지."

"그걸 어쩌려고? 돈 있어?"

명주는 대답하지 않았다.

적당히 허기를 넘긴 후 방을 나섰다. IFC 버스정류장으로 가서 배차시간을 확인하니 버스는 한 시간 후였다. 피크 트램 줄은 엄두가 나지 않을 정도로 길었기에 리셩하이는 택시를 타자고 제안했다. 명주는 거절했다. 걷고 싶었다. 리셩하이가 대놓고 싫은 표정을 짓기에 무시했다. 리셩하이가 졌다. 얼마 안 가 명주의 뒤를 따라 걸었다.

HSBC은행 광장을 통과해 홍콩동식물공원으로 향했다. 올 버니로드를 따라 공원을 가로지르자 올드피크로드가 나타났다. 본격적인 산길이 시작되었다. 길이 험해졌다. 명주가 슬쩍 뒤를 돌아보니 리성하이가 벅찬 숨소리를 내고 있었다. 짜증이 잔뜩 난 리성하이의 얼굴 뒤로 고층 맨션이 보였다. 홍콩에서 제일 잘 사는 동네라는 미드레벨이 명주의 등 뒤에 펼쳐져 있었다.

몇 개의 불단을 지날 즈음 명주는 반대편에서 내려오는 부부와 검은 자이언트 푸들을 발견했다. 가볍게 눈인사를 하고 지나칠 때, 귓가에 쉬익 하고 낯익은 굉음이 들렸다. 피크 트램이 공중을 가로지르는 소리였다. 명주는 피크 트램을 향해 손을 흔들어 주었다. 피크 트램에서 곧 환호성과 함께 플래시를 터뜨리는 불빛이 보였다.

그들은 칠 년 전 명주 같았다. 명주도 피크 트램을 탔었다. 정신없이 셔터를 누르며 신이 나서 소리쳤었다. 지금 피크 트램 속의 사람들처럼 올드 피크 로드를 오르내리는 사람들을 보고 손을 흔들었더랬다. 조명을 환하게 밝힌 중국식 정자가 어른거릴 무렵 뒤에서 휘파람 소리가 났다. 아까 이혁이 흥얼거린 노래를 리성하이가 콧노래로 따라하고 있었다. 명주도 그를 따라 노랫가락을 흥얼거렸다. 얼마 지나지 않아 가사를 기억해낼 수 있었다. <댄서의 순정>이었다.

어렸을 때엔 몰랐는데 꽤나 처량한 가락이었다. 지금 명주가 처한 상황과 닮은 것도 같았다. 명주는 칠 년째 이름도 모르고 성도 모르는 남자를 찾고 있다. 이젠 해결사까지 동원했다.

정말 이혁이 배트맨을 찾아낼 수 있을까.

15분 만에 스킬 파라다이스를 찾아낸 능력은 높이 평가하지만, 이건 경우가 다르다. 사람이다. 그것도 지난 칠 년간 단 한번도 흔적을 찾지 못한 사람인데?

"이혁은 해낼 거야."

명주의 불안을 읽은 듯 리성하이가 말했다. 명주는 대답하지 않았다. 대신 <댄서의 순정>을 힘껏 불러 젖혔다. 정자가 눈앞에 나타날 즈음해서는 숨이 차서 노래 부를 기운이 남지 않았다. 그제야 명주는 리성하이의 말대로 택시를 탈 걸 그랬다고 후회했다.

명주와 리성하이는 재스민의 집에 들어서자마자 뻗었다. 재스민이 유리컵에 담은 찬물을 양손에 들고 팔꿈치로 전동 휠체어를 몰아 다가왔다. 명주와 리성하이는 단번에 들이켰다. 리성하이가 재스민에게 컵을 전해주며 무어라 말하자, 재스민의 입에서 명주도 알아들을 수 있는 단어가 튀어나왔다.

"One million?"

재스민이 명주를 보며 무어라 중국어로 한참 떠들었다. 백 퍼센트 잔소리가 분명했다. 명주는 중국어를 못해 다행이라고 생각했다. 하지만 명주의 모른 체는 오래 가지 못했다. 리성하이가 잔소리를 통역한 탓이다.

"돈이 어디 있다고 대뜸 백만 홍콩달러를 주겠다고 말하느냐, 일단 나한테 연락을 하고 결정을 해도 늦지 않잖느냐, 이혁도 이혁이지 어떻게 내 친구한테 일억을 달라고 하느냐, 이래서 내가 따라가려고 했던 건데 도대체가 리성하이 당신은 이혁한테…. 이 뒤는 통역하지 않아도 되겠네."

잔소리는 부부싸움으로 진화했다. 명주는 남의 일처럼 모른 체 하며 속으로 생각했다.

'부부싸움의 원인은 언제나 돈이지.'

명주는 그 틈을 타 2층으로 피신했다. 안도의 한숨을 쉬며 문을 닫으려는데 리성하이가 재스민을 안고 올라왔다. 리성하이가 헉헉거리며 말했다.

"그 돈 어쩔 거냐고 묻는데."

"독한 년. 이건 통역하지 마."

리성하이는 고개를 끄덕였고, 재스민은 리성하이에게 내가 뭐라고 말했는지 묻는 눈치였다.

명주는 틈을 주지 않았다. 재빨리 영어로 말했다.

"I will trade in my cafe."

"What?"

재스민은 할 말을 잃은 듯 명주를 바라보았다. 명주는 그 틈을 타 잽싸게 문을 닫고 잠갔다. 재스민이 문을 열라고 소리 질렀지만 무시했다. 등으로 문을 버티며 쭈그리고 앉다가 손목에 시선이 갔다. 왼손에 이혁이 세게 잡았던 손자국이 남아 있었다.

배트맨과 만난 이듬해 남자친구와 헤어졌다. 그 남자친구가 헤어지던 날, 명주의 손목을 이토록 세게 잡았었다. 이후 어떤 남자도 명주의 손목을 잡은 적이 없었다. 명주가 허락하지 않았다. 명주의 가슴은 배트맨으로 가득 차 아무도 사귈 수 없었다.

이혁이 그 손목을 잡았다. 결코 명주의 것이 될 수 없으리라 생각했던 천국을 찾아 주었다. 명주는 자신의 손목을 살짝 잡았다. 오늘따라 손목의 맥박이 평소보다 훨씬 크게 두근거리는 것 같았다.

명주는 스스로에게 말했다. 이건 기대감이라고, 이혁이 배트맨을 찾아낼 남자이기를 간절히 원하기에 가슴이 뛰는 거라고, 자신에게 몇 번이고 속삭여주었다.

2011년 10월 25일, 한국

어제만 해도 코엑스 광장은 할로윈 분위기가 물씬 풍겼다. 황금빛 호박 머리며 허수아비 등이 장식되어 오가는 사람들의 눈길을 끌었건만 10월 25일 밤은 전혀 다른 이유로 지나가는 군중의 시선을 사로잡고 있었다. 사람들이 느긋하게 쉬던 계단 위로 할로윈 장식물들이 찌그러지고 쏟아졌다. 중앙에 커다랗게 섰던 호박 머리 허수아비도 예외는 아니었다. 그건 장식물 중앙에 고꾸라진 검은 복장의 남자, 이른바 배트맨 탓이었다.

코엑스 안전요원들이 현장 주변을 통제하려 노력했지만 쉽지는 않았다. 할로윈을 맞이해 안 그래도 인파가 몰린 코엑스였다. 제복경찰들이 나타나고 나서야 상황이 정리됐다. 경찰들은 영화에서나 볼 법한 푸른 천막으로 된 거대한 차단막을 광장에 설치했다. 이 모든 작업이 끝날 즈음 강남경찰서 특수반이 등장했다.

세창은 백 팀장과 함께 천막 앞에 서 있었다. 오늘따라 시민들의 반응이 부담스러웠다. 그들 중 아무도 세창에게 치안센터 발령이 떨어진지 알지 못한다. 그럼에도 불구하고 세창은 사람들이 "살인사건이 났는데 치안센터로 가는 형사"라고 자신을 손가락질할 것만 같았다. 세창은 거북한 마음에 자꾸만 천막 안을 기웃거렸다. 그러다가 자신과 마찬가지로 아까부터 천막 안을 자꾸 기웃거리던 백 팀장과 눈이 마주쳤다.

"아직 들어가면 안 되겠지?"

백 팀장이 세창에게 말했다. 세창은 자신만 이 자리가 거북한 게 아니라는 사실에 조금 마음이 누그러졌다.

마침내 천막의 천이 열렸다. 불독을 꼭 닮은 과학수사반 조 팀장이 밖으로 얼굴만 내밀더니 손가락을 안쪽으로 까딱여 보였다. 세창과 백 팀장은 사람들의 시선에서 달아날 수 있다는 사실에 감사하며 잽싸게 천막 안으로 들어갔다가 눈앞에 보인 광경에 차라리 밖이 나았나 진지하게 고민했다.

그렇게 오랜 시간 형사 일을 했는데도 변사체를 보면 늘 안타까움부터 느낀다. 정의의 상징, 배트맨이 죽었다. 코스튬을 한 탓인지 추락사를 했는데도 그 형태가 완벽한 것이 더 으스스했다. 하지만 그보다 더 충격인 점은, 작년에 이어 또

히어로가 코엑스에서 죽었다는 사실이었다. 그때는 한 남자가 스파이더맨 복장으로 코엑스 빌딩을 오르다가 추락사했다. 왜 문제의 남자는 스파이더맨 복장을 하고 빌딩을 오를 수밖에 없었는가, 그 미스터리를 해결한 지 얼마나 됐다고 또 코엑스라니.

"자살일까요?"

백 팀장은 간절하게 그러길 바라는 마음을 담아 조 팀장을 바라보았다. 조 팀장은 그런 백 팀장을 힐끗 보며 짧게 대답했다.

"일단은 자살 같은데."

백 팀장은 '일단은' 이라는 수식어가 영 찝찝했다.

배트맨이 떨어지며 쓰러뜨린 허수아비 안엔 이것저것 잡동사니가 많았다. 할로윈 축제를 위한 도구들이리라. 나사며 스프링, 호박 머리에 커다란 호박이 그려진 천 쪼가리 같은 것이 여기저기 굴러다녔다. 음향장치와 조명장치도 쌓여 있었다. 자살이라면 금세 현장이 정리되어 다시 이 장비들을 사용할 수 있으리라. 아무 일 없었다는 듯 할로윈 분위기를 한껏 뽐내겠지만 만에 하나 살인사건이라면 올해의 할로윈 축제는 없을 것이다.

천막을 빠져나온 세창은 기분이 하늘을 날았다. 고인에겐 송구하지만 자살이라면 이제 곧 치안센터 발령이 정식으로 나리라. 세창은 콧노래를 부르며 마지막 업무가 될지도 모를 사건 목격자 탐문에 나섰다.

최초의 사건 목격자 중 일부는 광장 바로 옆에 있는 의자에 모여 있었다. 거대한 구조물에 깔렸다기에 다친 사람이 있을 줄 알았으나 설치물의 재료가 가느다란 철선이라 그런지 큰 피해는 없어 보였다.

세창이 "안녕하십니까?"라고 인사하며 슬그머니 끼어들었지만 다들 신경 쓰지 않았다. 그들과 마찬가지로 목격자들 중 한 명이라고 생각한 모양이었다.

하긴, 형사라고 얼굴에 써 붙이고 다니지 않는 이상 마흔여덟에 176센티미터의 키, 평범하기 짝이 없는 얼굴의 세창이 형사라는 사실을 눈치채기는 쉽지 않다. 게다가 이들은 방금 전 일어난 사건을 각자 추리하느라 바쁘기도 했다.

"신세를 비관한 대학생이나 고등학생이 아닐까 싶어요. 나이가 들면 하기 힘든 코스튬이니깐요."

박스 티에 레깅스를 차려입은 중년 여성이 말했다.

"전 동영상 찍었어요!"

교복차림의 남학생이 손을 번쩍 들었다. 남학생은 우쭐대며 핸드폰을 탁자 위에 올려놓았다. 그가 내민 핸드폰 안에서는 말 그대로 배트맨이 하늘에서 떨어지고 있었다.

그런데 뭔가 허전했다. 다들 배트맨의 영상을 보며 고개를 갸웃거렸다.

"아, 날개!"

이윽고 한 사람이 소리쳤다. 와이셔츠에 양복차림을 한 두 명의 삼십 대 남자 중 한 명이었다.

"날개가 없잖아, 이거 봐!"

모두의 시선이 다시 핸드폰으로 몰렸다. 남자의 말이 옳았다. 배트맨에게는 날개 모양의 망토가 없었다.

"또 뭔가 알아낸 거 없습니까, 여러분?"

다들 흥분했기에 세창이 너무나 형사처럼 질문했는데도 아무도 알아채지 못했다.

"아, 그래서….'

한 여고생이 입을 열다 다물었다. 모두의 시선이 동시에 몰려서 놀란 모양이었다.

"뭔데, 말해 봐."

반장이라도 된 듯 남학생이 말했고, 여학생은 얼굴이 빨개져 말했다.

"그래서 떨어졌구나 하고. 배트맨이 날개를 까먹고 날아서 떨어졌구나 생각했어요."

단순한데도 핵심을 찌르는 이야기였다. 한 남자가 배트맨으로 변장을 하고 뛰어내려 자살했다. 이유는, 날개를 깜빡 잊을 정도로 우울해서. 세창은 여학생의 학업성취도가 상당히 우수할 것 같았다.

"이 영상, 나도 좀 가질 수 있나?"

세창이 남학생에게 물었다.

"아저씨 핸드폰으로 보내줘요?"

"어떻게 그게 되나?"

"핸드폰 줘 봐요."

세창은 핸드폰을 내밀었고, 남학생은 세창의 핸드폰을 보고 인상을 썼다

"세상에. 이게 뭐야? 아저씨, 스마트폰 써요. 스마트폰 쓰면 바로 보내줄 수 있는데."

스마트폰이라. 그러고 보니 아까 나 형사도 핸드폰이 어쩌고 했지.

"학생, 나랑 어디 좀 가자."

세창이 갑자기 남학생의 팔을 잡으며 말했다. 놀란 남학생은 눈을 동그랗게 떴다. 주변 사람들 역시 마찬가지였다. 세창이 조금이라도 이상한 짓을 할라치면 바로 단체로 몰매를 놓을 기세였다.

"경찰입니다."

세창이 경찰 수첩을 보이자 상황이 바뀌었다. 오히려 사람들은 학생을 수상하게 여겼다. 지금까지는 같은 목격자라고 생각해서 몰랐으나 학생의 발언에 무언가 수상한 게 있다고,

아까의 그 영상에 결정적 증거가 있었을지도 모른다고 여기
며 도끼눈을 떴다.

"전 아무 짓도 안 했어요! 그냥 사진만 찍었다고요!"

남학생이 당황했다.

"정말 아무것도 안 했어요!"

세창은 남학생의 절규를 무시했다. 무시무시한 표정을 한
채 남학생과 어깨동무하고 코엑스로 들어갔다.

피해자의 지문 조회 결과가 나오기도 전 화장실에서 그의
유류품이 발견됐다. 가방과 그 안에 든 지갑, 핸드폰 등을 포
함한 소지품 덕분에 피해자의 신분 확인이 끝났다. 피해자의
이름은 신도진, 35세. 근처 신용금고 직원이었다.

김 형사는 핸드폰의 통화기록과 메시지 송수신함, 카카오
톡 등을 확인했다. 그 결과 5시 50분 경 신도진이 '동석'과
오늘 만나자는 이야기를 나눈 흔적을 발견할 수 있었다. 김
형사는 바로 문제의 친구 '동석'에게 전화를 걸었다. 갑자기
광장에 시끄러운 음악이 흘러나왔다. 김 형사는 핸드폰을 대
지 않은 다른 쪽 귀를 한손으로 막았다.

"너 이 자식 어디야! 지금 코엑스 난리 났어!"

상대가 전화를 받는 것과 동시에 전화 너머, 같은 음악소
리가 났다. 김 형사가 주변을 둘러보니 삼십 대로 보이는 와

이셔츠에 양복 차림의 남자 두 명이 근처 카페 앞 벤치에 앉아 있었다. 마침 최초 목격자들을 모아둔 벤치였다. 김 형사는 문제의 남자에게 다가가 자신이 전화를 건 사람이라고 소개한 후, 문제의 배트맨이 신도진이었다는 사실을 전했다.

"그게 도진이었다고요? 자살이라고?"

전화를 받은 남자가 소스라치게 놀랐다. 털썩 자리에 주저앉자 허수아비처럼 부스스한 파마머리가 먼지떨이마냥 흔들리다 멈췄다.

신도진과 마지막으로 약속을 잡은 두 사람은 김의찬, 정동석으로 신도진과 같은 대학 출신이었다. 셋은 코엑스 주변의 직장에 다녔기에 일주일에 한두 번은 꼬박꼬박 뭉쳤다. 이날 역시 함께 코엑스에서 만나 술을 한 잔 마시기로 했다. 하지만 신도진은 나타나지 않았다. 그 후 둘은 날개 없는 배트맨이 하늘에서 떨어지는 장면을 목격했다.

동석은 한참 말하다 "아앗"하고 놀란 소리를 냈다.

"왜 그러세요? 뭔가 떠올리셨나요?"

김 형사가 녹음기를 들이대며 물었다. 김 형사는 남다른 악필에 손이 느려 메모 대신 늘 증언을 녹취했다.

"그러고 보니 도진이한테 배트맨 옷이 있었어요. 십 년 전인가 홍콩에 다녀오면서 샀댔어요. 생각해 보니 이상한데요. 그 녀석 올해 할로윈에 홍콩 간다고 신나 있었습니다. 지난

주에 만났을 때 비행기 티켓이며 숙소도 예약해 놨다고 말했어요. 선물 사오겠다며 뭐 갖고 싶은 거 없냐고 물은 녀석이 자살이라니 이상한데요."

"그러게요, 이상하네요."라고 말하며 김 형사는 의찬을 바라보았다.

죽은 피해자뿐만 아니라 여기, 이상한 사람이 한 명 더 있다. 동석은 한참 흥분해서 증언을 해댔지만 마찬가지로 친구라는 의찬의 반응은 영 시원찮았다. 의찬은 연신 헛기침을 하고 몇 번이고 핸드폰을 들여다보는 둥 이야기에 집중하지 못했다.

친구가 죽었다. 그것도 일주일에 몇 번이나 함께 술을 마실 정도로 친한 사이다. 그런데 핸드폰만 들여다본다. 감정의 변화가 없다. 눈물 한 방울 보이지 않는다.

"피해자가 하필 코엑스에서 배트맨 복장을 하고 자살을 할 만한 이유가 있었을까요?"

김 형사는 일부러 의찬을 보며 물었다. 동석은 의찬의 눈치를 보았지만 의찬은 핸드폰에만 시선을 고정할 뿐, 김 형사의 질문을 무시했다. 어쩔 수 없다는 듯 동석이 다시 입을 열 때, 의찬이 짧게 말했다.

"모르겠습니다. 그 정도로 친하지는 않아서요."

"코엑스 주변에서 만나 자주 술을 마시는 사이라고 하시지 않았나요? 대학 동창이라고 하신 것 같은데요?"

"자주 술을 마신다고 친한 사이면 회사동료는 매일 얼굴을 맞대니 가족입니까?"

의찬의 말투는 퉁명스러웠다.

"형사님도 대학친구들이 어떤지 아시잖습니까. 고등학교 친구들하고는 미주알고주알 다 떠들고 아무소리나 다 하지만 대학친구들은 안 그렇잖아요."

"고졸이라 모르겠네요."

김 형사가 무뚝뚝하게 대꾸했다.

그 말에 의찬이 대놓고 당황한 표정을 지었다. 헛기침을 하며 다시 한번 안경을 치켜 올렸다.

"의찬이가 좀 냉정하게 말하긴 했지만, 사실입니다."

분위기가 어색해지자 동석이 재빠르게 다시 입을 열었다.

"도진이와 저희는 자주 만났습니다. 하지만 딱히 깊이 있는 대화를 나누지는 않았어요. 저와 의찬이는 꽤나 이야기를 해도 도진이는 늘 입을 꾹 다물고 듣기만 했어요."

"수준이 안 맞아 말을 안 한 겁니다."

의찬이 또 한번 이기죽거렸다.

"그놈은 옛날부터 그런 놈이었습니다. 세상을 모두 비웃는 놈, 저만 잘난 줄 아는 놈."

"그렇다면 왜 만났나요? 그런 사이라면 딱히 만나지 않아도 되잖아요."

"만날 사람이 없으니까요. 단지 만날 사람이 없어서 시간을 때우려고 만나는 사이, 형사님도 있잖습니까."

김 형사는 고민했다. 아까 고졸이라고 말했을 때처럼 시간 때우려 사람을 만날 만큼 한가하지 않다고 말할까.

"전 너무 늦어서 그만."

의찬이 자리에서 일어났다.

"이 이상 무언가 이야기를 듣고 싶어도 저희한테는 헛수고입니다. 아는 게 없으니까요. 정 듣고 싶으시면 그 녀석 여자친구를 찾아가 보시던가 하세요. 결혼할 여자가 엄청 예쁘다고 데려와 자랑했으니까요."

나 형사는 자세한 상황을 알기 위해 안전요원을 만나러 왔다. 신원을 밝히고 안전요원에게 자세한 상황을 묻자 오십대의 풍채 좋은 안전요원이 "배트맨이 떨어졌습니다."라는 답을 해왔다.

"저도 봐서 압니다."

나 형사는 약간 신경질적으로 대답했다. 나 형사는 똑같은 말을 듣는 것을 싫어해서 트위터의 리트윗도 참지 못했다. 5분에 RT를 열 번 이상 하면 무조건 언팔, 타임라인에서 그 사람의 말이 뜨지 않게 했다. 그런데 이곳 현장에 오고난 후,

누구에게 물어봐도 계속 같은 말을 들어야 했다.

"배트…."

"CCTV를 확인하고 싶습니다."

같은 말이 또 나오기 전 본론에 들어갔다.

"있긴 한데 광장까지 찍혔는지 모르겠네요."

나 형사는 바로 작년의 악몽을 떠올렸다. 그때도 CCTV가 없어서 스파이더맨의 행동 추적이 불가능해 꽤나 고생했다. 나 형사는 박 서장의 추리쇼를 돕느라 스파이더맨처럼 빌딩 벽까지 기어오르느라 없던 고소공포증마저 생겼다. 분명 그때 광장의 CCTV를 건의했건만 여전히 설치가 안 됐다니.

일반적으로 생각할 때 코엑스는 유동인구가 많은데다 외국인들이 많이 와서 이곳저곳에 CCTV가 많을 것 같지만 그렇지 않았다. 누군가가 무엇을 훔쳐갈 수 있는 곳, 예를 들어 은행 ATM기나 물품보관소 주변, 지하철 통로엔 CCTV가 있었다. 좀도둑을 예방하기 위해 상점 안에도 마찬가지였으나 광장은 달랐다. 무방비했다. 텅 비어있는 광장은 훔쳐갈 게 없는 곳이다. 워낙 사람들이 많이 오고가기에 광장만을 따로 비추는 CCTV는 없었다.

"일단 발견 상황 이야기를 합시다. 처음 현장에 도착했을 때 배트맨이 어디에 어떻게 있었는지 이야기해 주실 분."

나 형사의 말에 다른 안전요원이 한 손을 들었다. 나이에 걸맞게 벗겨진 이마에 손톱자국이 길게 생기도록 긁으며 말했다.

"제가 왔을 때엔 이미 배트맨이 전선 더미에 쓰러져 있었습니다."

무언가가 부서지는 소리 듣고 놀라 뛰쳐나왔다. 호박이며 해골 장식물이 다닥다닥 걸린 전선 더미에 쓰러진 남자를 발견했다. 안전요원은 놀라서 내려오라고, 그러다 떨어지면 죽는다고 소리쳤지만 반응은 돌아오지 않았다.

"지금 생각해 보니 그때 이미 죽은 상태였겠네요."

젊은 남자가 끼어들었다. 얼굴에 잡티가 없고 훤칠했다. 너무 어려 보여 몇 살이냐, 하는 일이 뭐냐고 물어보니, 휴학 중인 대학생으로 대학등록금을 벌려고 부산에서 올라와 경비 아르바이트 중이라고 말했다.

청년은 무전으로 "사람이 전선에 걸렸다."는 연락을 들은 후 다른 안전요원들과 함께 사다리를 들고 출동했다. 사람들을 헤치고 다가가 배트맨의 바로 아래에 사다리를 세웠다. 올라가서 배트맨의 얼굴에 대고 큰 소리로 "여보세요, 위험하다고요!"라고 소리쳤다. 하지만 배트맨은 대답하지 않았다. 청년은 짜증을 내며 배트맨과 눈을 마주쳤다가 그가 죽었다는 사실을 깨달았다. 너무 놀란 나머지 균형을 잃고 쓰러졌다.

"거의 동시에 '넋 나간 어둠'과 허수아비가 무너졌습니다. 사람들은 비명을 지르고 난리였죠. 다행히 다친 사람은 없었지만요."

혹시 트위터에서 본 걸 그대로 떠들고 있는 거 아냐?

나 형사의 얼굴이 급격히 일그러졌다. 청년이 한 말은 지금까지 실시간으로 트위터에 올라온 것과 꼭 같았다. 나 형사는 이 청년의 증언을 어디까지 믿어도 되나 미심쩍어졌다.

탐문을 끝내고 돌아오던 나 형사가 코엑스에서 나오는 세창을 발견했다. 세창의 손에 아이폰이 들려 있었다. 평소 위에서 지급하는 스마트폰도 싫어서 자신에게 업무연락을 떠맡기는 세창이 별일이었다.

"어디서 났어요?"

"목격자의 도움으로 얻었지."

나 형사는 조금은 궁금했지만 세창의 눈이 튀어나올 정도로 반짝거렸기에 귀찮아질 것 같아 무시했다. 그렇지만 세창은 정말 말하고 싶었던 모양이다. 자꾸만 "흠흠!" 헛기침을 하였기에 결국 나 형사는 하고 싶지 않은 질문을 뱉을 수밖에 없었다.

"무슨 일이 있었나요?"

"아까 목격자 탐문하러 갔었잖아! 그런데 그곳에 웬 남학생이 자기 핸드폰에 사건 당시 영상을 찍었더라고. 내가 그거 갖고 싶다고 말했더니 내 핸드폰으로 보내준다고 하더라고. 그런데 내가 너도 알다시피 폴더잖냐. 이 남학생이 내 건 안 된다면서 스마트폰 없냐고 하더라고. 물론 서에서 지급받은 게 있긴 하지만 아무래도 내 걸로 받는 게 폼나잖아? 그래서 나 형사, 네가 트위터 하려면 핸드폰 제발 좀 바꾸라고 했던 것도 생각나고 해서 겸사겸사 내 개인 스마트폰을 장만했지. 생각난 김에 그 목격자 데리고 가서 가입하고 어플 다 깔아달라고 시켰지!"

나 형사는 반쯤 흘려들었다. 이제 끝났거니 했는데 세창은 다시 헛기침을 내뱉었다. 나 형사는 어쩔 수 없이 한번 더 쿵짝을 맞춰줬다.

"또 뭐요?"

"짜잔!"

세창이 자신의 핸드폰을 들어 보였다. 나 형사는 별생각 없이 세창의 핸드폰 화면을 보았다가 급속도로 피곤해졌다. 지금까지 트위터에서 수백 수천 번 RT되는 바람에 '윌리를 찾아라!'마냥 포즈 다른 배트맨 하나를 골라낼 수 있을 정도로 자주 본 사진을 또 보고 말았다.

"대단하지! 내가 아까 찾아낸 거야!"

나 형사는 밀려오는 짜증을 참으며 말했다.

"네."

될 수 있는 한 짧고 굵게, 제발 세창이 더 이상 아무 말도 안 하기를 빌며.

하지만 세창의 열린 입은 닫히지 않았다. 이번엔 다른 SNS의 이용방법을 가르쳐달라며 졸랐다.

나 형사는 진지하게 생각했다. 사건이 해결되던 안 되던 간에 어서 세창을 치안센터로 보내버리고 싶다고.

나 형사는 속마음을 감추며 세창의 핸드폰을 받았다. 오랜 막내 생활을 겪은 결과 지금 같은 상황에서 말대답을 했다가는 잔소리가 배로 돌아온다는 놀라운 교훈을 얻었기에 페이스북을 다운받으려는데, 세창의 핸드폰에 카카오톡 알림창이 떴다.

"카톡 왔는데요?"

나 형사가 알림창을 누르자 '이경희'의 메시지가 떴다.

'홍콩 가자!'

"달링이다!"

달링이라고라.

나 형사는 또 한번 얼굴을 일그러뜨렸지만 세창은 신경 쓰지 않았다. 핸드폰을 뺏어 느리지만 열심히 문자를 입력했다.

'어ㄴ제'

오타가 났다. 하지만 아내는 알아봤다. 세창이 메시지를 보내자마자 다시 메시지가 왔다.

'오늘 밤!'

오늘 밤?
세창은 잠시 당황했다. 고개를 들어 나 형사를 바라보았다가 흠칫 놀랐다. 방금 전까지 논알콜 샴페인 먹듯 인상을 잔뜩 쓰고 있던 나 형사가 해맑게 웃고 있었다. 세창의 손에서 핸드폰을 뺏더니 대신 메시지를 입력해 줬다.

'오케! 알라뷰! 따봉!'

"선배님, 제가 반드시 해외여행 보내드리겠습니다!"
나 형사가 기세등등하게 말했다. 하지만 세창은 얼굴이 벌게지도록 화가 났다.
"니가 왜 우리 마누라를 사랑해!"
나 형사는 다시 한번 마음속 깊이 다짐했다.
말대답하지 말자, 말자, 말자.

백 팀장은 천막을 나오며 특수반 각 형사에게 무전을 쳐 수사 상황을 확인했다. 자살 혹은 사고사라면 지금쯤 수확이 나올 때다.

백 팀장의 예상이 빗나갔다. 각 건물로 보낸 형사들은 하나같이 '피해자가 뛰어내린 곳을 찾을 수 없다.'고 말하고 있었다.

그럴 리 없다. 추락사라면 난간 어딘가에 발자국이 남는다. 아무리 강한 자살충동에 휩싸인 인간이라도 난간을 밟지 않고 뛰어내릴 인간은 없다. 실수라고 하더라도 발 끄트머리만 남은 발자국이 어딘가 남는다.

인간의 죽음이란 게 그렇다. 아무것도 남기지 않으려 해도 결국 살아있던 흔적이 생긴다. 경찰은 그런 흔적을 모아 분류하고 버리는 인생의 청소부다.

"백 팀장, 나 좀 봐."

조 팀장이 천막 사이로 얼굴을 내밀었다. 백 팀장은 그의 말에 다시 천막 안으로 들어갔다.

조 팀장이 피해자의 가면을 벗겨냈다. 드러난 피해자의 얼굴은 추락사 했다고는 믿기지 않을 만큼 곱게 보존되어 있었다. 그보다 신경이 쓰이는 것은 피해자의 목에 난 결정적 사인이었다.

"밧줄?"

백 팀장이 물었다.

"철사."

조 팀장은 비닐봉지에 든 증거품을 보이며 말했다.

그렇다는 말은….

백 팀장은 서둘러 무전기를 손에 들고 천막 밖으로 얼굴을 뺐다.

"사망원인을 정정한다. 원인은 액사, 흉기는 철사. 각 호는 발자국과 더불어 난간과 그 부근에 있을지도 모를 모든 흔적, 특히 밧줄 자국 찾아 주세요."

그러고는 다시 천막 안으로 고개를 집어넣었다.

조 팀장은 그새 피해자 주변을 살피느라 여념이 없었다. 그는 대형 허수아비가 무너져 전선이 사방에 흩어진 현장을 기어 다니며 무언가를 찾고 있었다.

조 팀장은 다른 감식관들이 찾지 못한 매우 작은 흔적을 찾아내 수사 해결에 많은 도움을 주곤 했다. 작년 코엑스에서 일어난 스파이더맨 사건 역시 그가 찾아낸 작은 유리 조각 하나가 결정적인 실마리가 되었다.

백 팀장은 잘 훈련받은 경찰견처럼 바닥을 훑는 조 팀장의 시선을 따라 눈을 움직였다. 조 팀장이 무언가를 발견하면 같이 놀라고, 스쳐 지나가면 같이 모른 체했다. 그 때문에 백 팀장은 살금살금 다가온 세창이 "저, 오늘 그만 퇴근하겠습니다…"라고 말했을 때 무심히 "그래."라고 말하고 말았다. 만약 뒤에 덧붙인 말줄임표가 이런 말이었다면 결코 "그래."라고 대답하지 않았으리라.

세창은 아주 작게 이렇게 덧붙였다.

"내일부터는 휴가입니다. 홍콩 갔다 11월 1일에 돌아올게요."

2011년 10월 27일, 홍콩

누군가 잠자는 명주의 뒤통수를 때렸다. 명주는 놀라서 벌떡 일어나려다가 뭔가 이상하다는 사실을 깨달았다. 명주는 이미 앉아 있었다.

"거기서 잤어?"

리셩하이가 한손에 든 열쇠를 보이며 열린 문 사이로 명주를 내려다보고 있었다. 명주는 자신이 방문 앞에 기댄 채 숙면했다는 사실을 믿을 수 없었다.

"어디가 아파? 손은 왜 그러고 있어?"

명주는 리셩하이의 말을 잠시 이해 못했다. 잠이 덜 깬 눈을 끔뻑거리며 자신의 손을 바라봤다가 왼쪽 손목을 꽉 쥔 오른손을 발견했다.

뒤통수를 맞아 놀랐는데도 손목을 잡은 손을 놓지 않았다니. 명주는 다시 한번 "어쩌다 보니."라고 대꾸하며 슬그머니 손을 내려놓았다. 너무 꽉 잡은 나머지 붉어진 손목의 자국을 손톱으로 긁으며 어젯밤 일을 떠올렸다.

이혁을 생각하다가 손목의 팔찌를 만지작거렸던 것까진 기억이 난다. 하지만 그대로 잠들 줄이야.

설마 이런 상황에서 악몽 없는 꿀잠을 잘 줄은 몰랐다.

칠 년 전 처음 배트맨을 만난 후, 명주는 단 한번도 단잠을 잔 적이 없었다. 아무리 피곤해도 자다가 몇 번씩 깨서 어두운 집안을 배회했다.

스컬 파라다이스의 힘인가. 정말 천국이 내게로 오기라도 한 건가.

"그래서 용건은? 왜 불렀는데?"

"이혁이 나오래."

"지금이 몇 신데?"

"아침 7시."

"새벽이잖아, 새벽."

"서울에서는 5시 반에 일어난다며."

"여긴 홍콩이잖아. 난 휴가를 왔다고."

명주는 툴툴거리면서도 문을 닫고 나갈 준비를 시작했다. 해골 레깅스에 검정 원피스, 청동 해골 시계 반지를 왼손 약지에 낀 후 입술에 빨간 립스틱을 발랐다. 다섯 개의 각기 다른 해골 가방 중 커다란 해골을 중심으로 금색 징이 잔뜩 박힌 악어가죽 클러치 백을 손에 들었다. 8센티미터 굽의 검은 하이힐을 신은 후 전신거울에 비친 모습을 살폈다. 살짝 나온 똥배를 빼고는 완벽했다.

"아직 멀었냐?"하고 리셩하이가 부르는 소리에 명주는 "후읍!"하고 한번 크게 숨을 들이마셨다. 배를 집어넣은 후 "지금 나가!" 소리치며 방을 나왔다. 1층 현관 앞에서 리셩하이와 재스민이 기다리고 있었다. 부부는 한참 웃으며 대화를 하고 있다가 계단 끝 2층에 나타난 명주를 보는 순간 동시에 입을 다물었다.

"Yoon, are you O.K?"

명주가 계단을 모두 내려오자마자 재스민이 말했다.

"Absolutely fine."

"But…."

재스민은 그 이상 말을 잇지 못했다. 명주가 알아들을 만한 영어단어를 고르느라 생각이 많은 모양이었다. 명주가 무시하고 나가려고 하자, 재스민이 재빠르게 전동휠체어를 움직여 명주의 앞을 막아섰다. 그러더니 명주가 알아들을 법한 영어를 말했다.

"Take off!"

재스민은 뒤에 이어질 말까지 명주가 이해하기 힘들 거라 생각했는지 한참 리성하이에게 무어라 중국어로 말했다.

"명주 씨."

리성하이가 그 말을 전했다.

"왜."

"그 옷 당장 벗으래."

난처한 리성하이의 표정과 재스민의 말보다 훨씬 짧은 번역에 명주는 쉽게 상황을 파악할 수 있었다. 명주는 바로 재스민을 보며 원망 섞인 목소리로 말했다.

"재스민!"

재스민은 완강히 고개를 저으며 리성하이에게 말했다. 리성하이는 바로 해석했다.

"그 해골에 치우친 패션 집어치우지 않으면 아무데도 못 간대. 그건 나도 동감이야."

도대체,

왜,

나의 해골을 이해하지 못하는 거야!

명주는 방에 들어가서 해골을 다 집어던졌다. 흰 티셔츠에 청바지만 입은 채 해골 시계 반지를 꼈다. 다행히 이번엔 재스민이 잔소리하지 않았다. 몸에 걸친 해골의 개수가 3개 이하면 참을 수 있는 모양이었다.

택시도, 버스도, 피크 트램도 이 시간엔 무리라며 리성하이가 센트럴 대로변까지 차로 명주를 바래다주었다.

어젯밤 클럽에서 밤을 샌 사람들과 센트럴로 출근하는 사람들 사이에 검은 폴로 티셔츠와 청바지를 받쳐 입은 이혁이 서 있었다.

"이혁 전화번호 입력했지?"

"응, 응."

명주는 건성으로 대답한 후 차에서 내렸다.

"잠깐만!"

급히 리셩하이가 명주를 불러 세웠다.

"왜?"

리셩하이는 할 말이 무척 많은 듯 입을 열었다 닫았다 반복하더니 한숨을 푹 쉬고 한다는 말이 "힘내!"였다.

"힘내! 빅토리!"

명주는 리셩하이의 한숨이 상당히 마음에 걸렸지만 일단 횡단보도를 건넜다. 길 건너 서 있는 이혁에게 손을 흔들어 아는 체 하는 사이 리셩하이의 차가 사라졌다.

"와우."

이혁이 명주를 아래위로 훑더니 말했다.

"Much better."

"우리말로 하시죠."

이혁은 명주의 요구에 대답 대신 코웃음을 쳤다.

적막한 오르막길을 걷고 얼마 지나지 않아 수많은 골목이 드러났다. 이혁은 골목에서 한 곳으로 꺾어 들어갔다. 목적지는 'Blood sign'이라는 간판이 붙은 클럽이었다. 앞문은 잠겨 있었으나 이혁은 당황하지 않았다. 고양이 오줌이며 새똥 냄새, 화장실을 찾지 못해 실수한 사람들의 흔적과 토사물이 쌓인 뒷골목으로 들어가 쪽문 앞에 섰다. 이혁이 문고리를 잡아당겼지만 열리지 않았다.

"잠긴 거 아니에요?"

"할로윈이 왔다는 뜻이죠."

이혁은 있는 힘껏 문을 잡아당겼다. 다음 순간 문고리가 나가떨어지며 문이 열렸다. 슈렉과 오드리 헵번이 부둥켜안고 있다가 골목으로 쓰러졌다. 뭐라 불평을 토하더니 다시 자기네 볼일에 집중하며 클럽 안으로 돌진했다.

열린 문틈으로 부둥켜안은 괴물들이 모습을 드러냈다. 늑대인간과 뱀파이어가, 강시와 영환도사가 껴안고 있었다. 명주는 흔히 볼 수 없는 광경에 잠시 얼이 빠졌다. 그런 명주에게 이혁이 손을 내밀었다.

"이번엔 잡으라는 뜻이야."

명주는 친절하게 덧붙인 부연설명을 무시했다. 이혁의 손을 찰싹 소리 나게 때린 후 앞서서 클럽 안에 들어갔다. 이혁은 살짝 웃더니 문을 닫았다.

불을 켜지 않은 클럽은 암흑 그 자체였다. 이혁은 바지주머니를 뒤져 손바닥에 쏙 들어갈 만한 크기의 작은 손전등을 꺼냈다. 손전등의 불빛이 안개사이로 스며드는 여명처럼 어둠을 갈랐다. 명주는 불빛을 따라 조심스레 발을 뻗었다. 어둠에 익숙해지자 여러 괴물을 발견할 수 있었다.

이혁은 엎어지고 쓰러지고 기대고 뒤집어진 괴물과 천사들, 유명인사로 분장한 인종도 연령도 성별도 모두 다른 사람들을 차근차근 살피더니 바에 길게 누워 양손을 가슴 위에 올리고 잠든 드라큘라 분장을 한 남자를 발견하고 나서야 발을 멈췄다.

남자는 흰 와이셔츠에 검은 바지, 안감이 붉은 검은 망토 차림이었다. 피부가 창백하고 머리카락은 은빛에 가까운 금빛으로 탈색해 길게 길렀다. 그것만으로 충분히 뱀파이어에 가까운 외모였는데 뺨에 난 십자가 모양의 문신은 더욱 맘에 걸렸다. 혹시 반헬싱을 만나 봉변당한 흔적은 아닐까. 명주는 남자의 입을 열어 송곳니 길이를 확인하고 싶어졌지만 이혁은 드라큘라를 겁내지 않았다. 오른손에 든 손전등으로 얼굴을 비추며 왼 손등으로 남자의 십자가 문신 부분만 골라 찰싹찰싹 소리가 나도록 때렸다.

남자가 서서히 눈을 떴다. 그 눈이 유달리 충혈되어 있었다. 명주는 다시 한번 남자의 송곳니를 확인하고 싶은 충동을 참느라 애를 먹었다. 남자는 이혁을 보고 놀라서인지 반가워서인지 알 수 없는 표정으로 비명을 지르다가 바 뒤로 떨어졌다. 큰 소리와 함께 코끝을 찡하게 울리는 알코올 냄새가 공중에 흩어졌다. 보드카 냄새였다.

소란 통에 몇몇 괴물이 정신을 차렸다. 스툴에 앉아 반쯤 몸을 바에 기댄 채 자던 좀비와 달걀귀신이 벌떡 일어나 눈을 몇 번 끔뻑이더니 다시 쓰러졌고, 저만치 떨어진 테이블에 앉아 있던 클린턴 부부는 주변을 두리번거리다 뒷문을 열었다. 대통령 부부가 클럽을 빠져나가는 순간 클럽 안에 빛이 쏟아졌다. 넘치는 빛이 가까스로 몸을 추스르던 드라큘라의 창백한 얼굴과 시뻘건 두 눈을 꿰뚫었다.

문이 닫히고 다시 어둠이 가득차자 드라큘라는 한숨 돌린 듯했다. 드라큘라가 하품을 하려고 입을 벌리자 명주가 그토록 보고 싶어 했던 송곳니가 모습을 드러냈다. 일반적이지 않은 크기의 송곳니였다.

드라큘라는 바닥 여기저기 깨져 널브러진 병을 대강 치운 후 손으로 옮길 수 있는 건 모두 들어 이미 가득 차 있는 쓰레기통에 집어넣고 밟아 채웠다. 싱크대의 물을 틀어 손을 닦은 후, 갖은 리큐르와 보드카 등을 꺼내 셰이커에 넣어 흔들더니, 명주와 이혁 앞에 칵테일 잔을 각각 놓고 내용물을 나눠 따랐다. 칵테일은 잔에 담길 때엔 아무 색도 없었으나 마지막 순간 체리를 띄우자 초록색으로 변했다. 명주가 이름이 뭐냐고 물었더니 드라큘라가 씨익 웃으며 말했다.

"Snake blood."

뱀 피라고라.

드라큘라는 씨익 웃으며 칵테일을 들라는 시늉을 했다. 명주는 억지웃음을 지으며 한 모금 홀짝 삼켰다가 당황했다.

"맛있어!"

이름만큼 예상치 못한 맛이었다.

명주가 칵테일의 맛에 감탄할 사이 이혁은 드라큘라와 대화를 주고받았다.

"배트맨 알아?"

"무슨 배트맨?"

"칠 년 전 할로윈, 란콰이퐁에 뜬 배트맨. 날개가 없었대."

"날개 없는 배트맨은 귀신이잖아."

"귀신은 2006년부터잖아. 이쪽은 2004년부터."

"그것만으로는 좀 어려운데. 뭔가 더 없어?"

"어이."

명주는 칵테일의 체리를 건져 먹다 놀라 이혁을 바라보았다. 이혁은 혀를 끌끌 차며 자신의 체리를 건네주며 물었다.

"뭔가 더 기억나는 거 없어? 누군가와 함께 있었다거나, 만난 곳이라던가."

"그런 식으로 생각해본 적이 없었는데요."

명주는 체리를 우물거리며 답했다.

"도대체 그런 식으로 생각하지 않았으면 그동안 어떻게 찾아온 거야?"

"그냥, 보이는 대로 물어봤는데요. 아무 배트맨이나 붙잡고 나 아냐고."

이혁은 혀를 찬 후 고개를 저었다. 드라큘라에게 중국어로 "단서 잡히면 연락 줘."라고 말하고 자리에서 일어섰다. 명주는 잽싸게 이혁의 칵테일까지 단번에 들이켰다. 후다닥 따라 나가려다 칵테일값이 떠올랐다. 지갑을 꺼내 돈을 내밀려는데 드라큘라는 받지 않았다. 왜 그러냐고 물어보니 알아듣기 힘든 영어 발음으로 말했다.

"히즈 마이 히로."

"He's my hero."겠지 싶었다. 그런데 왜 이혁이 드라큘라의 영웅일까?

"안 오냐?"

이혁이 쪽문 앞에서 손전등을 휘휘 휘두르며 말했다. 명주는 고개를 꾸벅 숙인 후 이혁에게 다가가 물었다.

"어떻게 아는 사이예요?"

"탈출시켜 줬습니다."

"어디서?"

75

"어디긴, 하나밖에 더 있어?"

이혁은 손잡이가 떨어져 나간 뒷문을 몸으로 밀어 열며 말했다.

"프리즌."

문이 열렸다. 가느다란 빛 한 줄기에 비친 이혁의 얼굴은 그 어느 때보다 무표정했다.

"한국말로 하라니깐요. 그런데 그게 어떻게 가능해요?"

"말했을 텐데."

이혁이 명주가 나오길 기다렸다가 문을 닫았다. 본래 검은색이었을 듯한 잿빛 문짝에 기다랗고 마른 몸을 기대며 말했다.

"난 돈만 받으면 무엇이든 할 수 있다고."

볕을 받은 이혁의 새까만 머리카락은 오래된 문짝처럼 잿빛으로 반짝였지만 눈동자는 빛나지 않았다. 명주는 그가 등지고 있는 클럽의 새까만 어둠처럼 깊이를 알 수 없는 두 눈이 두려워 입을 다물었다. 이혁 역시 더는 설명을 덧붙이지 않았다. 바로 옆의 클럽에 들어가 이번엔 좀비를 찾아 깨울 뿐이었다.

다섯 곳이 넘는 클럽을 돌며 배트맨에 대해 물어보고 나자 배에서 꼬르륵 소리가 났다. 해골 시계 반지의 시간을 확인해보니 오후 2시였다. 명주는 이혁에게 무언가 먹자고 했고 이혁은 시계를 보더니 찬성했다.

"슬슬 클럽들도 오픈 준비할 틈을 줘야겠지."

이혁은 바로 옆 골목으로 명주를 데리고 갔다. 한자로 취홍윤, 영어로 아래에 작게 Jasmin이란 간판이 달린 차찬텡, 홍콩식 분식점이었다. 노점으로 운영하는 차찬텡이었지만 분위기가 일품이었다. 카페에 가까운 분위기로 음악 역시 재즈를 틀었다.

명주는 간판에 고개를 갸웃거렸다. 재스민이 차찬텡과 관련이 있을 리 없다. 그런데도 신경이 쓰였다. 재스민도 카페를 운영하긴 한다. 빅토리아 피크타워 1층의 목 좋은 곳에 위치한 유명 홍콩 커피체인점이 재스민의 카페였다.

2007년 홍콩을 찾았을 때, 명주는 재스민을 만났다. 재스민은 우연히 들어간 카페의 주인이었다. 그때도 재스민은 휠체어를 타고 일했다. 처음에는 전동휠체어를 탄 모습에 당황했다.

명주는 대학에 다닐 때 유명 체인점의 바리스타로 아르바이트를 하다가 직업이 된 케이스다. 이후 대학을 졸업하고 몇 년 후 자신의 매장을 차려 독립을 할 때까지 장애인 바리스타를 본 적은 단 한번도 없었다. 그런데 이곳 홍콩에서는 장애인 바리스타가 그리 낯선 풍경이 아닌 모양이었다. 다른 손님들은 담담했다. 아니면 당황스러워도 티를 내지 않거나.

명주는 다른 사람들을 따라 아무렇지 않은 척 아이스 아메리카노를 한 잔 주문했다. 얼마 지나지 않아 재스민은 음료를 내줬다. 그 음료가 입맛에 딱 맞았다.

명주는 재스민에게 어떤 원두를 쓰느냐고 물었다. 재스민은 시원시원하게 자신의 이름을 딴 브랜드 원두 '재스민'을 쓴다고 말했다. 명주는 그 원두를 구매하고 싶다고 말하며 자신도 한국에서 카페를 운영한다고 밝혔다. 홍콩과 한국, 국적은 다르지만 같은 일을 한다는 공통점 덕분이었을까 처음 만난 사이인데도 한 시간이 넘게 안 되는 영어로 대화를 계속했다. 서로 연락처를 교환한 후 명주는 바로 원두를 구입해 귀국했다.

돌아온 후 카페의 원두를 바로 '재스민'으로 바꿨다. 예상대로 손님들은 호평했다. 명주는 정식으로 재스민에게 원두를 발주했다. 이후 홍콩에 들를 때마다 재스민을 찾는 건 업무상으로 중요한 일 중 하나가 되었다. 하지만 이정도로 격의 없이 지내게 된 건 작년 이후의 일이다.

작년, 홍콩에 올 때 숙소를 예약할 수 없었다. 아무리 할로윈이라도 보통 두 달 전에 숙소를 예약하면 가능한데 별일이었다. 원인은 또 배트맨이었다. 날개 없는 배트맨 괴담이 BBC 뉴스를 타면서 할로윈 시즌에 홍콩을 찾으려는 관광객이 급증했다. 이 때문에 웃돈을 주고도 숙소를 구할 수 없는 해프닝이 일어났다. 고민 끝에 명주는 혹시나 하는 마음으로 재스민에게 사연을 이야기했더니 바로 자신의 집에 묵으라는 답이 돌아왔다. 명주는 재스민에게 그에 합당한 답례를 하려고 했지만 재스민은 필요 없다고 했다.

고마운 말이지만 부담스러웠다. 이미 신세는 원두값만으로 충분했다. 재스민은 자신의 이름을 건 원두가 외국에서 팔린다는 사실만으로 기쁘다며 아무리 생각해도 헐값에 불과한 수준으로 단가를 정한 후, 단 한번도 금액을 올리지 않았다. 그런데 이번엔 숙소 문제로 이렇게까지 도움을 주다니. 왜 이렇게까지 하느냐고 묻자 재스민은 말했다.

"친구니까."

이때까지만 해도 알지 못했다. 친구. 그 단어가 재스민에게 어떤 의미가 있는지.

이혁과 명주는 잠시 차찬텡 앞에 서 있어야 했다. 차찬텡은 만원이었다. 다른 곳에 가야 하는 걸까 고민하자니 점원이 접이식 테이블과 의자를 갖고 다가왔다. 그렇게 바로 이혁과 명주 전용 테이블이 만들어졌다.

이혁은 자리에 앉기도 전에 기네스와 햄버거를 시켰고, 명주는 아이스 아메리카노와 클럽샌드위치를 주문했다. 음료가 먼저 나왔다. 이혁은 맥주를 한 모금 들이켜며 "크!" 소리를 냈다. 명주 역시 빨대로 한 번 쭉 들이켰다가 익숙한 맛에 당황했다. 이 커피는 명주가 한국에서 만드는 것과 같은 맛이었다.

이혁이 말했다.

"밀크티를 마셔야 하는데."

"밀크티? 시켜."

"재스민엔 나이차가 없어."

나이차가 메뉴에 없다고?

명주는 고개를 갸웃거렸다. 홍콩에서 밀크티를 팔지 않는 차찬텡이 있다고?

"왜 없는데?"

이혁은 대답하지 않았다. 더는 말하기 싫다는 분위기가 역력했지만 명주는 굴하지 않고 다른 질문을 던졌다.

"당신이 지금 만난 사람들은 모두 예전 의뢰인인가요? 그 드라큘라처럼 감옥에서 빼주거나 한 거야?"

"비슷해."

"좀비는?"

"스타페리에서 물에 빠진 걸 구해줬지."

"스머프는?"

"밀입국하는 걸 도왔고."

"쿵푸팬더는?"

"걔, 트랜스젠더야. 여자에서 남자로."

"그것도 당신이 도왔어?"

이혁은 대답 대신 맥주를 또 한번 삼키며 고개를 까딱였다. 그 동작이 너무나 자연스러웠기에 명주는 천장에 달린 스피커에서 나오는 아야도 치에의 노래 'L-O-V-E'에 리듬을 맞추는 것인지, 아니면 자신의 말에 예스라고 하는 것인지 알 수 없었다. 명주가 마지막으로 궁금한 것을 물었다.

"리성하이는?"

이혁은 재스민에서 나이차를 팔지 않는 이유를 가르쳐주지 않았을 때처럼 대답하지 않았다. 대신 노래 가사에 맞춰 "엘!" "오!" "뷔!" "이!"를 외치며 몸을 흔들었다. 주변에 앉은 사람들은 무심히 이혁을 바라보았다가 다시 본래 보던 핸드폰, 노트북, 책이나 사랑하는 이의 얼굴로 고개를 돌렸다. 제 나라의 언어로 대화를 나눴다.

명주는 생각했다.

'저 사람들 눈에 나와 이혁은 어떻게 보일까. 한국어로 대화를 나누는 커플로 보이려나?'

둘의 복장이 비슷하니 그렇게 보일 수 있겠다. 그러나 명주와 이혁은 커플이 아니다. 의뢰인과 해결사다. 그것도 칠 년 전에 만난 날개 없는 배트맨을 찾아달라고 의뢰한 의뢰인과 일억 오천만 원의 보수를 요구한 해결사 사이다.

이 사람들이 이 사실을 알면 어떻게 생각할까.

코웃음 치겠지.

믿지 않겠지.

백에 하나 믿는다면, 이렇게 물으리라.

왜?

왜 그렇게까지 하면서 배트맨을 찾아?

명주는 대답하리라.

그냥요. 그냥 만나고 싶어서요.

단지 만나고 싶다는 이유만으로 일억이 넘는 돈을 내고 사람을 찾는다고?

믿지 못하리라. 웃으리라. 명주가 그래도 강하게 "그냥."이라고 대답하면 의아해 하리라. 어깨를 으쓱하거나 진지한 표정으로 설교를 늘어놓거나 그도 아니면 적당히 이야기를 끌고 가다 자기 볼 일을 보리라.

사람들은 그렇다.

이상하고 특이하고 재미난 것을 보면 흥미를 보이지만, 상식을 벗어난 행동을 하면 한 발짝 물러선다. 명주는 배트맨을 찾으며 이런 일을 너무나 많이 겪었다. 그래서 이제는 배트맨을 찾는다는 이야기를 아무에게도 하지 않았다. 이유를 만들어대기가 지긋지긋했다. 또 그런 가짜 이유를 늘어놓아야 하는 이유도 모르겠고.

왜 사람들은 그럴듯한 이유를 말하지 않으면 무언가를 이해하지 못할까? 어째서 그런 사람 자체가 있을 수 없다고 말하는 걸까? 왜 상식에서 벗어난 인간은 당신의 세계에서는 존재할 수 없는 인간이 되는데? 사람은 누구나 허락을 받아야만 존재할 수 있는 인간인가?

그렇지 않다. 존재는 누군가의 허락을 받아 그곳에 있지 않다. '그냥' 그곳에 있을 따름이다.

억지로 이유를 갖다 붙이는 것은 인간뿐이다. 그래도 반드시 이유를 대라고, 그래야만 인간으로 인정한다면 차라리 인간이길 포기하겠다. 아무것도 없는 존재, 너희가 이해하지 못하는 외계인, 해골, 귀신이 되겠다.

이 남자만 있다면 가능하리라. 지금 내 옆에서 "엘!"을 외치는 이 남자는 상상을 현실로 만들고, 상식을 또 다른 상식으로 재해석할 수 있으니까 날 인정하지 않는 이 세상에서 **존재하지 않는 나**를 찾아 주리라.

루이 암스트롱이 부른 'Mack the Knife'가 흐를 즈음 햄버거와 클럽샌드위치가 나왔다. 이것 역시 명주의 입맛에 맞았다. 그 사이에도 이혁은 선율은 경쾌하지만 가사는 암울하기 짝이 없는 노래에 몸을 앞뒤로 흔들었다.

명주가 클럽샌드위치를 반 정도 먹었을 즈음 골목에 구름이 깔렸다. 아직 우기가 끝나지 않은 탓에 홍콩은 날씨가 들쑥날쑥했다. 거의 동시에 세 명의 남자가 나타났다. 키도, 나

이도, 피부색도 비슷한 세 명의 초콜릿 색 피부의 남자들이 었다. 남자들은 아직 시간이 이르건만 벌써부터 할로윈 분위 기를 물씬 풍겼다. 아프리카 민속의상 차림을 한데다 그에 어울리는 가면까지 꼼꼼하게 쓴 채 북과 장구를 치며 즉흥 연주를 하면서 길을 걷고 있었다.

수많은 종류의 코스튬 플레이어를 봤지만 아프리카 민속의 상은 처음이었다. 특히 호기심이 생긴 것은 그들이 쓴 가면 과 목에 건 목걸이였다. 해골을 연상시키는 가면과 작은 해 골을 꿰어 만든 목걸이. 그것은 명주가 손목에 낀 스컬 파라 다이스와 마찬가지로 죽음을 연상시키는 것들이었다. 언제나 그렇듯 명주는 해골에서 시선을 뗄 수 없었다.

명주가 너무 뚫어져라 바라본 탓인지 세 남자가 방향을 틀 었다. 란콰이퐁의 메인 거리로 가는 대신 명주에게 다가와 이리 나오라는 손짓을 계속 했다. 명주는 무표정한 해골가면 을 마주보다가 아침에 재스민이 했던 말을 떠올렸다. 해골에 치우친 패션. 어쩌면 이들은 명주의 패션 탓에 친근함을 표 시하는 것일지도 모른다.

명주는 웃으며 거절했지만 남자들은 떠나지 않았다. 보통 고집이 아니었다. 그들이 버티고 계속해서 즉흥 연주를 하는 바람에 스피커의 음악이 불협화음으로 변했다. 차찬텡에 어 색한 공기가 흘렀다. 명주가 어떻게 해야 하나 한참 난감해

할 때 이혁이 자리에서 일어났다. 명주는 그가 혹시 남자들과 언쟁이라도 벌일까 긴장했지만, 그런 일은 일어나지 않았다.

이혁은 노래했다. 쿠바 퍼커션을 연상시키고도 남을 빠른 템포로 랩에 가까운 무언가를 불렀다. 삼인조 남자들은 그런 이혁의 노래에 박자를 맞췄다. 지금껏 연주하던 낯선 아프리카 민속음악과 전혀 다른 분위기로 북을 쳤다. 차찬텡의 음악도 바뀌었다. 스피커에서 흘러나오는 팀발레스와 콩가 소리는 즉흥연주와 잘 어우러져 카페는 물론 골목 전체를 울리고도 남았다.

남자들은 신명나게 놀다가 십 분쯤 지나서야 란콰이퐁 메인 골목으로 사라졌다. 이혁은 멀어지는 그들에게 몇 번이고 손을 흔들어준 후 돌아왔다. 주변 사람들이 그런 이혁에게 박수갈채를 보냈다. 누군가는 기네스 한 병을 건네기도 했다. 이혁은 그 기네스를 기분 좋게 받았다. 병나발을 불다가 자신을 뚫어져라 바라보는 명주에게 물었다.

"왜, 할 말 있어?"

"네."

"말해."

"당신, 멋있네."

"이제 알았냐."

이혁은 피식 웃었다.

명주는 그런 이혁과, 저만치 멀어지는 남자들의 모습을 오버랩하듯 겹쳐 보다가 무언가 떠올렸다. 자리에서 벌떡 일어났다. 이혁이 그런 명주를 보고 웃으며 물었다.

"왜, 멋있어서?"

"생각났어."

명주는 여전히 세 남자의 뒷모습에 집중한 채 말했다.

"배트맨도 친구가 있었어. 스파이더맨과 슈퍼맨. 그래, 배트맨은 그 둘과 함께 나타났었어요. 스파이더맨은 손바닥에서 거미줄을 뿜었고, 슈퍼맨은 셔츠를 풀어헤치며 변신했어. 그리고 배트맨이 나타났지."

이혁은 기네스를 마저 들이키더니 자리에서 벌떡 일어났다. 명주의 머리를 쓰다듬더니 주머니를 뒤져 손수건을 건네줬다.

"잘했어. 눈물 닦아."

명주는 이혁의 말을 잠시 이해하지 못했다. 하지만 그의 말대로 손수건을 받아 눈에 갖다 대니 정말 눈물이 묻어났다. 하늘의 먹구름이 명주의 눈에 어리기라도 한 듯, 많은 양의 눈물이 흘러나오고 있었다.

2011년 10월 26일, 한국

벌써 한 시간째, 세창을 제외한 특수반 전원이 자신의 책상 위 모니터를 눈 한번 깜빡이지 않고 들여다보고 있었다. 가장 먼저 나가떨어진 것은 백 팀장이었다. 거의 동시에 김 형사와 나 형사도 몸을 젖혔다. 셋은 서로의 얼굴을 바라보며 동시에 고개를 저었다. 이번 CCTV 탐독도 허탕이었다. 세 형사는 배트맨이 목을 매단 옥상으로 향하는 비상구며 엘리베이터 등을 일일이 확인했지만 여전히 실제 배트맨이 살해당한 장소를 찾지 못했다.

배트맨의 부검소견서는 물음표투성이었다. 목에 장시간 철사에 매달려 살을 파고든 흔적이 나온 데다가 배트맨의 옷 안에서는 목을 졸렸던 충격으로 인한 토사물과 대소변이 검

출되었다. 또 해부 결과 위에서 딸기 120그램과 바나나 80
그램, 미량의 수면제가 나왔다.

여기까진 괜찮았는데 액흔이 문제였다. 피해자가 저항한
흔적이 전혀 없었다. 작정을 하고 자살을 시도, 수면제를 먹
고 시한장치를 만들어 저절로 목을 매달게 만들었다고 가정
한다면 가능하겠지만 시간이 너무 오래 걸린다. 그렇게 오랜
시간 매달린 시체가 어떻게 누구의 눈에도 띄지 않는단 말인
가. 그렇다면 역시 타살인가? 누군가 죽인 후 사체를 옮겼
다?

추락 현장만 찾으면 해결될 가능성이 높은 의문들이었건만
문제는 바로 그 현장이었다. 그래서 세 명의 형사는 힘을 합
쳐 CCTV에 매달렸다. 하지만 배트맨이 옥상에서 뛰어 내리
는 모습은 물론이거니와 주변을 걸어 다니는 모습도 찾을 수
가 없었다.

"그냥 자살이라고 올릴까?"

백 팀장의 말에 김 형사와 나 형사가 동시에 눈을 부릅떴
다.

"농담이다, 이 녀석들아. 이걸 어떻게 접냐."

백 팀장이 한숨을 쉬며 일어섰다. 김 형사와 나 형사는 쑥
스러운 듯 뒷머리를 긁으며 백 팀장의 뒤를 따랐다. 백 팀장
은 복도 끝에 있는 자판기에서 커피를 뽑아 두 형사에게 건

넸다.

"뽕녀 시리즈."

김 형사가 커피를 받으며 말했다.

"나 이거 끝나면 뽕녀 시리즈 끝까지 다 볼 겁니다."

"몇 편까지 나왔는데요?"

나 형사가 물었다.

"글쎄, 삼십 편까지는 기억나는데."

김 형사가 고개를 갸웃거렸다.

"세창이 지금쯤 비행기 탔을까?"

백 팀장이 말했다.

"탔겠죠."

나 형사가 짤막하게 말하며 핸드폰을 쳐다보았다. 그렇게 컴퓨터 모니터를 봐놓고도 질리지 않고 이것저것 만지작거렸다.

"나 왜 이리 억울하지."

백 팀장이 한숨을 쉬었다.

"그러니까 바둑내기를 왜 하세요."

"나도 모르겠어. 바둑판만 앞에 두면 나도 모르는 내가 자꾸 튀어나와."

'그건 고스트 바둑왕이고.'

나 형사가 차마 못한 말을 트위터에 올렸다.

"뭐가 어떻게 되어가는 걸까요?"

김 형사가 커피 한 잔을 다 마시고 한 잔을 더 뽑으며 말했다.

"세창이 자식을 잡는 건데."

백 팀장은 딴 소리를 했다. 어지간히 분한 모양이었다.

김 형사는 그의 말을 한 귀로 흘리며 커피를 다시 한 번 단번에 들이키고는 세 번째 커피를 뽑기 위해 자판기로 손을 뻗었다. 고등학생 때까지 씨름을 한 김 형사는 형사가 된 후로도 선수시절 체격을 유지하고 있었다. 그 때문에 늘 남들보다 배로 먹었다. 세 형사는 안 되는 건 제치고 일단 피해자 주변 탐문을 재개하기로 수사 방향을 다잡았다. 사기충전까지는 아니지만 카페인은 충전했으니 다시 움직일 타이밍이었다.

오랜만에 백 팀장이 직접 탐문을 나섰다. 세창이 빠지는 바람에 현재 특수반엔 자신과 김 형사, 나 형사밖에 없었다. 본래는 두 명이 더 있었으나 작년 말과 올해 초 도봉경찰서와 춘천경찰서로 각기 발령이 난 후 충원이 안 됐다. 왜 이렇게 인원 충원이 안 되나 갑갑해서 주변에 알아보니 '홍금보 닮은 팀장이 있는 강남경찰서 특수반, 이른바 강력 백팀에 가면 반년 안에 뼈가 부러진다.'는 정체를 알 수 없는 소문이 돈다는 이야기를 들을 수 있었다.

백 팀장은 아니라고 말할 수 없었다. 실제로 특수반, 백 팀장의 성을 딴 이른바 강력 백팀에 들어온 후 신변에 이상을 호소하는 형사가 한둘이 아니었다. 심지어 그 중 한 명은 암까지 걸렸으니 말 다 했다. 이 상황에서 문제의 암에 걸렸던 세창마저 홍콩으로 튀었다. 아직 사건성이 확실치 않은 이런 상황에서는 지원을 요청하기가 곤란했기에 데스크인 백 팀장이 움직일 수밖에 없었다.

신도진이 다녔던 신용금고는 삼성역에서 한 블록 떨어진 곳에 있었다. 큰 거리까지는 아니지만 안쪽 도로의, 나름 목이 좋은 곳이었다. 대형은행이 타 은행과 합병을 하자 지점 간의 거리가 너무 가까워져 폐쇄하면서 그 자리에 신용금고가 들어온 케이스였다. 백 팀장도 달랑 만 원뿐이지만 이 신용금고에 통장이 하나 있었다.

백 팀장이 은행 안에 들어가 주변을 두리번거리자 바로 안내가 다가왔다. 백 팀장은 신분증을 보이며 신도진과 마지막으로 이야기를 한 사람을 찾았다. 안내는 크게 당황하더니 기다리라 하고 안으로 들어갔다. 한 창구 여직원에게 귓속말을 하자 여직원이 벌떡 일어났다. 백 팀장을 한 번 바라보고는 뒤로 돌아가 와이셔츠 차림의 남자에게 귓속말을 하자 그 남자 역시 벌떡 일어났다. 이후로도 이야기가 전해질 때마다 사람들이 일어났다. 백 팀장은 이 광경을 바라보다가 '두더지 잡기'를 떠올리고는 묘한 포인트에서 히죽거렸다.

백 팀장이 웃음을 거둘 무렵, 한 여직원이 다가왔다. 유미애. 토끼처럼 앞니가 살짝 튀어나오고 소년처럼 머리를 짧게 자른 이십 대 여직원이었다.

유미애는 어제 6시 정각에 회사를 나와 코엑스까지 신도진과 동행한 후 헤어졌다. 백 팀장이 어느 길로 갔냐고 묻자 유미애는 난감한 표정을 짓더니 "잠깐만요."라고 말했다. 하얀 코트를 걸치고 나와서는 "말보다 행동이 빨라요."라고 말하고는 백 팀장을 신용금고의 뒷문으로 안내했다.

좁은 골목이 나왔다. 이 건물 1층에서 근무하는 사람들만 알 법한 뒷길인 듯했다. 이 길을 따라 5미터 정도 걷자 주상복합 건물이 나왔다. 이때 백 팀장은 잠시 유미애를 놓쳤다. 주변을 두리번거리자니 유미애가 백 팀장을 부르는 소리가 났다.

"이쪽이에요, 이쪽!"

바로 앞에 보이는 고층 주상복합건물 1층 유리문 안에 유미애가 서 있었다.

백 팀장은 어쩐지 이런 유미애의 모습이 낯익었다. 어디서 봤을까 속으로 생각하면서 유미애를 따라 건물 안으로 들어갔다. 유미애는 건물을 통과하는 내내, 몇 번이고 반복해서 목에 건 커다란 부엉이 펜던트를 들었다 놨다. 알고 보니 부엉이의 눈이 시계였다. 그렇게 빠져나간 건물 반대편은 바로 큰길이었다.

어느새 코엑스가 길 건너였다. 마침 신호등의 푸른 신호가 점멸하고 있었다. 유미애는 횡단보도를 향해 달렸다. 백 팀장도 그런 유미애를 따라 걸음을 서둘렀다. 횡단보도를 건넌 유미애는 바로 보이는 도심공항터미널 입구로 들어갔다. 지하로 향하는 에스컬레이터를 타고 내려가 직진하자 마침내 멈추고 말했다.

"도착!"

유미애의 말에 백 팀장은 손목시계를 들었다. 신용금고에서 출발해서 이곳까지 정확히 5분 걸렸다. 백 팀장이 코엑스에서 갈 때보다 10분 빨랐다. 동시에 이 장면을 어디서 봤는지 깨달았다. 《이상한 나라의 앨리스》의 첫 장면이다. 앨리스는 하얀 토끼를 따라 땅속으로 들어갔다가 이상한 나라로 빠졌다. 하얀 토끼는 자꾸만 회중시계를 꺼내 보며 "늦었어, 늦었어!"를 외쳤다.

"왜 이렇게 다녀? 길어봤자 10분이잖아요?"

백 팀장이 볼 때엔 큰 차이가 없어 보였지만 유미애는 딱 잘라 다르다고 답했다.

"퇴근 10분 일찍 하는 게 얼마나 마음의 위안이 되는지 모르시는군요, 형사님은!"

백 팀장은 '허허.' 웃으며 생각했다.

'그건 알죠. 다만 나는 퇴근 10분의 문제가 아니라, 밤샘을 하느냐 아니냐의 문제라서.'

백 팀장은 바둑판에 돌을 놓듯 천장의 CCTV를 일일이 살피며 왔던 길을 되돌아갔다. 올 때는 걸음이 급해 몰랐는데, 코엑스 지하의 많은 커피전문점 사이에 아주 작은 카페가 있었다. '코퍼스 크리스티'라는 이름의 카페로 앉을 수 있는 테이블은 달랑 두 개였다. 카운터 앞에는 사람이 다섯 명이나 서서 웅성거렸다.

"한 잔 드시고 가실래요? 여기 제 단골집인데."

"아, 그럼 내가 사겠습니다."

백 팀장이 웃으며 지갑을 꺼냈다.

"감사합니다, 아메리카노, 라떼, 캬라멜 마끼아또 두 잔, 딸기 주스 나왔습니다!"

이십 대 후반정도로 보이는 여직원이 방긋 웃으며 음료수를 내밀자 앞에 서 있던 다섯 명이 각기 음료를 받았다. "역시 빠르다니까.", "맛있어."라고 말하며 가게를 빠져나갔다.

"어서 와요!"

여직원이 유미애를 보고 먼저 인사를 건네 왔다.

"어, 주인 언니는 어디 갔어요?"

유미애가 안을 들여다보며 말했다.

"홍콩 갔어요."

"홍콩, 와. 돈 많이 버나 보네."

"그건 아니에요. 이 친구가 정한 규칙일 따름이죠."

"앗, 친구세요? 그러고 보니 닮았네!"

"닮았다니 왠지 기분 나쁜데? 내가 더 낫지 않나?"

"네, 언니가 나아요."

"그럼 그렇지!"

여직원은 시원스레 웃더니 덧붙였다.

"명주랑 난 중·고등학교 동창이고요, 가끔 이렇게 서로 가게를 봐줘요."

"서로 가게면… 언니도 다른 데서 카페 하세요?"

"네, 알바지만."

"우와, 그렇게도 되는구나!"

"예전에 같은 카페에서 일했거든요. 그곳에서 함께 배워서 명주는 먼저 독립하고 난 아직 알바."

여직원과 유미애는 죽이 잘 맞아 한참 떠들었다. 그들 뒤에 줄을 선 손님이 생겼는데도 눈치 채지 못했다. 백 팀장이 나섰다. 헛기침을 두 번 해 주위를 상기시켰다. 유미애와 여직원은 그제야 새로 온 손님을 발견하고 대화를 멈췄다. 여직원은 능숙한 손놀림으로 주문을 받고 순식간에 손을 움직여 음료를 만들어 내주었다.

백 팀장은 음료를 만드는 속도가 굉장히 빠른 것 같다는 생각에, 다음 팀이 주문한 음료를 만드는 시간을 체크하려고 손목시계로 시간을 재봤다. 그랬더니 음료 네 잔을 만드는 시간이 채 4분도 걸리지 않는다는 사실을 확인할 수 있었다.

백 팀장은 음료를 제조하는 속도에 감탄하느라 주스의 맛을 보는 걸 잠시 잊었다. 그런 백 팀장에게 여직원은 입맛에 잘 맞느냐고 립서비스를 하는 여유까지 부렸다. 백 팀장은 허겁지겁 주스의 맛을 봤다. "맛있네요." 하고 감탄한 후 본론에 들어갈 생각으로 문뜩 떠오른 것을 질문으로 던졌다.

"그런데 딸기 바나나 주스에 딸기와 바나나가 몇 그램쯤 들어갑니까?"

"대충 120그램에 80그램 정도일까요?"

별 생각 없이 던진 질문이 빙고였다. 신도진의 위에서 발견된 건 아마도 주스였던 모양이다. 백 팀장은 신분증 뒤에 꽂아놓은 종이 한 장을 꺼내 여직원에게 보이며 물었다.

"혹시 어젯밤 이런 남자 못 보셨습니까? 딸바를 시켰을 텐데요."

경찰서에서 나올 때 신도진의 신분증 사본을 컬러 인쇄해 왔다. 여직원은 그런 신도진의 사진을 한참 들여다보더니 고개를 갸웃거렸다.

"왔다 간 것 같기도 하고, 아닌 것 같기도 하고. 딸바가 인기가 많거든요."

"유미애 씨 생각엔 어때요?"

백 팀장은 유미애에게도 물었다.

"왔다 갔을 가능성이 있죠. 여기 우리 단골가게니까."

"유미애 씨가 볼 때 신도진 씨는 어떤 사람이었나요?"

"뭐 괜찮은 사람이긴 했어요. 하지만 좀 괴짜?"

"괴짜? 어떤 면이?"

"신 차장님 서울대 출신인 건 아시죠?"

"그렇더군요."

"대학 때부터 대단했다나 봐요. 인물이 훤칠하고 대인관계도 좋은 데다 대학 시절부터 여러 공모전을 휩쓸어 몇몇 대기업은 재학시절부터 서로 오라고 했대요. 그런 대단한 사람이 대학을 졸업하고 이런 신용금고에 들어왔어요. 제1금융권에서도 오라는 데 많았는데 말이죠. 처음에 난리였대요. 사장까지 직접 불러 왜 이런 작은 회사에 들어왔냐고 물었다나. 신 차장님은 그럴듯한 대답을 했다나 봐요. 회사의 이미지에 반해서, 창립의의가 좋아서, 기타 등등. 하지만 누가 그런 걸만 번지르르한 말을 믿겠어요?"

백 팀장은 저도 모르게 고개를 끄덕였다.

"당연히 사람들은 납득을 못했고 기회가 있을 때마다 물었다나 봐요. '왜 이 회사에 들어왔어, 솔직하게 말해 봐. 우리 둘만 아는 비밀 하자니까!' 이런 대화가 몇 번이고 반복되자 결국 그 성격 좋은 사람도 폭발을 했대요. '그냥 그랬단 말입니다! 그때는 그냥 그러고 싶었다고요!'하고. 다들 여전히 납득은 못했지만 너무 화를 심하게 내기에 그 후론 묻지 않았대요. 대신 소문만 무성했죠. 신 차장에게는 분명 뭔가 비밀이 있다, 회사 사장과 일종의 관계가 있다, 미래의 사장 사위다 등등."

"유미애 씨는 어떻게 생각했는데요?"

"그냥 그랬나 보다 했는데요."

"그냥?"

"우리 회사 꽤 괜찮은걸요. 일 편해요. 적당히 일하고 휴가 다 쓸 수 있고. 뭣보다 나랑 별 상관도 없는데 그 이상 생각하기도 귀찮고."

그런가. 자신이랑 상관없는 일에는 신경 쓰지 않나. 그렇다면 얼마 안 가 신도진이란 사람이 있었다는 사실도 잊을 텐가.

백 팀장은 빨대로 쪽쪽 소리를 내며 남은 주스를 마저 빨아마셨다. 그런데 이상했다. 모두 마셨는데도 갈증이 가시지 않았다. 오히려 마시기 시작할 때보다 더더욱 목이 타고 가슴 언저리가 자끈거렸다.

김 형사는 눈앞의 컴퓨터 화면에 시선을 고정한 채 일곱 개째 단팥빵을 입에 넣었다.

배트맨이 옥상에서 목을 매단 영상을 찾을 수 없자 백 팀장은 각 건물 모든 층의 CCTV를 모조리 살피라고 말했다. 나 형사가 대놓고 싫은 티를 하며 피해자 친인척 탐문을 자기 혼자 돌겠다고 선수를 쳤기에 어쩔 수 없이 CCTV 영상 분석은 김 형사의 차지가 됐다.

김 형사는 또 하나의 CCTV 영상을 끝낸 후 다시 단팥빵 박스에 손을 집어넣었다.

커피를 마시고 돌아와 보니 강력 백팀에 단팥빵 한 상자가 와 있었다. 보낸 이는 홍콩에 간 강세창이었다.

"내가 무슨 도라에몽이냐!"

백 팀장은 단팥빵을 바닥에 던지고 뛰쳐나갔고, 나 형사는 핸드폰이 부서져라 액정화면을 손가락으로 마구 눌렀다. 김 형사가 나 형사에게 단팥빵 안 먹냐고 묻자 나 형사는 "전 단팥 알레르기예요."라는 대답을 해서 김 형사를 어이없게 했다. 일주일 전만 해도 수능 시즌이라 찹쌀떡을 실컷 먹을 수 있을 것 같다는 소리를 한 나 형사가 할 법한 소리가 아니었다.

김 형사가 열 번째 단팥빵 봉지를 뜯는 순간 핸드폰이 울렸다. 백 팀장의 전화였다. 김 형사가 전화를 받자마자 안부보다 먼저 질문이 날아왔다.

"이메일 갔지?"

김 형사는 봉지를 뜯던 손을 멈췄다. 마우스를 움직여 메일함을 클릭했더니 이메일 한 통이 와 있었다.

"이게 뭔가요?"

"일단 받아 봐."

김 형사는 고개를 갸웃거리며 첨부파일을 다운받았다. ZIP파일이었다. 압축을 풀자 어림잡아 서른 개가 넘는 동영상파일이 나왔다.

"백 팀장님, 설마!"

"그래, 설마!"

"뽕녀 시리즈?"

"아냐. 이상한 나라 기념품이야."

"이상한 나라? 그건 또 뭐예요?"

김 형사는 웃으며 동영상을 클릭했다가 얼굴이 굳었다.

"이 색다르면서도 어디선가 본 듯한 영상은 도대체 어디서 난 겁니까?"

또 CCTV 영상이었다. 어딘가의 주차장, 편의점, 오피스텔, 도심공항터미널, 코엑스 지하 등을 비롯한 총 서른 두 개의 영상.

"이상한 나라 기념품이라니까. 아무튼 잘 부탁한다! 신도진을 중심으로 잡아서 타임라인 뽑아 봐!"

전화가 끊겼다. 김 형사는 길게 한숨을 내쉬었다. 이제 김 형사는 이 안에서 신도진을 주인공으로 한 다큐멘터리 필름을 뽑아내야 한다. 재생하기 직전, 김 형사는 방금 전 뜯다 만 빵 봉지를 손에 들며 생각했다. 설마 빵이 먼저 떨어지진 않겠지.

나 형사는 다시 한번 신도진의 핸드폰을 살폈다. 다른 형사들은 눈치 채지 못했지만 평소 트위터와 카카오톡을 달고 사는 나 형사의 눈에 도진의 핸드폰은 이상하다 못해 기묘했다.

신도진의 SNS 대화는 모두 단문이었다. 자신이 먼저 누군가에게 말을 시키는 경우는 전혀 없었다. 유달리 길다 싶은 대화가 가끔 눈에 띄어 확인해 보면 업무 전달사항, 그 외의 이야기는 거의 하지 않았다. 이런 신도진의 캐릭터를 보고 가장 먼저 나 형사가 떠올린 것은 개방형 외톨이였다.

개방형 외톨이는 은둔형 외톨이와 달리 사교성이 좋다. 경제활동의 기반이 되는 약속만 잡고 그 이상의 만남은 의도적으로 피한다. 실제로 신도진의 집에 가기 전 만난 그의 연인

이예진은 나 형사의 추측을 뒷받침하는 말을 했다.

이예진과 신도진은 해외여행 동호회에서 만났다. 둘은 패키지여행을 갔다가 우연히 커플이 된 후 귀국하고도 계속 사귄 케이스였다. 그런데 사귄 후 신도진의 태도가 완전히 바뀌었다.

"처음 봤을 땐 말도 잘하고 인상도 좋았어요. 시키지 않아도 사람들 사이에서 분위기를 띄우며 여기저기 안내했어요. 알고 보니 의사 아들에 서울대를 나왔다지, 이건 반드시 잡아야겠다 싶었어요. 그런데 본격적으로 만나보니까 웬걸, 도대체 만나는 것 자체를 안 하려 드는 거예요. 놀자, 만나자 하면 시간이 없다고, 바쁘다고 하고. 내가 싫으면 차라리 헤어질 것이지 하고 생각하면 어떻게 알고 바로 선물 공세. 어디 출장 다녀오면서 산 명품이라면서 안기는 거예요. 그렇게 한 번 참으면 또 감감무소식, 결혼을 하면 늘 저럴까 싶어서 이번에야 말로 헤어지려고 했어요. 명품은 좀 아쉽지만."

나 형사는 이예진이 전한 신도진의 캐릭터를 이렇게 해석했다. 신도진은 머리가 좋다. 그러니 이예진의 행동을 관찰하고 변화를 읽었으리라. 그래서 그때마다 적절한 반응을 보여 헤어지지 않을 수준만 유지했겠지.

결코 서울대에 대한 부정적인 인식 때문이 아니다. 신도진의 하나밖에 없는 동생 역시나 형사처럼 형에 대해 부정적인 이야기를 했다.

"형이 뭘 하고 다니는지 아느냐고요? 제가 그걸 어떻게 알아요?"

신도진의 동생 신도국은 도진을 삼 년 간 단 다섯 번밖에 만나지 못했다. 게다가 신도진은 동생의 결혼식마저 중국 출장이 잡혔다며 불참했다.

"거짓말 한 거예요. 신용금고가 무슨 해외출장이 있겠냐고요. 형은 늘 자기 자신밖에 몰라요. 자신에게 피해가 가는 걸 끔찍이 싫어하고 사람 자체를 경멸해요. 하지만 자살할 인간은 아니죠. 그런 인간이 자기 손해되는 짓을 할 리 없잖아요."

그렇게 말하고는 조금 심했다고 생각했는지 "그래도 저 결혼 후에는 좀 사이가 나아졌어요. 이젠 일주일에 한 번씩은 우리 집에 들러요."라고 덧붙였다.

그렇다면 신도진의 부모는 그를 어떻게 평가할까.

나 형사는 자못 흥미로워하고 있었다.

신도진이 부모와 함께 살았던 잠실 아파트는 텔레비전에서나 봤던 대형 아파트였다.

신도진의 아버지가 나 형사를 맞았다. 어제 경찰서엔 어머니도 함께 왔었는데 안 보이기에 어딜 가셨느냐고 물었더니 "몸이 아파서 병원에 갔다."며 퉁명스럽게 덧붙였다.

"본래 심장이 약한 사람이라, 어제 일로 충격을 좀 받은 모양입니다. 그 때문에 장례식도 내일로 미뤘습니다."

신도진의 아버지는 나 형사를 거실로 안내했다. 소파에 마주보고 앉은 후 바지주머니를 뒤져 명함지갑을 꺼냈다.

"어제 다른 분들께는 인사를 했는데, 형사님은 못 뵈었네요. 다시 인사드리죠. 신국환이라고 합니다."

국환이 명함을 건넸다. 이름만 대면 아는 큰 병원의 내과 의사였다.

"강남경찰서 강력 백팀 나 형사입니다."

"성함은?"

"그냥 나 형사라고 불러주십쇼."

나 형사는 딱 잘라 말하며 명함을 받지도, 자신의 명함을 건네지도 않았다. 국환은 불쾌한 듯했으나 애써 내색을 안 하고 자신의 명함을 거두었다. 거실 응접세트에 자리를 권한 후 바로 커피를 내왔다. 나 형사는 커피에 손을 대지 않을 셈이었다. 그런데 향기가 너무 좋아 저절로 손이 갔다.

"우리 며느리가 직접 볶은 원두예요. 맛있죠?"

나 형사가 한 모금 홀짝이자마자 국환은 기다렸다는 듯 말했다.

자기 아들이 죽어 탐문수사를 온 형사 앞에서 며느리 자랑이라니. 나 형사는 국환의 태도가 마뜩찮았고, 그런데도 커피를 계속 홀짝이는 자신은 더 마음에 들지 않았다. 나 형사가 잔을 비우자마자 국환은 재빠르게 빈 잔에 다시 커피를 채우며 말했다.

"이제 사건으로 전환되었나보군요."

배트맨 사건은 아직 사건 현장을 찾아내지 못했다. 그 때문에 경찰은 오늘 낮에 시신을 반환하면서도 확실한 사망원인을 피해자 유족에게도 전하지는 않은 상태였다.

"아직은 무어라 단정 지을 수 없습니다."

"장례식은 7일장으로 정했습니다. 그 안에 확실하게 결과가 나오면 좋겠습니다."

나 형사는 대답하지 않았다.

"그래서 어떻게, 뭔가 진전이 있습니까? 다시 저희 집을 방문하신 것은 변사의 가능성이 있다는 뜻이겠지요?"

"아직은 무어라 단정 지을 수 없습니다. 그보다 신도진 씨 방을 좀 보여주시겠습니까?"

나 형사가 강하게 말했다. 다시 한번 말하지만 나 형사는 같은 말을 듣는 것도, 하는 것도 정말 싫어한다.

"이쪽으로."

국환은 못마땅하다는 표정을 숨기지 않고 벌떡 일어났다. 앞장서서 걸으며 나 형사가 이 집에 들어서고 다섯 번째로 발견한 방문을 열었다.

"여기가 아들 방입니다."

문이 열리자마자 나 형사는 그 방이 싫어졌다. 방안 가득 학창시절 탄 트로피며 상장이 가득했다. 어렸을 때 뛰어난 엘리트였던 도진은 서울대학교에 들어가서도 마찬가지였던 모양이다. 학과 활동은 물론 연극, 영화, 사진, 마술, 당구 등 여러 동호회에서 두각을 나타낸 흔적이 즐비했다. 이러한 활동은 사회로 진출한 후에도 마찬가지였는지 사망하기 두 달 전 열렸던 사회인 댄스 경연대회에서 상을 받은 흔적도 발견할 수 있었다.

문제는 다양한 상훈이 진열된 방식이었다. 신도진은 모든 벽을 상장과 트로피로 가득 메웠다. 침대 머리맡도 예외는 아니었다. 이곳엔 특히 비교적 최근에 탄 상들이 진열되어 있었다.

나 형사는 어린 시절 그 흔한 개근상 한번 타지 못했다. 중·고등학교 내내 큰 키와 둔한 성격으로 따돌림을 당했다. 대학은 꿈도 못 꿀 성적이라 고등학교 졸업 후 집에만 있다가 우연한 기회에 입문한 검도도장에서 경찰 OB인 도장 사범의 눈에 들어 경찰로 진로를 잡았다. 경찰이 된 후로도 일은 잘 풀리지 않았다. 머리 쓰는 일이 적성에 맞지 않아 승급시험에서 몇 번이고 고배를 먹었다. 그 탓에 동기들보다 한참 늦게 원하던 부서에 임명을 받을 수 있었다.

경찰이 되기 전 왕따였던 나 형사는 학력 콤플렉스가 있었다. 예전의 그라면 이 광경을 단 몇 분도 견디지 못했으리라. 하지만 지금의 그는 형사였다. 형사에겐 어떤 환경에서든 단서를 찾아내야 할 의무가 있었다.

얼마 안 가 나 형사는 벽에 붙은 수많은 사진들 중에서 배트맨 사진을 발견할 수 있었다. 대학 시절 배트맨 연극이라도 한 느낌이었다. 아마도 이 중에서 배트맨이 신도진이었을 것이다.

나 형사는 신도진의 방안 구석구석을 꼼꼼히 살폈다. 필요한 것은 사진으로 찍어놓고 방을 나왔다. 나 형사가 복도를 걸어 나가는 내내 국환은 뒤를 따라오며 뭔가 더 필요한 건 없느냐고 몇 번이고 거듭해 물었지만 나 형사는 대꾸하지 않았다. 혼자 있고 싶었다. 휘황찬란한 신도진의 과거에 기를 잔뜩 빨렸다.

현관에 도착했을 때, 갑자기 국환이 나 형사의 손목을 붙잡아 세웠다.

"우리 애는 자살할 애가 아닙니다."

그새 국환은 눈이 충혈 되고 목소리가 잠겨 있었다.

"조사해 주세요. 우리 애는 정말 자살할 애가 아닙니다. 그런 옷을 입고 자살할 아이는 더더욱 아닙니다. 부탁입니다."

국환이 고개를 깊게 숙였다. 그 탓에 나 형사는 의도치 않게 O자형 탈모가 한참 진행 중인 민머리를 마주해야 했다. 그 모습에 나 형사는 아버지를 떠올리고 말았다. 아버지도 최근 머리가 빠진다고 걱정하고 있었다.

"알아봐 주십시오. 돈을 원하시면 돈을 드리겠습니다."

"그만하십시오."

나 형사는 딱 잘라 말했다. 형사는 부탁을 한다고 들어주지 않는다. 돈을 받지 않는다. 누군가의 의뢰로 움직이면 형사가 아니다. 시정잡배, 정체불명의 해결사일 따름이다.

국환은 고개를 들지 않았다.

"그럼 명함이라도 주십시오! 무언가 단서를 찾으면 연락드릴 테니 명함이라도!"

나 형사는 한숨을 쉬며 품에서 지갑을 꺼냈다. 자신의 한글이름 석 자가 적힌 명함을 내밀며 "무언가 마음에 걸리는 것이 있으면 연락 주십시오."라고 말하고는 몸을 돌려 집을 나섰다.

나 형사가 떠나고 나서야 국환은 고개를 들었다. 그가 건넨 명함을 받은 후에야 국환은 어째서 나 형사가 명함을 주는 것을 망설였는지 눈치 챌 수 있었다. 나 형사의 이름은 나얄개, 한 시대를 풍미한 만화 주인공과 같았다.

얄개라니.

이런 상황에서도 국환은 피식 하고 새어나오는 웃음을 참을 수 없었다.

김 형사는 단팥빵 세 개를 남겨놓고서야 가까스로 CCTV 분석을 끝낼 수 있었다. 보람이 있었다. 김 형사는 백 팀장의 표현처럼 하얀 토끼를 쫓아가는 느낌의 이상한 나라의 신도진을 찾아낼 수 있었다.

신도진은 흰 코트를 입은 유미애와 함께 건물사이를 지나쳐 코엑스에 들어섰다. 편의점 앞에서 헤어진 직후 핸드폰으로 전화를 한 통 걸었다. CCTV의 촬영시각을 확인하니 동석이 전화를 받았다는 시각과 일치했다. 그 후 신도진은 편의점에 들어가 담배를, 맞은편 카페에 들러 주스를 한 잔 사들고 직진, 약속장소인 코엑스 광장으로 꺾어지기 직전 멈췄다. 주변을 두리번거리다 일본식 덮밥집과 은행 사이의 좁은 비상구 방향 복도에서 무언가를 발견했다. 환하게 웃더니 그쪽으로 다가갔다.

김 형사는 백 팀장에게 전화로 이 사실을 보고했다. 백 팀장은 돌아가서 영상을 확인하겠다고 하고는 그다음에 어떻게 되느냐고 물었다.

"흔적이 끊겼습니다."

김 형사는 마지막 서른두 개째 단팥빵을 뜯으며 대답했다.

"신도진은 비상구를 통해 어디론가 향한 후 배트맨으로 변신해 코엑스 광장에 떨어지지 않았을까 싶습니다."

전화 너머, 꺼질 듯한 한숨과 함께 다음 명령이 돌아왔다.

"처음부터 다시! 지금의 영상을 기억에 넣고 각 건물 각 층의 비상구 앞 CCTV를 확인한다, 실시!"

김 형사는 다시 CCTV 앞으로 돌아갔다. 이번엔 마침 탐문에서 돌아온 나 형사도 함께였다.

두 형사는 다시 CCTV 분석을 시작했지만 얼마 안 가 난감한 상황에 맞닥뜨렸다. 비상구 바로 앞에 CCTV가 설치된 층이 단 한 곳도 없었다. 그렇다면 근처의 CCTV를 일일이 확인해 유추해야 한다는 뜻이 된다.

중노동이었다. 줄줄이 CCTV를 확인하는 사이 백 팀장이 복귀했다.

"얼마나 했어?"

"도대체 이걸 언제까지 합니까, 네? 인원충원 좀 합시다, 네?"

백 팀장을 보자마자 나 형사는 불평을 늘어놓았다.

"우문현답."

백 팀장이 단호하게 말했다.

"현장을 찾는 게 우선이니라. 이게 사건인지 아닌지 확실해져야 인원충원이 가능한 걸 빤히 알면서 왜 그러느냐."

"단서 좀 안 나오냐고!"

나 형사가 머리를 북북 긁으며 소리를 질렀다. "그런다고 단서가 바로 나오면 이게 영화지."하고 김 형사가 혼잣말처럼 대꾸한 순간, 나 형사의 핸드폰이 울렸다.

"아주 이상한 걸 발견했습니다, 나얄개 형사님."

국환이었다.

"제가 더 이상한 걸 발견했네요, 신국환 씨. 도대체가 어떻게 하면 한 시간에 다섯 개씩 수상한 단서를 찾아냅니까? 무엇보다 본명으로 부르지 좀 마세요!"

나 형사는 저도 모르게 종이컵을 꽉 쥐어 터뜨렸다. 그놈의 본명과 어울리지 않는 외모 탓에 중·고등학교 내내 따돌림을 당했거늘!

"이번엔 진짜입니다."

국환은 나 형사의 본명 이야기는 무시했다. 전화기 반대편에서 숨까지 씩씩 몰아쉬며 말했다.

"우리 아들이 공포소설 동호회에도 가입했습니다!"

"금붕어 기르기 동호회랑 다를 게 뭡니까?"

"이번엔 글도 남겼습니다!"

"금붕어 기르기 동호회에도 금붕어에게 가장 어울리는 어항의 온도를 유지하는 법을 거의 논문수준으로 올렸다면서요."

"이번엔 경험담입니다!"

"그러니까 금붕어 기르기 동호회에서도 어린 시절 금붕어 기른 경험을…."

"죽기 일주일 전 코엑스에서 귀신을 봤답니다, 아들이."

나 형사의 빈정대던 입이 멈췄다.

"잠시만."

재빨리 스피커폰 버튼을 눌렀다.

"계속하세요."

"일주일 전, 아들이 친구들을 만나러 코엑스에 갔는데 그곳에서 귀신을 봤답니다. 오래 전 홍콩에서 우연히 만난 여자가 그곳에 있었답니다. 아들은 그 여자를 자신의 두 눈으로 직접 보고도 그녀의 존재를 의심했다고 합니다. 왜냐하면 그 여자는 죽은 여자거든요. 오년 전 홍콩에서 죽은 여자가 자신의 눈앞에 나타났답니다."

"여자 이름이 뭔데요?"

"그것까지는 안 적혀 있더군요. 어떻습니까, 이번 건 도움이 됩니까?"

"다시 걸겠습니다."

나 형사는 재빨리 전화를 끊고 백 팀장을 바라보았다.

"일부러 자살을 하러 코엑스까지 갔다면 이상하지만 죽은 줄 알았던 여자를 발견해서 코엑스에 갔다면 어떨까요. 그 여자와 만난 후 일이 생긴 거라면."

"설득력이 있습니다."

김 형사가 동의했다.

"CCTV에 흔적이 드러나지 않는 것도 이상합니다. 일부러 숨기려던 게 아니라면 이렇게까지 흔적이 안 나오긴 힘들다고 생각합니다. 자살하는 사람이 이렇게까지 치밀할 리 없잖습니까?"

"신도진의 형이나 친구들도 마찬가지였고요. 결코 자살할 인간이 아니라고 말했습니다. 어떻게 생각하세요, 이 **사건**?"

나 형사는 저도 모르게 사건이라고 말했다.

백 팀장은 휴게실까지 들고 온 '자살'이라고 적은 두꺼운 보고서를 가만히 보더니, 위쪽을 양손으로 잡고 시원하게 반으로 찢었다.

"어떻게 하긴, 해결해야지."

원본은 컴퓨터에 있었기에 가능한 퍼포먼스였다.

2011년 10월 28일, 홍콩

이혁과 명주는 지금까지 들렀던 클럽으로 일일이 돌아가 슈퍼히어로 트리오를 수소문했다. 그 결과, 세 번째로 들른 'Mermaid7'에서 단서를 얻을 수 있었다. 처음에 보았을 때엔 인어공주였던 그가 고개를 끄덕였다.

"배트맨까지는 모르겠지만 슈퍼맨과 스파이더맨 콤비라면 알아."

오전에 보았을 때엔 분명 가슴이 엄청나게 크고 섹시한 인어공주였는데 오후에 다시 보니 비쩍 말라비틀어진 사내였다. 명주는 이게 바로 할로윈의 실체인가 싶어 당황했지만, 인어공주는 아무렇지 않다는 듯 아까 헤어질 때처럼 명주에게 윙크를 보냈다.

"이름은?"

"몰라. 난 필요 없으면 나라 이름도 외우지 않는 주의라서."

"어디서 봤는데?"

인어공주는 바로 대답하지 않고 웃기만 했다. 이혁이 2백 홍콩달러를 내밀며 다시 묻자, 그는 히죽거리며 돈을 잡더니 말했다.

"Becoming X."

이혁과 명주는 바로 클럽 'Mermaid7'을 빠져나갔다. 이혁은 주머니에서 휴대폰을 꺼내 시간을 확인하더니 말했다.

"지금 가면 아직 오픈 전일 거야."

"몇 시 오픈인데?"

"일곱 시 반."

명주는 손에 낀 시계반지로 시간을 확인했다. 7시 3분 전이었다.

이혁은 명주의 시계반지를 흘깃 쳐다보더니 "그건 메이커가 아니네. 뭐, 선물이라도 받은 겁니까?"라고 물었다.

"맞아, 선물 받았어요."

"남자?"

"여. 자."

"빅토리아 피크타워에 같이 왔던 친구인가 보지?"

이혁은 시계반지를 산 곳을 정확히 맞췄다.

이 반지는 칠 년 전, 명주가 처음 홍콩을 찾았을 때 빅토리아 피크타워에서 산 기념품이었다. 세 개에 2백 홍콩달러라기에 구입한 우정반지다. 명주는 꽃, 함께 온 두 친구는 각기 나비와 해골을 나눠가졌다.

Becoming X는 언덕 끄트머리에 숨어있는 클럽이었다. 이혁이 들어가자마자 바텐더가 먼저 아는 체를 했고 명주는 처음으로 평범한 외모의 '진짜' 여자 바텐더를 발견할 수 있었다. 이혁이 지금까지와 마찬가지로 중국어로 몇 마디를 붙이자 바텐더가 곧 고개를 끄덕였다. 이혁이 바텐더의 말을 번역해 전했다.

"그 둘은 어제도 왔었다는데, 기다려보지."

한 시간 정도 지나자 클럽에 반 정도 사람이 찼다. 처음엔 코스프레한 사람들이 다른 곳보다 드물다 싶었지만, 한 시간쯤이 지나자 다시 괴물들의 밤이 돌아왔다. 대부분의 손님이 코스프레 복장을 한 사람들로 바뀌었다.

괴물들 사이로 명주와 이혁이 찾던 슈퍼 히어로들이 등장했다. 와이셔츠 안쪽으로 슈퍼맨 마크가 보이게 입은 남자와 스파이더맨 복장을 한 남자가 들어와 바에 걸터앉았다. 바텐더는 그들이 오자마자 턱짓으로 가리켰고, 이혁은 바 위에 2백 홍콩달러를 올려놓는 것으로 그의 말을 알아들었다는 제스쳐를 취했다.

이혁과 명주가 슈퍼히어로들에게 다가갔다.

"헤이, 슈퍼맨."

이혁이 중국어로 물었다.

"할로윈이 아닐 때에도 이렇게 입고 다닌다며?"

"재미있으니까."

슈퍼맨은 셔츠의 가슴부분을 펼쳐 S 마크를 드러냈다.

"배트맨 알아? 칠 년 전부터 나타나는 날개 없는 배트맨."

"배트맨 귀신 모르는 사람이 어딨나."

"그게 아니라, 너희들 친구 배트맨 말이야."

슈퍼맨과 스파이더맨은 순간 서로 바라보더니 바텐더에게 물었다.

"이 사람, 뭐야?"

바텐더는 이가 보이도록 웃으며 딱 한 마디만 했다.

"우리 과야."

바텐더는 유달리 이가 노랬다. 이혁 역시 그 말을 증명이라도 하려는 듯 입을 크게 벌려 웃었다. 그가 누런 이를 드러내자 두 슈퍼히어로 역시 크게 웃어 자신들의 색이 변한 이를 보였다. 그들은 거의 동시에 명주를 바라보았다. 이를 보여 달라는 뜻이었지만, 명주는 그 요구를 받아들일 수 없었다. 그들에 비하면 명주의 이는 새하얀 쪽에 속했다.

"그 배트맨, 원래 날개 안 달고 다녀?"

117

이혁은 또 한 번 2백 홍콩 달러를 한 장 꺼내 바텐더에게 내밀었다.

"달고 다니기도 하고 안 달고 다니기도 했는데 그 전설 생긴 다음부터는 안 달더라고."

"왜 안 다는데?"

스파이더맨의 대답에 이혁은 2백 홍콩 달러를 건넸다.

"전설에 편승하려는 것 아니겠어? 배트맨 귀신 흉내 내는 편이 재미있고 시선도 끌 수 있으니까."

슈퍼맨이 말하며 손을 내밀었지만 이혁은 고개를 저었다.

"난 의견이 아니라 사실을 듣고 싶은 거야. 그래서 그 남자, 어디 사람?"

스파이더맨은 어깨를 으쓱했고, 슈퍼맨은 입을 다물었다.

"이름은?"

"몰라."

"연락처는?"

"남자 연락처는 안 키워."

"언제 나타나는데?"

"할로윈 전날에 합류하지. 진짜 배트맨처럼 하늘을 날아서."

슈퍼맨이 다시 입을 열었다.

"하늘을 난다고?"

이혁은 되물었고, 슈퍼맨은 고개를 끄덕였다.

"응, 하늘을 날아. 날개도 없는 주제에."

날개가 없는 배트맨이 하늘을 난다, 슈퍼맨은 그럴 듯한 말을 했다고 생각했는지 잔뜩 기대에 차 이혁에게 손을 내밀었고 이혁은 그에게 2백 홍콩달러를 건네주며 말했다.

"배트맨을 찾아내면 천 홍콩달러, 더 주겠어."

이혁은 그들에게 명함을 주고 클럽을 나섰다. 명주는 바로 이혁을 뒤따를 수 없었다. 칠 년 만에 찾아낸 목격자들이었다. 무언가 더 묻거나 정보를 얻어내야 했다. 명주는 안 되는 영어를 써서 그들에게 의사를 전달하려 했다. 그런 명주를 이혁이 막았다. 이혁은 명주의 손목을 잡고 억지로 클럽을 빠져나갔다. 명주는 이혁에게 불만을 토했다.

"이대로 그냥 나가도 돼? 저 사람들 뒤를 따라다니며 누굴 만나나 관찰해야 하는 것 아닌가요?"

"관찰해서 무엇 하게?"

"누굴 만나나 봐야죠. 혹시 배트맨을 만날지 모르잖아."

"그렇게 머리가 안 돌아가나."

이혁이 혀를 찼다.

"당신이 칠 년 동안 찾아 헤맸는데도 만날 수 없는 배트맨이야. 얼마나 경계를 했으면 그렇게 안 잡혔겠습니까? 어쩌면 배트맨을 찾는 여자가 있다는 소문이 났을 수도 있지. 그

소문을 저 사람들이 들었다면 어떨까. 보란 듯 우리에게 배트맨을 바칠까."

"그렇다고 이대로 갈 수는 없어요! 칠 년이라고요! 칠 년이 얼마나 긴 줄 알아요!"

"몰라."

이혁이 양손으로 명주의 허리를 꽉 잡았다. 명주와 두 눈을 마주치며 말했다.

"하지만 당신의 이런 행동이 내 성공보수를 깎아먹으리란 사실은 알지."

명주는 갑작스런 이혁의 포옹에 당황했다. 공포와 당황스러운 감정이 동시에 밀려들었다. 이혁은 그런 명주를 아랑곳하지 않았다. 그가 명주의 허리를 잡은 목적은 그대로 명주를 들어 클럽에서 완전히 떨어진 곳에 내려놓는 것이었다. 이혁이 명주를 내려놓자마자 명주는 온 힘을 다해 그를 밀쳤다. 떨리는 몸을 진정시키려 노력하며 말했다.

"다, 당신 말이 맞아. 확실히 아까는 내가 좀 조급했던 것 같아요. 하지만 해결사 씨, 당신도 좀 지나쳐요. 어제 손목을 잡은 일도 그렇고 이렇게 날 갑자기 껴안거나 하면 저는 오해를 할 수도 있는데요."

"뭐해?"

멀리서 이혁의 목소리가 들렸다.

"밥 먹으러 가자."

명주의 뒤에 서 있는 것은 흥미진진한 표정으로 그들을 바라보는 입 벌린 쓰레기통 뿐, 등 뒤에 있어야 할 이혁은 어느새 골목 밖에 서 있었다. 명주는 얼굴이 달아올랐다. 부끄러운 마음에 떨림이 잦아든 게 개중 다행이었다.

밥을 먹은 이혁과 명주는 큰 길로 나왔다. 이혁은 시계를 보더니 택시를 잡아주었다. 빅토리아 피크까지 명주를 데려다주라고 기사에게 부탁하며 씨익 웃었다. 그러자 택시기사 역시 누런 이를 드러내 친근감을 표했다.

명주는 택시에 타며 핸드폰 액정의 시간을 확인했다.

밤 11시가 넘은 시각, 이혁은 어딜 가는 걸까. 또 다른 의뢰일까. 아니면 늦은 밤의 데이트일까.

택시는 날 듯이 달려 명주를 재스민의 집 앞에 내려주었다. 재스민은 잠들지 않고 명주를 기다리고 있었다. 묻고 싶은 게 많을 텐데 "샤워?"라고 한마디만 했다. 명주는 "No."라고 짤막하게 대답하고 2층으로 올라갔다.

이날 밤, 명주는 오랜만에 김의 꿈을 꾸었다. 김은 교복차림이었다. 양손에 중간고사 시험지를 들고 슬픈 얼굴로 명주를 바라보며 속삭였다.

'어쩌면 나는 3분을 모두 써버렸을지도 모르겠어.'

명주가 무슨 소리를 하느냐고 물으려는 순간, 김이 시야에서 사라졌다. 결국 이날 밤 꿈에서 명주와 김이 재회하는 일은 일어나지 않았다.

다음 날 오전 아홉 시, 명주는 일어났다. 또 한번도 깨지 않고 깊은 잠을 잤다. 꿈에서 누군가 그리운 사람이 나온 것도 같았으나 기억나지 않았다. 하품을 하며 2층 화장실로 향했다. 얼굴이 엉망이었다. 어젯밤 피곤해서 화장도 지우지 않고 잔 모양이다. 명주는 세수를 하고 나왔다. 도라에몽이 그려진 티셔츠에 반바지 차림으로 갈아입을 때 핸드폰이 울렸다.

"스파이더맨이 전화를 했어. 리펄스 베이에서 보재."

이혁이었다. 명주는 그의 전화를 받으며 방을 나섰다.

"알았어요. 한 시간 후에 만나죠."

"왜?"

"나갈 준비를 아직 못해서."

"도라에몽, 괜찮은데 뭐."

"네?"

명주는 뜻밖의 반응에 당황했다. 주변을 두리번거리다가 계단 아래 서 있는 이혁을 발견했다. 그의 곁엔 재스민도 있었다.

"Much better than skull."

재스민은 이혁을 역성들듯 덧붙였다.

도라에몽이 해골보다 낫다니.

명주는 인정하고 싶지 않았지만, 2대 1로 이기기 힘든 상황이었기에 그냥 받아들이기로 했다. 집 앞엔 하얀 오픈카가 서 있었다. 그걸 본 명주는 역시 드레스코드가 잘못된 것 같았다.

"역시 갈아입는 게 나을 거 같아요."

"여긴 홍콩이야. 향항인은 사람을 옷차림으로 판단하지 않습니다."

이혁은 단호했다. 아니, 그보다는 명주가 해골로 치장하는 꼴을 보고 싶지 않은 것 같았다. 명주는 결국 도라에몽 티셔츠 차림 그대로 조수석에 앉았다. 이혁이 바로 차를 출발했다. 출근시간을 지난 덕에 교통체증은 없었다. 얼마 안 가 해변도로에 진입했다. 명주는 우측으로 펼쳐지는 푸른 바다와 얼굴을 때리는 바닷바람이 기분 좋았다.

"배트맨을 찾으리란 기대에 기분이 좋은가?"

이혁이 말했다.

"당연하죠!"

명주는 활짝 웃으며 말했다.

"어제까지만 해도 아무런 단서도 없었는데 당신을 만나고 나서부터 뭔가 달라졌어요. 한 걸음씩 앞서간다고 내 심장이 느껴요! 쿵쾅거린다고요!"

"그렇게 말하면 버거운데요. 스파이더맨이 제대로 된 단서를 주지 않을 수도 있어. 단지 천 달러 때문에 우릴 붙잡으려 수를 쓸 수도 있어요."

"그래도 상관없어요! 배트맨에 대한 이야기를 나눌 수만 있다면!"

"별종이군요, 해골은. 그렇게 배트맨이 좋나요?"

"만나고 싶어요!"

"만나서는 어쩔 셈이야?"

"글쎄요."

"그 후의 계획은 전혀 안 세웠어?"

배트맨을 찾아 헤맨 지 너무 오랜 시간이 지난 탓이다. 처음 일 년이 지났을 때엔 반드시 만나야겠다는 생각이 있었다. 할 일도 명확했다. 그렇지만 칠 년이나 지나고 나니 결심이 점차 사그라졌다. 이제는 그저 만나고 싶다는 생각만이 남았다. 어쩌면 집착일지도 모를, 미련일지도 모를 생각만이 명주의 안에 가득했다.

때문에 명주는 가끔 생각했다. 나는 그저 핑계가 필요한 것은 아닌가, 그저 홍콩에 오기 위한 그럴 듯한 핑계가 필요해서 이렇게 배트맨을 찾겠다고 말하는 것은 아닌가, 하고. 하지만 다음 순간이면 명주는 고개를 저었다. 배트맨을 만났을 때의 일을 어떻게 잊을 수 있을까. 그때의 일을 잊는다면, 지금의 나는 존재할 수 없다.

이혁은 명주가 말이 없어지자 흘깃 바라보았다가 고개를 돌렸다. 기어를 움직이려 하나 했는데 음악을 틀었다. 가요였다. 제목은 아마도 <나를 잊지 말아요>.

오른편으로 리펄스 베이가 나타났다. 우리나라의 작은 해수욕장정도 크기의 해변으로, 언제나 관광객들로 붐볐다. 오늘도 바비큐며 해수욕 준비를 하는 총천연색 피부의 사람들이 벌써부터 옹기종기 모여 있었다.

적당히 차를 세우고 모래사장에 들어섰다. 워낙 인파가 많아 쉽게 스파이더맨을 찾을 수는 없을 것 같았다. 이혁은 바로 핸드폰을 꺼내 전화를 걸었다. 편의점에서 한 남자가 핸드폰을 들고 걸어 나왔다. 배가 볼록 나온 중년 남자였다. 남자는 삼각형 수영복 위에 하와이언 셔츠를 걸친 차림이었다.

명주는 설마 저 사람은 아니겠지 싶었다. 어제의 스파이더맨은 저렇게 배가 많이 나오지 않았다.

그런데 그 남자가 다가왔다. 이혁을 바라보더니 특유의 누런 이를 드러내며 환하게 웃어 보였다.

명주는 인사를 받는 대신 그의 툭 튀어나온 배만 바라보았다. 그러자 남자는 머쓱한 기분이 들었는지 손을 움직여 셔츠의 단추를 아래부터 잠그며 무어라 말했다.

"코르셋은 여자만 입는 게 아니래."

이혁의 말을 듣고 나서야 명주는 자신이 실례했다고 생각했다. 미안하다고 말하자, 그는 명주의 말을 알아들은 듯 다시 한번 누런 이를 보이는 미소로 답해왔다.

그는 명주와 이혁을 데리고 해변으로 향했다. 리펄스 베이의 듬성듬성 선 소나무 아래 모래밭에 먼저 앉더니 옆을 탁탁 치며 명주와 이혁에 앉으라고 권했다. 그러더니 명주와 이혁이 앉자마자 말했다.

"2천 홍콩달러."

"일단 듣고 판단한다."

이혁의 대답에 남자가 중국어로 무어라 말했다. 그의 말이 길어질수록 이혁의 표정이 진지해졌다. 이혁은 남자의 이야기가 끝난 후 지갑과 핸드폰을 꺼냈다. 2천 홍콩달러와 함께 자신의 핸드폰을 건네자, 남자가 그 핸드폰으로 전화를 걸어 누군가와 통화했다.

이혁은 그와 나눈 대화 내용을 명주에게 알려주지 않았다. 명주는 궁금했지만 이혁이 가르쳐주지 않는 건 어떤 이유가 있겠거니 싶어 조금 더 기다려보기로 했다.

남자가 통화를 끝냈다. 이혁에게 전화를 돌려주고 얼마 지나지 않아 원피스 차림의 여자가 나타났다. 여자는 남자에게 다가와 반갑게 포옹하더니, 여전히 심각한 표정을 짓고 있는

126

이혁과 대화를 주고받았다.

한참의 대화 끝에 이혁이 무어라 말하며 수첩과 펜을 건네자, 여자는 그 수첩에 뭔가를 적어 이혁에게 돌려줬다. 그러고는 처음으로 명주를 똑바로 바라보며 "굿 럭."이라고 짧게 말한 후 남자와 손을 맞잡고 자리를 떴다.

"배트맨의 연락처를 저 여자가 알고 있었답니다. 그걸 주고 갔습니다."

마침내 이혁이 명주에게 아까의 상황을 설명했다. 명주는 이혁의 설명이 만족스럽지 않았다. 대화시간에 비해 들려준 내용이 지나치게 짧았다. 뭔가 숨기는 게 분명했다.

"좀 더 길게 말해줬음 좋겠는데요."

"다 잊었습니다."

"어떻게 그렇게 짧은 시간에 말한 걸 잊어요. 말도 안 돼."

"전 말이 됩니다."

"이봐요, 난 의뢰인이에요."

"당신이 알고 싶은 건 배트맨의 행방 아닙니까. 그렇다면 적당히 모르는 척하는 인내도 가집시다."

"나는 알 권리가 있어요."

"딱히 중요한 이야기는 없었습니다."

이혁이 귀찮다는 듯 앞서 걸어가려 했다.

"그 중요하지 않은 이야기를 듣고 싶다고요!"

명주는 울컥해서 이혁의 손목을 잡았다. 이혁은 그런 명주의 손을 뿌리쳤다. 인상을 쓰며 말했다.

"함부로 잡지 마."

바로 이혁의 말투가 변했다.

"내 손목은 몇 번이나 잡아놓고?"

"그건 그럴 만한 이유가 있었잖아."

"난 당신 의뢰인이야. 들어야 할 이야기인지, 듣지 않아도 될 이야기인지 내가 판단합니다."

"후회해도 난 모릅니다."

"후회해도 내가 합니다. 상관 마세요."

"좋아요. 말하죠."

이혁이 말했다.

"저 여자는 배트맨의 여자랍니다. 홍콩에 배트맨이 올 때마다 패거리들끼리 만나 몇 번이고 잤다는군. 그래서 배트맨의 연락처가 있답니다. 게다가 저 여자뿐만 아니라 배트맨이랑 잔 여자가 파다하다는데 지금까지 당신이 그 여자들을 만나지 못했다니 이상하다고 했습니다. 됐습니까?"

명주는 대답 대신 주먹을 꽉 쥐었다. 금방이라도 이혁을 때릴 듯한 표정이었지만 그러지 않았다. 몸을 돌려 스파이더맨 커플이 사라진 방향으로 걷기 시작할 뿐이었다.

"이봐요."

이혁이 명주를 불렀다.

"이봐요!"

명주는 무시했다. 이혁이 그런 명주를 뒤따랐다. 명주가 불러도 모른 체하자 명주의 손목을 잡았다. 명주는 단번에 뿌리쳤다.

"함부로 잡지 말라고!"

"화났어요?"

"내가 왜?"

"배트맨이 당신을 기다리지 않아서 화난 것 아닌가요?"

"아니라고 하잖아."

그렇게 말하는 명주의 목소리는 미미하게 떨리고 있었다.

"난 그저, 저 여자한테 이야기를 좀 듣고 싶을 뿐이야. 어디서 배트맨을 만났는지, 배트맨을 만나 무슨 일이 있었는지 듣고 싶다고!"

"그걸 왜 들으려고 하지?"

"나한테 필요하니까."

"왜 필요한데?"

"진실을 알아야 하니까."

"진실?"

이혁이 웃었다.

"이 세상에 진실이 어딨지? 우리가 생각하는 진실은 우리가 보고 싶고 듣고 싶어 하는 것 아닌가?"

"철학적인 이야기는 됐고, 나는 저 여자를 만나 물어볼 게
많아."

"뭘 물어볼 건데? 배트맨이 그 여자한테 당신 이야기를 했
냐고? 배트맨이 당신을 잊지 못했다고 말했냐고? 그렇지 않
다고 하면 어쩔 셈이지? 배트맨은 당신 같은 사람 언급한 적
조차 없다고 하면 어쩔 셈이야?"

"어떤 순간에도 너 자신으로 있으라."

"갑자기 무슨 명언이야?"

"친구가 나한테 해준 말이야. 중학교 2학년 1학기말, 한자
시험에 컨닝 하려던 내게 해준 말이지."

명주는 심호흡을 크게 했다. 그러더니 조금 진정된 듯 평
소의 말투로 돌아와 말했다.

"이후 이 말은 내 인생의 좌우명이 됐어. 나는 자신이 있
어. 그 여자가 어떤 이야기를 하든 내가 계속해서 배트맨을
찾을 거라는 자신, 배트맨을 만나고 싶을 거라는 자신!"

명주의 단호한 표정이 이혁의 마음을 움직였을까, 그가 핸
드폰을 손에 들었다. 전화를 걸어 몇 마디 나눈 후 끊고 말
했다.

"틴허우 사원으로 오래."

"잘 됐네! 아침부터 운동도 되고!"

명주는 여전히 씩씩거리며 앞서 걸었다. 이혁이 바로 그런 명주 옆으로 따라붙었다.

"그래서 정말 무슨 이야길 하려는 겁니까?"

다시 존댓말로 돌아왔다.

"그가 지난 칠 년을 어떻게 보냈나 물을 거예요."

"난 명주 씨가 무슨 생각을 하는지 잘 이해가 안 됩니다. 그 남자가 당신을 만나지 않은 칠 년 동안 무엇을 했는지, 왜 그걸 그렇게 알고 싶어 하죠? 여자들은 다 그렇습니까?"

"여기서 남자 여자가 왜 나와? 관심이 있는 상대가 무엇을 하는지 궁금한 건 당연한 일 아닌가? 정말 관심이 있는 상대 라면 어떻게든 찾아야지."

"그렇지 않은 여자는 없습니까? 자신을 찾는 남자가 있다 는 사실을 알면서도 모습을 드러내지 않는 그런 여자도 있을 수 있잖아?"

"그런 여자는 없어요. 적어도 저는 그러네요."

갑자기 옆에서 따라오는 기척이 없었다. 명주가 뒤를 돌아 보니 이혁이 표정이 굳은 채로 그 자리에 우뚝 서 있었다.

명주는 틴허우 사원으로 가는 길을 잘 알았다. 그러나 이 대로 혼자 가면 안 될 것 같아 이혁을 기다렸다. 뭣보다 아 까 자기도 모르게 흥분해서 말을 놓은 게 이제 와서 좀 민망 해졌다. 이혁은 명주를 오래 기다리게 하지 않았다. 어느새 표정을 바꾸고 다가와 말했다.

"갑시다."

딱 한 마디 한 후, 이혁의 보폭이 넓어졌다. 이혁은 명주를 자신의 옆에 두지 않겠다는 듯 빠르게 걸었고, 명주는 점점 멀어지는 그의 등을 바라보며 방금 전의 대화를 곱씹었다.

'하지만 그렇지 않은 여자는 없습니까? 자신을 찾는 남자가 있다는 사실을 알면서도 모습을 드러내지 않는, 그런 여자도 있을 수 있잖아요?'

별로 알고 싶지 않지만 눈치를 챌 수밖에 없었다. 이혁에겐 여자가 있다. 것도, 너무나 좋아서 자기 혼자 기다리는 여자가.

명주는 가슴이 시렸다. 스컬 파라다이스를 찬 손목이 욱신거려 참을 수 없었다. 팔찌를 풀어 바지 주머니에 집어넣었다.

틴허우 사원이 나타났다. 아까 헤어졌던 배 나온 스파이더맨과 여자가 계단에 나란히 앉아 있었다.

"팔찌 어쨌어요?"

이혁이 명주의 빈 손목을 발견했다.

"조금 아파서 뺐어요."

"그래요."

이혁은 그 이상 묻지 않았다. 명주는 그게 또 섭섭했다.

이혁이 스파이더맨 커플에게 상황을 설명했다. 그러자 여자가 명주에게 물었다.

"What happen?"

명주는 더듬거리는 영어로 둘이 할 이야기가 있다고 했다. 여자는 의아해하면서도 고개를 끄덕였다. 명주는 두 남자를 두고 바다사자 상으로 다가갔다.

명주는 여자에게 단 한 마디의 용건을 전했다. 여자는 짧으면서도 강렬한 명주의 질문을 바로 알아들었다. 고개를 크게 끄덕여 크게 그렇다고 대답했다. 여자의 대답은 명주의 예상대로였다. 명주는 다시 틴허우 신상 앞으로 돌아왔다.

"무슨 이야기를 했나요?"

이혁의 질문에 명주는 대답하지 않았다. 배 나온 스파이더맨 역시 여자에게 같은 걸 물은 것 같았지만 여자 역시 마찬가지였다. 그녀는 신상의 머리를 쓰다듬은 후, 명주를 보며 무어라 말했다. 이혁은 여자의 말에 뜻밖이라는 표정을 지었다. 명주를 보더니 망설이다가 그 말을 전했다.

"아까 덧붙이고 싶은 말이 있었다네요. 하지만 복잡한 영어라서 전달하기가 힘들어서 지금 말한다고요. 지금 자신은 행복하다고. 너무 행복해서 과거 일은 전혀 신경 쓰지 않는다고 꼭 말해주고 싶다고 하네요."

여자가 활짝 웃더니 오른손으로 스파이더맨의 손을 잡고 다른 손으로는 신상의 머리를 쓰다듬었다. 그런 후 신상 앞의 구리그릇을 세 번 쓰다듬고 그 손을 주머니에 갖다 넣기를 반복했다.

명주는 그녀가 하는 행동의 의미를 잘 알고 있었다. 틴허우 신상의 머리를 쓰다듬으면 아이를 낳고, 구리그릇을 쓰다듬고 주머니에 넣으면 부자가 된다. 그녀는 스파이더맨의 아이를 가졌거나 갖고 싶은 것이리라.

어디선가 돌풍이 명주의 얼굴로 날아들었다.

3분.

어젯밤 꿈의 기억이 돌풍처럼 명주의 귓가를 스쳤다.

'인간이 평생 동안 느끼는 순수한 행복의 총량은 단 3분에 불과하대.'

여자는 행복하다고 말했다. 그렇다면 그 행복은 3분 중 몇 퍼센트일까.

연이어 명주는 스스로에게 물었다.

나는 지금까지 살면서 몇 퍼센트의 순수한 행복을 느꼈을까. 앞으로 내게 남은 행복의 시간은 얼마일까.

바람의 대답은 돌아오지 않았다.

2011년 10월 27일, 한국

강남경찰서 서장실, 이날도 백 팀장과 박 서장은 응접세트에 마주보고 앉아 바둑을 두고 있었다.

박 서장이 돌을 놓은 지 십 분이 넘었다. 이제 백 팀장의 차례였다. 하지만 그는 쉽게 돌을 들지 않았다. 눈을 감고 신의 한 수를….

드르렁, 드르렁.

…생각하는 줄 알았는데 오해였다. 백 팀장은 코를 골며 자고 있었다.

오늘의 대국은 꽝이다. 앞선 두 번의 대국을 박 서장이 연달아 이겼다. 3국도 계가까지 가지 않고 박 서장의 압승일 듯했다. 이건 작년 일어났던 스파이더맨 사건 이후 처음 있는 일이다.

당시 미궁에 빠진 사건을 보다 못한 박 서장은 사비를 털어 사건을 지원했다. 지금까지 읽은 추리소설의 지식을 동원한다면 수수께끼 따위는 금세 풀이할 수 있으리라 여겼다. 소설에서 흔히 나오는 '명탐정'이나 '천재 형사'란 호칭을 얻으리라 예상했으나 사건은 마음처럼 풀리지 않았다. 소설은 작가가 드러낸 문장을 갖고 주어진 공식과 상황에 맞춰 풀면 그만이지만 현실은 달랐다. 소설가가 문장을 뽑듯 박 서장 스스로 사건 현장에서 단서를 찾아내야 했다. 이 과정을 통해 박 서장은 소설가에게 있어 서사란 추리의 또 다른 형식이라는 사실을 깨달았다. 우여곡절 끝에 스파이더맨 사건은 무사히 해결할 수 있었다. 삐삐도사의 말대로 백 팀장이 수완을 발휘했다.

박 서장은 고등학교 3학년 때 삐삐도사를 처음 만났다. 어지간히 공부를 하지 않아 목표하는 대학에 들어가긴 힘들 것 같았기에, 박 서장은 처음부터 재수를 목표로 했다. 부모의 마음은 달랐다. 그의 부모는 당시 세간의 화제였던 삐삐도사를 불러 박 서장의 입시를 점쳤다. 박 서장은 돈 낭비라고 생각했다. 삐삐도사가 한 말에 더더욱 그는 더욱 확신을 가졌다. 삐삐도사는 그가 경찰대에 합격할 것이라고 예언했다. 박 서장은 말도 안 되는 소리라고 생각했다. 경찰대학은 엄청난 엘리트만 붙는 곳이다. 박 서장은 체력장 등 운동능력으로는 합격권이었지만 성적은 어림 반 푼어치 없었다. 하지만 부모는 밑져야 본전이라며 경찰대에 원서를 넣었다. 그런데 정말 합격했다. 부모는 바로 삐삐를 쳐서 이 사실을 삐삐도사에게 알렸다.

삐삐도사는 그런 부모와 박 서장에게 또 다른 예언을 했다. 주로 대학에서 겪을 일들과 그에 대한 대처방안이었다. 삐삐도사의 점괘는 대입만큼 완벽하게 들어맞지는 않았다. 30% 정도의 확률정도였지만, 박 서장 가족의 맹신은 깊어진 상태였다. 이제 박 서장은 부모가 무어라 조언하기 전 알아서 자신이 삐삐도사를 찾았다.

그런 그에게 삐삐도사는 또 믿기지 않는 예언을 했다. 대학을 졸업하고 수습 기간을 시작하는 박 서장에게 삐삐도사는 훗날 정식 부임지를 경찰청이 아닌 강남경찰서를 고르라고 권하며 이렇게 예언한 것이다.

"홍금보를 닮은 형사를 2015년까지 붙잡으면 검거율이 99%를 유지하고 경찰청 고위 간부가 된다."

박 서장은 아무리 삐삐도사라도 이번만큼은 잘못 짚었구나 싶었다. 정식 발령지가 서울 강남경찰서가 되다니, 어지간한 운과 연줄이 아닌 이상 불가능한 일이었다. 하지만 정말 그 일이 일어났다. 박 서장은 수습기간에 연달아 현상수배범을 체포하는 등 높은 성과를 올려 경찰청 근무를 내정 받았다.

이후, 인사과에서 예의상 묻는 '원하는 근무처'에 박 서장은 삐삐도사의 예언을 떠올렸다.

박 서장은 강력하게 강남경찰서를 희망했고, 상부에서는 이를 한번 더 높이 평가했다. 현장을 중심으로 생각하는 그에게 강남경찰서 경찰서장이라는 누구도 예상치 못한 중대한 보직을 내렸다.

그렇기에 강남경찰서에 첫 출근한 박 서장이 홍금보를 쏙 빼닮은 백 팀장을 만났을 때, 박 서장은 전혀 놀라거나 당황하지 않았다. 모든 건 삐삐도사의 말대로였다. 백 팀장은 대단했다. 특수반, 이른바 "백 명이 와도 당해낸다"는 별명의 강력 백팀 수장으로 2015년까지 검거율 99%, 아니 100%도 가능할 것 같았다. 문제는 그가 자꾸만 은퇴하고 싶다고 조른다는 사실 정도였지만, 생각해보면 그것 역시 삐삐도사가 예언한 것이었다.

그런 백 팀장이 골머리를 앓는다니, 스파이더맨에 이어 이번엔 배트맨이라니. 박 서장은 배트맨 사건을 좀 더 자세히 알고 싶어졌다. 본격적으로 코를 골기 시작한 백 팀장을 내버려두고 자신의 책상으로 돌아갔다. 인트라넷에 접속해 사건의 정보를 열람했다.

코엑스에 떨어진 날개 없는 배트맨, 처음엔 자살이라고 생각했지만, 주변의 증언과 사건 현장을 찾을 수 없다는 정황

으로 미루어 짐작할 때 타살 가능성이 높다고 판단, 수사를
시작했다. 박 서장은 이 보고서의 한 부분에 특히 집중했다.

목을 매달아 죽었는데 그 현장을 찾을 수 없다.

박 서장은 문장을 반복해 읽을수록 점점 눈을 가늘게 떠,
이윽고 백 팀장이 '이솝우화에 나오는 여우'같다고 일컫는 표
정이 됐다. 박 서장은 자리에서 일어났다. 여전히 졸고 있는
백 팀장을 내버려두고 서장실을 빠져나갔다. 지하실로 직행,
과학수사팀 조 팀장을 찾았다. "또 무슨 일입니까?"라며 바로
퉁명스러운 말을 내뱉는 조 팀장에게 구미호 같은 미소를 지
으며 말했다.
　"부탁이 있는데요, 조 팀장님."
　박 서장의 웃음만으로 조 팀장은 형사의 감이 발동했다.
작년 스파이더맨 사건 때 박 서장이 저 미소를 지은 후 말도
안 되는 요구를 해왔다.
　"바쁩니다. 안 합니다."
　박 서장은 조 팀장의 말을 무시했다. 여전히 싱글거리며
자신이 원하는 요구사항을 조목조목 말했다. 박 서장의 말이
길어질수록 조 팀장의 얼굴에 경악이 서렸다. 조 팀장은 박
서장의 이야기가 끝나기가 무섭게 불독 같은 두 뺨이 출렁이

도록 좌우로 얼굴을 흔들며 말했다.

"불가능합니다! 돈도, 시간도, 인력도 딸려요!"

박 서장은 재빨리 대답했다.

"돈도, 시간도, 인력도 내 월급에서 깔게요."

조 팀장은 박 서장의 가벼운 말투가 마음에 들지 않았다. 하지만 제안은 달랐다. 어처구니는 없지만 흥미로웠다. 모든 사건은 속전속결이 중요하다. 사건이 일어나고 일주일 안에 해결되지 않으면 미결로 끝날 가능성은 급격히 높아진다.

"해 봅시다."

조 팀장은 결국 박 서장의 제안을 수락했다. 박 서장이 그런 조 팀장에게 악수를 제안했다.

조 팀장이 박 서장의 손을 맞잡은 순간, 서장실에서 졸던 백 팀장의 고개가 푹 떨어졌다. 백 팀장은 화들짝 놀라 일어나 "자, 잔 거 아니야! 생각한 거야!"라고 말했다가 당황했다. 텅 빈 맞은편, 있어야 할 박 서장이 없었다. 그와 동시에 백 팀장은 정체불명의 오한을 느꼈다. 이것은 일 년 전, 스파이 더맨 사건 당시 박 서장이 사건을 해결한답시고 '지원자'를 모집했을 때와 비슷한 불길한 기분이었다.

30분을 기다려도 박 서장이 돌아오지 않자 백 팀장은 서장실을 나섰다. 복도가 소란스러웠다. 정복경찰이며 여경, 형사, 견학 온 학생들은 물론이거니와 피의자들까지 창밖을 내려다보며 피식피식 웃고 있었다.

"경찰서도 이런 거 하는구나."

"호박 진짜 크네."

"할로윈 맞네."

백 팀장은 점점 더 불길한 예감에 휩싸여 창밖을 내다보았다가 예상치 못한 광경을 발견했다. 건물 뒤편 주차장, 열댓 명은 되어 보이는 인원이 모여 1층 현관과 뒷문 사이 공간에 호박 머리 허수아비를 세우고, 그 주변에 빨랫줄을 달아 호박과 해골 등을 걸고 있었다. 이런 풍경 한가운데에 있는 사람은 사라진 박 서장이었다. 그는 메가폰을 들고 이 상황을 진두지휘하고 있었다.

"백 팀장님!"

박 서장이 백 팀장을 발견했다. 그는 이솝우화 속 포도밭에서 배가 부르도록 포도를 먹은 여우처럼 행복한 표정을 지으며 할로윈의 해골과 시체 사이에 서서 메가폰에 대고 소리질렀다.

"이걸로 사건은 해결될 겁니다!"

백 팀장은 그 후 여우가 어떻게 됐었나하고 동화 속 내용을 따지다 "지금 그게 문제냐!" 스스로에게 호통을 치고는 숨도 쉬지 않고 계단을 내려갔다. 공터에 나가 소리쳤다.

"도, 도대체 뭘 하는 겁니까!"

"사건 현장을 만들려고요."

박 서장이 다시 메가폰에 대고 말했다. 백 팀장은 발끈해서 한 손으로 메가폰을 뺏어들었다. 박 서장은 약간 심통이 난 표정으로 메가폰을 노려보며 말을 이었다.

"현장을 찾을 수 없다면 사건을 재구성해서 그대로 해보면 되지 않겠어요? 현장 구성이 끝나면 피해자의 몸무게와 키가 비슷한 형사를 층층마다 뛰어내리게 해보자고요. 비슷하게 떨어지면 사건 현장 나올 거임요."

작년, 박 서장은 스파이더맨 실험을 해보자며 경찰서 뒤 주차장에 만든 세트에서 나 형사에게 벽을 걸어 내려오라고 했었다. 그런데 이번엔 배트맨 실험인가! 이러니 강력 백팀에 오면 반 년 안에 뼈가 부러진다는 소문이 나지!

동시에 백 팀장은 안심했다. 자신은 배트맨과 생김새가 비슷하지 않으니 다행이라고. 그의 머릿속엔 배트맨과 체형이 비슷한 형사의 이름이 몇 개 떠오르고 있었다. 그 중에는 신도진과 인상착의가 거의 비슷한 세창도 끼어 있었다.

김 형사는 떨떠름한 표정으로 서울대학교 정문 앞에 서 있었다. 이날 아침, 김 형사는 동석에게 전화를 걸었다. 사건 가능성이 있어 한번 더 증언을 듣고 싶다고 말하자 기다렸다는 듯 답이 돌아왔다.

"사실 저도 생각난 게 있는데 어떻게 연락을 드려야할지 몰라 망설이고 있었습니다."

"망설이실 이유가, 명함의 전화번호로 연락을 주시면 되는데."

"형사님이시잖습니까…."

말꼬리를 흐리는 동석의 말에 어쩐지 김 형사는 납득이 되었다.

김 형사 역시 '형사'하면 아무 이유 없이 겁부터 먹었던 때가 있었다. 김 형사가 아닌 고등학생 씨름선수 김벅찬이었을 때, 친구의 급사로 살인자의 누명을 썼을 때였다. 이때 백 팀장을 만나 누명을 벗지 못했다면 지금의 김 형사는 없었다.

사건의 조사 때문이라고 하더라도 김 형사는 서울대 안으로 들어가기가 망설여졌다. 그 때문에 김 형사는 서에서 지원해주는 주행거리 십만 킬로미터를 넘는, 본래는 하얀색이었던 소나타3를 교문 앞에 세우고 두 사람을 기다렸다.

얼마 안 가 입이 댓 발 나온 의찬과 여전히 푸석푸석한 머리스타일의 동석이 나타났다. 동석은 환하게 웃으며 김 형사를 맞았지만 의찬은 고개만 까딱일 뿐이었다.

"서울대에 온 소감이 어떻습니까?"

의찬이 빈정거렸다.

"서울대 같네요."

김 형사가 짤막하게 대답하고 교문을 향해 걸어가자, 동석이 "차 타셔야죠! 학생회관은 한참 가야 해요!"하고 말했다. 김 형사는 캠퍼스가 그렇게 넓다는 사실에 속으로는 살짝 당황했으면서도 고개를 끄덕였다.

"크기도 서울대 같네요."

이 말에 의찬이 살짝 웃었다.

동석의 말대로 학생회관은 차를 타고 한참 더 들어가야 했다. 건물 바로 앞에 차를 세운 후 학생회관에 들어섰다. 김 형사는 1층 로비에 붙은 층별 소개를 훑었지만 명패만 보아서는 지금 가려는 동호회가 몇 층 몇 호인지 알 수 없었다. 김 형사는 그냥 동석과 의찬의 뒤를 따르기로 했다. 그렇게 세 명이 도착한 목적지는 3층 313호, '마녀의 사과'였다.

313호의 문을 열고 들어가자 전면에 보이는 유리창을 기준으로 왼편에 커다란 나무 패널이 몇 개고 겹쳐 있었다. 사이사이 삐져나온 둥그스름한 나무나 달 모양 패널로 미루어 짐작할 때 무대장치인 모양이었다. 그 앞엔 한 여학생이 중앙에 놓인 커다란 테이블에 잡지를 몇 개 펼친 채 보고 있었다. 붉게 물들인 머리에 진한 화장, 짧은 치마에 망사스타킹을 신은 여학생은 김 형사가 상상한 서울대생의 이미지와 거리가 멀었다.

"저희는 9기 '마녀의 사과'인데요, 뭣 좀 찾아볼 게 있어서."

동석이 말했다.

"예, 뭐 그러세요."

여학생은 시큰둥하게 대꾸한 후 다시 잡지를 들여다보았다.

김 형사 일행은 전면 창 왼편에 있는 캐비닛으로 다가갔다. 커다란 캐비닛이 한 개, 개인용 캐비닛이 다섯 개 나란히 서 있었다. 동석은 그중 커다란 캐비닛을 열었다. 안에는 CD와 비디오테이프, DVD, 무대의상 등이 잘 정리되어 있었다. 동석과 의찬의 용무는 이 중 비디오테이프에 있었다. 그들은 비디오테이프의 제목을 찬찬히 훑었다. 얼마 안 가 동석이 비디오테이프 한 개를 손에 들어 보였다.

"제 기억엔 이때 처음이자 마지막으로 녀석이 배트맨 복장을 했을 거예요."

동석과 의찬은 능숙한 솜씨로 아날로그 텔레비전과 비디오를 연결해 문제의 비디오테이프를 재생했다.

무대 배경은 고담시티의 밤하늘, 앞에는 배트맨의 등장인물들이 있었다. 그런데 공연 내용은 김 형사의 상상과 달랐다. 일반적인 연극이 아니라 마술이었다. 사람의 몸을 반으로 가르고 연기가 나며 사람이 사라지고 비둘기가 튀어나오고 카드가 날아다녔다.

그제야 김 형사는 동호회 명칭의 속뜻을 눈치 챌 수 있었다. 동화 《백설공주》에서 마녀는 사과 하나에 백설공주를 없앨 수 있는 비책을 모두 담았다. 즉, '마녀의 사과'는 마법의 집대성이다.

하지만 마녀는 백설공주를 죽이지 못했다. 왜 하필 이런 이름으로 동호회 이름을 지었을까.

"이 부분입니다!"

김 형사가 한참 딴 생각에 빠졌을 때 의찬이 소리쳤다. 김 형사는 물론 잡지를 보던 여학생마저 놀라 고개를 들었다.

무대에서 화려한 카드마술을 선보인 배트맨이 펑! 소리를 내고 연기와 함께 사라졌다. 모두들 그가 어디로 갔는지 찾아서 주변을 두리번거리는 사이 주변이 껌껌해지는 것과 동시에 고함소리가 났다.

"배트맨이 나타났다!"

여자의 목소리였다. 동시에 스포트라이트가 객석의 중간을 비추자 배트맨이 나타났다. 배트맨은 몸을 뒤로 젖히더니 그대로 '날아올라' 무대에 착지했다. 날개를 쫙 펼치고 펄럭펄럭 힘차게 흔들자 수없이 많은 모형박쥐가 사방을 날았다. 코엑스의 배트맨과 똑 같았다. 그때에도 배트맨은 날아서 등장했다.

"뭘 어떻게 한 겁니까?"

"저희도 모릅니다."

동석이 말했다.

"비밀통로를 쓴 것까지는 압니다만, 날아오른 방법은 미궁입니다. 도진이는 와이어를 쓰지 않았습니다. 천장에 와이어를 달 만한 공간도, 시간도 없는데다 객석에 그런 장치를 하기엔 위험이 컸습니다. 이날, 도진이는 정말 날았습니다. 진짜 배트맨처럼."

김 형사는 동석의 말을 되풀이해 속으로 되뇌며 비디오를 들여다봤다. 하지만 다시 봐도 날아오른 트릭은 알 수 없었다. 김 형사는 잠시 고민하다가 물었다.

"단팥빵 어디서 팔아요?"

"그, 글쎄요. 매점?"

예상치 못한 질문에 동석은 한 박자 늦게 대답했다.

"매점이라."

김 형사가 고개를 끄덕였다. 그리고 생각났다는 듯 덧붙였다.

"이 공연을 한 곳, 안내해주시겠습니까?"

소강당, 제각기 다른 연습복을 입은 풍물패가 공연 연습을 하고 있었다. 한참 잘 되어 가는가 싶었을 때 소강당을 울리는 '쿵' 소리에 소고를 맡은 1학년 여학생의 동작이 멈췄다. 여학생은 얼굴까지 빨개져 "죄, 죄송합니다!" 하고 사과했다.

연습은 다시 처음으로 돌아갔다. 이번엔 실수 없이 잘 이어지는 것 같았다. 하지만 자진모리에서 굿거리장단으로 넘어갈 때, 또 한 번 '쿵' 소리가 나자 이번엔 상모를 돌리려고 고개를 까딱이던 꽹과리가 타이밍을 놓쳤다.

꽹과리는 잔뜩 열을 받았다. 상모를 쓴 머리를 '획'하고 소리가 날 정도로 크게 돌려 한 시간째 문제의 소리를 연발하는 불청객들을 노려보았다.

한 시간 전, 세 남자가 강당에 들어왔다. 이후 그들은 객석 중간에 앉아 무대를 보며 연신 쑥군거렸다.

처음 이들이 등장했을 때 꽹과리는 기대감에 가슴이 부풀었다. 졸업한 선배들에게 그런 이야길 들은 적이 있다. 유명 풍물패 중에는 재학 중인 대학생들을 멤버로 충원하는 경우가 있다. 꽹과리는 풍물패 '무패'의 뛰어난 실력이 세상에 알려져 관계자가 찾아왔을지도 모른다고 생각하고는, 친구들에게 이 사실을 전했다. 다들 신이 났다. 흥이 나 한참을 무대서 놀자니 세 남자가 자리에서 벌떡 일어났다. 계단을 내려와 천천히 무대로 다가왔다. 풍물패는 더 열심히 쳐댔고, 남자들은 객석 세 번째 줄 계단에 서서 무대를 가리켰다 객석을 가리켰다 하며 한참 설전을 벌였다.

누굴 스카우트할지 고민하는 건가!

풍물패는 더더욱 신이 났다. 꽹과리는 상모까지 썼다. 목이 비틀어져라 머리를 흔들어대며 신명나게 날아오르려는 순간, 남자들이 계단에 나란히 섰다. 무대를 향해 멀리뛰기를 했다.

머, 멀리뛰기?

뜻밖의 상황에 당황한 꽹과리는 손에 든 채를 놓쳤다. 그러는 사이에도 세 남자의 수상한 멀리뛰기는 계속되면서, 서서히 꽹과리는 이 세 남자가 스카우트와는 거리가 먼 단순한 불청객일 뿐이란 사실을 깨달아갔다.

다시 한 번 '쿵' 소리가 났을 때, 결국 꽹과리가 폭발했다. 상모를 벗어던진 후 남자들을 향해 소리쳤다.

"이봐요, 아저씨들!"

세 남자는 꽹과리의 말을 무시했다. 여전히 멀리뛰기에 집중해 꽹과리의 신경을 곤두세운 소리를 다시 한 번 냈다.

쿵.

"아. 저. 씨. 들!"

잔뜩 화가 난 꽹과리가 더 크게 소리 질렀다. 세 남자는 설마 우릴 부른 건가 싶은 표정으로 서로를 바라보았다. 그러더니 덩치가 작은 두 남자가 중앙의 남자를 응시했다. 덩치가 큰 남자가 억울하다는 표정을 짓는 사이 풍물패가 각기 무기… 아니, 악기를 손에 꽉 잡고 다가왔다. 여전히 티격태

격 하는 그들의 앞에 마주 보고 섰다.

"도대체 뭐 하시는 겁니까, 아저씨들?"

이번에도 꽹과리가 대표로 물었다. 이 질문에 세 남자는 잠시 대답이 없었다. 처음 불렀을 때와 마찬가지로 서로를 바라보다가 곰처럼 커다란 남자가 대표로 말했다.

"저기 학생, 누구한테 한 말이죠?"

"네?"

"아저씨라는 호칭, 우리들 중 누구한테 한 거냐고요."

세 남자는 매우 진지했다. 커다란 남자 옆의 두 남자는 갑자기 머리를 추스르고 옷차림을 정돈하느라 난리였다.

"세 분 다요."

꽹과리는 기가 차서 딱 잘라 말했다. 이 말에 세 남자는 눈에 띄게 풀이 죽었다. 안경 쓴 남자는 크게 "쳇!" 소리까지 냈다.

"그보다 지금, 뭐하시는 겁니까? 저희 지금 연습 중인 거 안 보이세요?"

꽹과리의 말에 세 남자가 다시 정신을 차렸다. 덩치가 좋은 남자는 헛기침을 '흠흠' 하더니 "미안하게 됐습니다."라고 말하며 품에서 수첩을 꺼내보였다.

"경찰입니다. 뭣 좀 알아볼 게 있어서 왔습니다."

풍물패 앞에 나타난 세 명의 '아저씨'는 김 형사, 동석, 의찬이었다.

배트맨이 무대로 날아드는 동영상을 본 김 형사는 동석, 의찬과 함께 당시 공연을 한 소강당을 찾았다. 동석과 의찬은 김 형사에게 배트맨이 뛰어오른 위치를 알려주었고, 셋은 그 위치에서 어떻게 하면 무대로 날아들 수 있을까 연구를 계속하느라 멀리뛰기를 반복했다.

세 남자는 "죄송합니다, 이제 다 끝났습니다."라고 거듭 말하며 소강당을 나왔다. 등 뒤에서 풍물패의 "도대체 경찰이 왜 온 거야?"라는 목소리가 났지만 세 남자는 의견을 나누느라 듣지 못했다.

"인간대포 어때?"

의찬이 말했다.

"화면을 보면 모르냐. 아무리 객석이 어두워도 그게 안 찍힐까."

동석이 중얼거렸다.

"트램펄린은?"

"트램펄린 역시 마찬가지 아닐까요. 아무리 객석이 어두워도 트램펄린이 발견되지 않을 수는 없다고 봅니다."

김 형사가 주머니에서 단팥빵을 꺼내며 말했다.

"쳇."

의찬이 입을 삐죽거렸다.

"그럼 정말 날았다는 거야 뭐야?"

동석도, 김 형사도 반론을 제기하지 못했다. 배트맨, 말 그대로 인간박쥐가 가장 그럴 듯했다.

2011년 10월 28일, 홍콩

이혁은 여자가 수첩에 적어준 연락처로 전화를 걸어 통화
한 후, 차의 방향을 틀었다.

"어디로 갈 건가요?"

"애버딘."

"애버딘이라면, 그 수상가옥들이 있는 항구던가요? 그곳에
배트맨이 있대요?"

"그렇다네요."

"영국 사람들이 처음으로 도착해서 이곳이 어디냐고 물었
을 때 '홍콩'이라고 대답해서 이곳을 향항, 홍콩인을 향항인
이라고 부르게 되었다면서요. 1842년 난징조약 이후 영국은
홍콩섬을 지배하게 되었고 이후 정식으로 홍콩이란 명칭을
붙였죠. 이후 영국과의 외교를 전담하였던 애버딘의 이름을

따서 그 항구를 애버딘이라고 부르게 되었다고요."

"기억력이 대단하시군요."

"신기하거나 흥미로운 이야기를 들으면 이상하게 잊지를 않아요."

"그런데도 불구하고 칠 년 전 만난 배트맨에 대해서는 거의 기억하는 게 없으시다. 어째서인가요? 배트맨과 만난 시간이 정말 순간이라 그런가요?"

"꽤 오래 같이 있었는데도 기억이 잘 나지 않아요. 배트맨과 만났던 그 순간의 기억, 그 남자와 나눴던 이야기, 함께 마신 술, 무엇 하나 뚜렷한 게 없어요. 그 사람을 만나기 전과 만난 후로 제 인생이 크게 변했는데 이상하죠."

"애버딘에 갈 동안 기억을 되살려 봅시다. 당신은 칠 년 전, 누구와 홍콩을 왔었나요."

"곧 결혼할 친구요. 결혼하기 전에 마지막으로 여행을 왔었어요."

"며칠 일정이었나요? 차례대로 간 곳을 말해 보겠어요?"

"그런 것도 말해야 하나요? 배트맨이랑 별로 상관이 없는데."

"정보는 많을수록 좋아요."

"너무 많으면 혼란스럽잖아요."

"혼란 속에서 하나를 집어내는 게 바로 내 역할입니다. 명주 씨는 그저 말해 보세요. 난 집어낼 테니."

"좋아요. 한번 말해보죠."

명주는 눈을 감았다. 팔짱을 끼고 생각나는 대로 말하기 시작했다.

"3박4일 일정이었어요. 첫날 호텔에서 짐을 풀고 바로 빅토리아 피크로 갔어요. 피크 트램을 타려는데 사람이 너무 많았어요. 어떻게 할까 고민하는데 친구가 가장행렬을 가리키더군요. 한 무리의 마녀며 드라큘라 복장을 한 중·고등학생 정도 되어 보이는 아이들이 란콰이퐁으로 걸어가고 있었어요. 우리는 호기심이 생겨 쫓아갔어요. 그 주간 전체가 할로윈 축제 기간이라 사람들이 넘쳐났어요! 사방팔방 시체며 해골이 쌓여 있더군요!"

"아, 그래서 해골을 좋아하게 된 건가?"

"우리는 신이 나서 돌아다니느라 본래의 계획도 잊었어요. 그러다 배트맨 일행을 만났어요. 우리도 세 명, 그쪽도 세 명. 딱 짝이 맞기에 붙어 다녔어요. 재미있었어요. 우리는 다음날 다시 만나기로 약속을 하고 헤어졌죠. 그리고 다음날은 빅토리아 피크타워에서 만나서…."

"잠깐만요."

이혁이 말을 멈췄다.

"명주 씨 일행도 셋이었습니까? 그렇다면 결혼할 친구하고 명주 씨하고 또 한 명은 누구죠?"

"또 다른 중학교 동창이에요. 우리끼리는 김이라고 불렀죠."

"아까 말한 그 친구입니까? 당신의 좌우명을 만들어준?"

"네, 맞아요."

"성은 김이요, 이름은?"

"우린 다음날 다시 만났어요. 배트맨 일행은 우리를 데리고 빅토리아 피크타워에 올라갔고, 함께 기념사진도 찍었죠."

"그 사진은 어떻게 됐죠?"

"잃어버렸어요."

"왜요?"

"그날 밤, 사고가 났어요."

"무슨 사고?"

"그게 기억이 나지 않아요. 정신을 차렸을 때엔 친구들하고 다 같이 병원 응급실에 나란히 누워 있었어요. 하지만 구체적인 건 기억이 나지 않아요."

"배트맨 일행은?"

"그때엔 이미 없었어요. 사실 전, 슈퍼맨이랑 스파이더맨이 저를 기억하지는 않을까 기대했어요. 하지만 그 사람들은 전혀 저를 기억하지 못했죠."

"명주 씨처럼 특이한 옷차림이라면 잊기가 쉽지 않을 텐데. 그 때에도 명주 씨는 처음 만났던 날 저한테 보여준 그대로 해골옷을 입고 갔을 것 아닙니까?"

"할로윈엔 이상한 복장을 입는 사람이 많으니까 그런 거 아닐까요."

"그건 알 수 없죠. 다음엔 명주 씨, 예전 그 복장 그대로 하고 갑시다. 그리고 물어보면 뭔가 더 알아낼 수 있을 수도 있겠습니다."

"제 소문이 났을 가능성이 있다고 하셨잖아요?"

"스파이더맨은 우리 편으로 돌아섰습니다. 사례가 탐난다면 정보를 더 뺄을 겁니다."

"그 전에."

명주가 밖으로 시선을 돌리며 말했다.

"가능하다면 애버딘에서 배트맨을 만나고 싶네요."

압레이차우의 고층아파트가 서서히 모습을 드러냈다. 항구로 가는 길에 들어서자마자 줄줄이 늘어선 판자로 만든 추레한 배들이 나타났다. 이혁은 근처에 적당히 차를 주차했다.

"압레이차우에 가는 거예요? 여기서 삼판선을 타야 압레이차우에 갈 수 있잖아요?"

"그럴 계획이었다면 바로 압레이차우로 갔지 애버딘에 오자고 안 했을 겁니다."

이혁이 삼판선에 올라탔다. 천막이 처진 안으로 들어가자 중년의 남녀와 어린 여자아이 둘, 4인 가족이 테이블을 놓고 한창 식사 중이었다.

수상족. 여행 책에서나 본 사람들이었다. 낮은 천장과 사방에서 나는 비린내, 주변에서 들려오는 목소리들, 이런 곳에서 생활이 가능하다니 명주는 눈으로 보면서도 믿기지 않았다.

이혁이 그들에게 말을 붙이자 바로 "하오하오."하는 대답이 돌아왔다. 중년의 여자가 삼판선에서 이혁과 함께 나오더니 명주와 이혁을 다른 삼판선으로 데려다주었다. 그곳 갑판에서 몇 마디 더 이혁과 대화를 나눈 다음 자신의 삼판선으로 돌아갔다. 명주는 그녀가 완전히 떠난 걸 확인한 후 말했다.

"이런 곳에서 어떻게 사람이 살지."

"사람을 겉모습으로 판단하는 습관은 버리지 그래."

이혁이 천막 안으로 들어가며 인상을 썼다.

"수상족도, 아마도 모두들 이유가 있어서 자신들의 장소에서 사는 거야. 무엇보다 자신이 즐기면 전혀 문제가 될 것이 없어. 그리고 당신이 잊지 못하는 배트맨 역시 이 삼판선의 단골 고객이었다고 하더군."

"배트맨이 이곳에 살았다고?"

"살았던 게 아니라 휴가기간에만 와서 묵다 갔었답니다. 매년 할로윈 때마다 일주일동안 삼판선을 빌리곤 했었다나.

안 그래도 올해엔 아직 오지 않아서 걱정하고 있었다고."

"연락처는요?"

"결번이라고 나왔대. 이메일도 반송되고."

"그렇군요."

"하지만 한 가지는 알아냈어. 그 배트맨, 한국 사람이었다더군. 뭔가 기억나는 것 더 없어? 배트맨이 무심코 한국말로 말을 했다던가 그런 적 없었어요?"

"기억나지 않아요."

"기억나지 않는다…."

이혁은 삼판선 안을 천천히 한번 둘러보며 명주의 말을 따라했다.

"배트맨이 이곳에 묵지 않았다고 하더라도 홍콩에 왔을 가능성은 충분하니까. 올해만큼은 무언가 심경의 변화가 생겨서 다른 곳에 묵었을지도 모르지. 일단 그 클럽으로 돌아가죠. 배트맨이 나타나고, 슈퍼맨, 스파이더맨과 접선한다면 그곳에서 할 겁니다."

명주는 고개를 끄덕였다. 천막을 나가려고 할 때 삼판선이 가볍게 흔들렸다. 명주는 균형을 잃었다. 이혁이 그런 명주의 손목을 힘주어 잡아주며 말했다.

"팔찌, 다시 안 할 거야?"

"무슨 상관이에요."

"신경이 쓰여서."

"왜 당신이 신경을 쓰죠?"

"그렇게 찾던 팔찌를 받았는데 풀다니 이상하잖아."

"손목이 좀 아팠을 뿐이야."

명주는 이혁의 손을 뿌리치고 천막에서 나갔다. 가슴이 쉴 새 없이 두근거렸다. 바지주머니에 손을 넣어 계속해서 팔찌를 쪼물거렸다.

돌아가는 길, 음악도 없었다. 리펄스 베이에 갈 때에도, 애버딘에 올 때에도 음악을 틀었지만 이번만큼은 달랐다. 우기가 완전히 가지 않은 터라 슬금슬금 몰려오는 구름과 저만치들려오는 파도소리, 점차 많아지는 차량의 엔진소리만이 적막을 숨겨줄 뿐이었다. 이혁은 명주를 빅토리아 피크에 내려놓으며 Becoming X에서 8시에 보자고 말했다. 알았다고 말하고 재스민의 집으로 돌아가는 명주의 등 뒤, 경적소리가 났다.

"해골로 뒤덮고 오는 거 잊지 마."

"알았어요."

"팔찌도!"

"네?"

"팔찌도, 잊지 마."

이혁의 오픈카가 달려 나갔다. 차가 일으킨 바람이 명주의 긴 머리카락을 사정없이 흩날렸다.

명주는 집으로 들어갔다. 2층에 올라가 해골에 치우친 복장으로 갈아입은 후 침대에 대충 벗어놓은 반바지를 바라보았다.

그 안엔 스컬 파라다이스가 들어 있다.

낄까, 말까.

명주는 결국 팔찌를 하지 않았다. 계단을 내려가는 소리에 재스민이 다가왔다. 재스민은 당장이라도 명주에게 옷을 갈아입으라고 소리칠 것 같은 표정이었다.

명주는 재빨리 선수를 쳤다.

"이혁이 입으랬어."

명주는 재스민에게 자신이 아는 영어를 총동원해서 오늘 있었던 일을 이야기했다. 명주의 설명이 끝나자 재스민은 명주의 손목을 가리키며 물었다.

"Skull Paradise?"

"No."

"Why?"

명주는 대답하지 못하자 재스민이 웃었다.

저녁을 다 먹을 즈음 리셩하이가 퇴근했다. 재스민은 아까까지 아무 이야기도 하지 않았다는 듯 새침한 표정을 지으며

리성하이를 맞았다. 명주 역시 둘이 나눈 이야기를 되풀이하
지 않았다. 대신 해골 시계 반지를 열어 시간을 본 후, 자리
에서 일어났다. 곧 이혁과 만날 시간이었다. 명주는 다시 2층
에 올라갔다. 침대에 벗어놓은 반바지를 노려보다가 손을 뻗
었다. 팔찌를 꺼내 손목에 찼다.

이혁은 명주보다 먼저 Becoming X에 와 있었다. 새하얀
양복을 아래위로 빼입은 모습이 그럴 듯했다.

인사 대신 명주는 그에게 물었다.

"뭐로 변장한 거예요?"

"시티헌터잖아, 시티헌터."

명주는 소리 나게 웃었고, 이혁은 그런 명주의 손목을 힐
끔 보더니 같이 웃었다.

스파이더맨과 슈퍼맨이 나타났다. 두 영웅은 명주와 이혁
을 보고 뭔가 흥분한 소리를 냈다. 그러더니 이혁에게 빠르
게 무어라 한참 말했다. 그들의 말을 들은 이혁의 얼굴이 어
두워졌다. 혹시 배트맨과 관련된 안 좋은 소식이라도 들었나
명주가 불안해 할 무렵 예상치 못한 이유가 밝혀졌다.

"씨티헌터?"

"재키찬?"

두 영웅은 명주도 알아들을 법한 단어를 꺼내더니 한참 웃
었다.

명주는 그들이 보기에도 이혁의 코스프레가 영 가당찮아 보인다는 사실에 공감하는 박장대소를 따라한 후 말했다.

"내 이야기는 없었어요?"

"없대. 명주 씨처럼 화려하게 하고 오는 여자들이 한둘이 아니라서."

"칠 년 전에 만났었다고 말해도요?"

"나도 같은 말을 했어. 당시 이 클럽에서 사고도 있었던 걸로 아는데 기억나지 않느냐고. 모르겠다더군. 이 기간엔 원체 자잘한 사고가 많이 나니까. 명주 씨가 오기 전에 바텐더한테도 물어봤지만 비슷한 대답을 들었어. 소동은 늘 있다면서 방금 전 부서진 듯한 술병을 보이더군."

"우리를 속이는 건 아닐까요?"

"그럴 이유가 없잖아."

이혁은 딱 잘라 말했다.

"돈을 주는데. 게다가."

슈퍼맨과 스파이더맨이 맥주 두 개를 가져와 명주와 이혁에게 권했다.

"함께 있어주겠다는데. 배트맨이 나타나면 알려주겠다는데."

이후 명주와 이혁은 슈퍼맨, 스파이더맨과 계속 함께 움직였다. 두 영웅과 다니니 알아서 여러 사람들이 핸드폰을 들고 다가와 함께 사진을 찍었다. 때로는 명주와 이혁에게도 함께 찍자고 했지만 명주는 거부했다.

긴장한 탓에 지병만 도졌다. 칠 년 전 홍콩에 다녀온 이후 명주는 방광염을 심하게 앓았다. 심심하면 소변이 마려웠다. 어제는 비교적 이른 시각에 잠복을 시작한 데다 옷도 편했기에 괜찮았는데 오늘은 좀 춥게 입었더니 30분마다 화장실을 들락거려야 했다.

위기가 왔다. 10시가 넘자 클럽에 사람이 넘쳐났다. 화장실도 사정은 마찬가지라 기다리는 줄에 대기인원만 열 명이 넘었다. 화장실은 달랑 하나인데 오바이트나 대변보다 기절이라도 했는지 도통 안에 있는 사람이 나오질 않았다.

명주는 요의를 참을 수 없었다. 이혁을 끌고 뒷골목으로 뛰어나갔다. 이혁에게 뒤돌아 서 있으라고 하고 쭈그리고 앉아 소변을 봤다. 그렇게 연달아 노상방뇨를 하다가 명주는 마찬가지 처지의 여자를 발견했다. 한 금발 여자가 명주처럼 일행을 앞에 세우고 쭈그리고 노상방뇨를 하고 있었다. 이혁은 그 여자의 일행과 어색하게 미소를 주고받은 후, 뒤돌아선 상태 그대로 명주에게 물었다.

"도대체 화장실을 몇 번을 가는 거야?"

"그래서 내가 특급변소야."

"특급… 뭐?"

"내 인터넷 닉네임. 하도 변소에 자주 가서 특급변소."

이혁이 어이가 없다는 듯 웃었다.

명주가 일곱 번째 노상방뇨를 하고 돌아왔을 때, 새로운 배트맨이 한 명 더 나타났다. 지금껏 본 배트맨들 중 가장 인상착의가 비슷했다.

배트맨은 주변을 두리번거리다 슈퍼맨과 스파이더맨에게 다가갔다. 한손에 든 핸드폰을 슈퍼맨과 스파이더맨에게 보이며 무어라 묻자, 슈퍼맨과 스파이더맨은 고개를 저었다. 배트맨은 포기하지 않고 뭔가 더 말했다.

"와아치!"

시끄러운 음악을 뚫고 명주와 이혁의 귀에 들릴 정도로 큰 목소리였다. 하지만 슈퍼맨과 스파이더맨은 계속 고개를 저었다. 그러자 배트맨은 답답한지 다시 한번 클럽이 울릴 정도로 더욱 크게 말했다.

"와-아-치! 니—미—럴!"

니미럴이라니, 한국사람? 그렇다는 말은 진짜 배트맨이란 뜻인가? 하지만 왜 진짜 배트맨인데 슈퍼맨과 스파이더맨은 계속 고개를 젓지?

"어떻게 할까?"

이혁이 말했다. 그 역시 미심쩍은 표정이었다.

165

"일단 가보죠."

명주가 말했다.

명주는 그들에게 다가가는 내내 가슴이 두근거렸다. 진짜 배트맨이라면 어떻게 해야 할지 한참 할 말을 골랐다. 기대는 쉽게 깨졌다. 슈퍼맨과 스파이더맨은 명주와 이혁이 다가오자마자 단호하게 고개를 저었다. 아니었다. 인상착의가 비슷한 한국 사람일 뿐이었다.

실망감과 더불어 명주를 찾은 것은 지긋지긋한 요의였다. 다시 이혁에게 노상방뇨의 기도를 부탁하려는데 이혁이 빨랐다. 일곱 번 노상방뇨를 하고 나자 타이밍을 안 걸까 했으나 아니었다.

"핸드폰."

이혁은 배트맨의 손을 턱짓했다. 명주는 배트맨의 핸드폰으로 시선을 옮겼다. 그 화면엔 어딘지 모르게 낯익은 검은 남자의 형태가 있었다. 명주는 좀 더 자세히 보려고 얼굴을 들이밀었다. 배트맨은 갑작스레 등장한 명주를 보고 놀랐다.

"뭐, 뭐야?"

명주는 그의 반응에 대꾸할 수 없었다. 그가 손에 든 핸드폰 안의 상황이 지나치게 낯익은 탓이었다. 오 년 전, 란콰이퐁에서 일어났던 날개 없는 배트맨 추락사건, 그와 꼭 닮은 듯한… 아니 어쩌면, 그 상황인 듯한 날개 없는 배트맨의 모습이 핸드폰에 담겨 있었다.

"당신이 이 사진을 어떻게 갖고 있죠?"

명주가 우리말로 물었다.

"한국분이군요! 아니 그보다, 이 사진을 아세요? 혹시 이 사진 속 사람을 아십니까?"

배트맨은 반갑다는 듯 빠르게 질문을 퍼부어왔다.

명주는 대답을 망설였다. 이 사진을 보면 당시 사건과 관련이 있는 사람일 수도 있다. 혹시라도 사건 현장에 있었다면 명주를 봤을 수도 있다.

"그러는 댁은 어떻게 이 사진을 갖고 계십니까?"

이혁이 끼어들었다.

"아, 또 한국분이다!"

배트맨은 진심으로 반가워했다.

"예, 뭐. 그보다 이건 오 년 전 여기서 일어났던 사건 당시의 사진 아닙니까? 왜 이 사진을 들고 다닙니까?"

"오 년 전 있었던 사건이라면?"

"란콰이퐁에서 있었던 추락사고 사진이잖습니까."

배트맨은 이혁의 말에 다시 한번 사진을 들여다보았다.

"이 사진이 당시 사건과 그렇게 닮았습니까?"

"네, 전 당시 그 장소에 있었거든요."

"그 장소가 어딘데요?"

"정확히 기억은 안 납니다만 이 클럽 근처였을 겁니다."

"그 장소로 절 좀 데려다 주실 수 있겠습니까? 사례는 하겠습니다."

"제가 왜 그런 걸 해드려야 하는데요?"

"이 사진 때문입니다."

배트맨이 다시 한번 사진을 눈앞에 보이며 말했다.

"이건 오 년 전 사건의 사진이 아닙니다. 올해하고도 며칠 전, 한국 코엑스에서 일어난 배트맨 추락사건 당시의 사진입니다."

"그걸 여기서 왜 들고 다니시는지?"

"아, 제가 이런 사람입니다."

남자가 다시 한번 핸드폰을 만지작거리다 카카오톡 프로필 사진을 띄웠다. 경찰 제복을 입은 한 남자의 근엄한 모습이 나타났다.

"대한민국 강남경찰서 특수반 강력 백팀 강세창입니다. 강이 셋이라 별명은 삼강. 오류은 없음."

배트맨이 무언가 기대하듯 명주와 이혁을 바라보았다. 명주와 이혁은 그가 무엇을 원하는지 알 수 없어 그냥 가만히 있었더니 제삼자의 설명이 이어졌다.

"저이가 개그 욕심이 좀 있어요. 웃어달라는 거예요."

등 뒤에서 캣우먼이 나타났다. 캣우먼은 배트맨과 나란히 서더니 명주와 이혁에게 말했다.

"일행이에요."

"아, 네. 부부입니다."

배트맨은 쑥스러워하면서도 캣우먼의 손을 꽉 잡은 후 말을 이었다.

"아무튼 그러니까, 저희 부부는 홍콩에 관광차 들렀다가 오 년 전 란콰이퐁에서 서울과 거의 같은 사건이 일어났었다는 말을 들었습니다. 그래서 탐문 중이었습니다. 헌데 두 분은 우리나라 관광객이신가요?"

명주와 이혁은 눈을 마주쳤다.

"아니요."

"네."

왜 당신이 네라고 대답해?

명주는 당황해서 이혁을 바라봤다. 명주와 이혁은 다시 대답했다.

"네."

"아니요."

이번엔 당신이 아니요?

이혁이 명주의 옆구리를 팔꿈치로 툭 치며 말했다.

"그러니까! 관광객입니다. 그런데! 예전에 홍콩서 일한 적도 있고, 이쪽에 친구들이 많아서 홍콩 사람이 다 됐습니다.

하하하."

이혁이 억지웃음을 지으며 말했다.

"네, 그렇네요. 호호호!"

명주도 장단을 맞춰서 억지웃음을 지었다.

"아, 그렇다면 잘 됐네요! 저희 안내 좀 해주시겠습니까? 그 사건이 일어났던 장소를 알고 싶은데 어쩐지 제대로 아는 사람이 없네요."

"경찰에 가서 협조를 받으시죠, 하하하."

"그것도 말해 봤는데 어쩐지 꺼리더라고요. 뭐라고 했더라."

배트맨이 턱 근처를 긁적이자니 캣우먼이 끼어들었다.

"할로윈이 되면 빌딩 주변에 배트맨 유령이 돌아다닌다면서요. 다가가면 내 날개 내놔 이러는데 그 배트맨 유령을 만나면 일주일 이상 못 산다는 소문이 있어서 다들 가까이 안 간다고요."

'그런 소문이 있었나?'

명주와 이혁은 또 한번 눈을 마주쳤다. 이혁도 의아하단 표정이었다. 아무래도 올해 새로 생긴 도시 괴담인 모양이었다.

"그래서 용기 있는 분이 필요했거든요. 어떻게 두 분, 같이 가주시겠습니까?"

"아니요."

"네."

계속 말이 안 맞는다.

명주가 이혁을 노려보자, 이혁이 다시 나서며 말했다.

"물론입니다. 도와드리죠. 자, 가시죠."

"자, 잠깐. 실례할게요. 제가 화장실이 급해서."

명주는 이혁을 데리고 자리를 피했다.

"이런 상황에서 또 화장실이야?"

"이번엔 아니거든요! 그보다 무슨 짓이에요? 왜 도와준다고 나서요? 우리가 이러는 사이에도 배트맨이 왔다갈 수 있다고요!"

"그래서 따라가는 겁니다."

"왜요?"

"우리나라에서 배트맨 옷을 가진 사람이 몇이나 되겠습니까?"

"별로, 없겠죠?"

"사진 속 배트맨은 그 몇 명 중에 한 명이겠죠? 그렇다면 사진 속 인물이 명주 씨가 찾는 당사자일 가능성도 있지 않겠습니까?"

"저기…."

그때 배트맨이 다가와 끼어들었다. 명주와 이혁은 눈을 마주친 후 생긋 웃으며 뒤를 돌아보았다.

"옷을 갈아입는 게 나을까요?"

배트맨이 말했다.

"배트맨 유령이 나오는 곳에 배트맨 복장으로 가면 오해를 살 수도 있을 테니까…."

"그러세요."

"그 편이 나을 것 같네요."

드디어 명주와 이혁의 마음이 맞았다.

이혁이 바텐더에게 부탁을 해서 뒤쪽 스태프 룸을 빌렸다. 배트맨과 캣우먼이 옷을 갈아입는 동안 이혁은 스파이더맨과 슈퍼맨에게 사정을 설명했다. 같이 가겠냐고 묻자 슈퍼맨이 손사래를 쳤다.

"일주일 안에 죽는다잖아!"

"작년까지만 해도 없었던 소문이잖아."

"그러니까 더더욱 신빙성이 있는 거야!"

스파이더맨이 말했다.

"배트맨 귀신이 날개를 못 찾은 지 너무 오래 되어 원한이 쌓여서 저주까지 내린 게 분명해!"

두 히어로의 반응이 너무 완강했기에 포기했다. 대신 명주와 이혁이 자리를 뜬 사이 배트맨이 오면 바로 연락하기로 약속했다.

배트맨과 캣우먼이 옷을 갈아입고 나왔다. 평상복으로 갈아입은 세창은 사진보다는 젊어 보였지만 영락없는 중년남자 '아저씨'였다. 그에 반해 세창의 아내는 동안이라 명주 또래로 보였다.

"정식으로 소개하죠. 강세창이고, 이경희입니다."

"이혁하고, 윤명주입니다."

"헉!"

세창이 갑자기 소리를 질렀다. 그러자, 경희가 세창의 옆구리를 세게 팔꿈치로 찔렀다. 세창이 배를 잡고 몸을 굽혔다.

"이이가 해외여행이 첨이라서 긴장해서 배탈이 났어요. 배가 아프면 갑자기 비명을 지르곤 하니 이해하세요."

"달, 달링 말이 맞습니다."

명주는 방금 전 이혁이 자신의 옆구리를 찔렀던 일을 떠올렸다. 그들도 명주와 이혁처럼 다른 이유가 있을 것 같았으나 묻는다고 바로 대답이 돌아올 것 같지 않기에 그만뒀다. 네 사람은 클럽을 나섰다. 란콰이퐁의 인파를 헤치고 오 년 전 사고가 났던 빌딩으로 향했다.

비가 내리기 시작했다. 우기는 어제로 끝났다고 들었는데 몇 방울씩 다시 떨어졌다. 물에 젖은 빌딩과 어둠에 잠긴 란콰이퐁의 골목이 묘하게 을씨년스러웠다. 명주는 갑자기 등에 오한이 났다. 등 뒤엔 형사 부부 말고는 아무도 없을 것이다. 부부는 클럽에서부터 명주와 이혁의 뒤를 바싹 붙어 따라오고 있으니까. 하지만 명주는 등 뒤에 날개를 잃은 배트맨이 있을 것만 같다는 예감을 지울 수 없었다. 배트맨이 표정을 알 수 없는 가면을 쓴 얼굴로 "내 날개 못 봤어?"라고 속삭일 것만 같아 명주는 뒤를 돌아보기가 두려웠다.

"저깁니다."

이혁이 손을 들어 눈앞의 빌딩을 가리켰다.

푸른빛이 도는 회색 빌딩이 눈앞에 나타났다. 다른 란콰이퐁의 건물들과 달리 1층엔 셔터가 굳게 내려와 있었고, 성기게 금 간 바람벽 사이로 기이한 웅성거림이 새어나왔다. 가만히 귀를 기울여 보니 란콰이퐁 거리의 축제인파가 내는 셔터 소리와 환호성이었다.

갑자기 등 뒤에서 플래시가 터졌다. 세창이 핸드폰으로 플래시까지 터뜨리며 눈앞의 빌딩을 찍었다.

"증거사진으로 남기려고."

셔터 옆 계단은 철창이 쳐져 있었다.

"잠겼는데요?"

이혁이 세창을 보며 말하자, 세창이 대답 대신 다가와 힘껏 철창에 몸을 부딪쳤다. 이혁도 바로 합세했다. 두 남자가 함께 달려들자 철창이 열리며 좁은 복도가 나타났다. 네 사

174

람은 복도 끝에 있던 엘리베이터를 타고 최고층에서 내렸다. 반 층 더 계단을 올라 옥상으로 향했다. 옥상 문 역시 잠겨 있었다. 두 남자는 다시 한번 몇 번이고 몸을 던져 철문을 열었다. 평범하기 짝이 없는 옥상 풍경이 나타났다. 한쪽에 물탱크가 있을 뿐, 오 년 전 사건을 떠올릴 법한 흔적은 없었다.

"그런데 여기 어디서 뛰어내렸을까."

"저쪽이에요."

다들 고개를 갸웃거릴 때 명주가 물탱크 쪽을 가리키며 손을 들었다. 어떻게 아느냐는 듯 세창과 이혁이 동시에 명주를 바라보았다. 명주는 "그때 여기 있었으니까요."라고 말하며 난간으로 다가갔다. 그곳에서 아래를 내려다보며 말했다.

"여기에 배트맨이 서 있었어요. 그러더니 갑자기 몸을 돌려 뛰어내렸어요. 저 아래로."

그렇게 말한 순간, 명주가 허공으로 헛발질을 했다. 이혁과 세창이 다급히 손을 뻗지 않았다면 내년에는 배트맨에 이어 해골녀 괴담이 늘어날 뻔했다.

"괜찮아요?"

놀란 경희가 묻자 명주가 대답했다.

"누, 누가 내 발목을 잡았어요!"

명주의 말은 할로윈에 딱 어울리는 에피소드였지만, 그대

로 믿기에는 무리가 있었다. 경희는 명주를 달래려 다시 입
을 열었다.

"그건 아마 착각…."

이 말이 끝나기도 전에 뒤에서 굉음이 났다. 옥상 문이 열
리며 한 무리의 제복경찰이 나타났다. 그들은 총을 겨누며
소리 질렀다.

"프리즈!"

명주를 비롯한 네 명은 놀라 양손을 번쩍 들었다. 경찰들
은 다짜고짜 명주를 비롯한 모두를 바닥에 엎드리게 했다.

엎드린 자세 그대로 경희가 빠르게 중국말로 반박했다. 이
혁 역시 흥분해서 중국말로 마구 떠들었다. 그러자 경찰들은
무전기를 들어 잠시 무어라 떠들더니 놀란 표정으로 이혁을
봤다. 명주를 비롯한 네 명 모두를 일으켜 세운 후, 모자를
벗었다 쓰며 경례했다.

얼마 후, 제복경찰들 사이로 사복 차림의 흰 머리 남자가
나타났다. 제복경찰들은 그에게도 모자를 벗었다 썼다 하며
인사를 반복했다. 이 남자는 이혁과 경희에게 아는 체를 했
다. 세창은 그 남자에게 포옹하자는 시늉을 했지만, 무시당했
다.

명주를 비롯해 모두 바로 풀려날 수 있었다. 남자는 자신
의 손으로 직접 옥상 문을 열어줬다. 명주가 가장 먼저 옥상

문을 빠져나갔다. 그러다가 흰 머리 남자와 눈이 마주쳤다. 아까는 알지 못했는데 가까이서 보니 어딘지 모르게 낯이 익었다. 명주는 그를 어디서 봤을까 생각하며 계단을 내려갔다. 경희와 세창도 바로 명주를 따라 반 층 내려왔다. 경찰은 그들이 엘리베이터에 순순히 올라타나 감시했다. 셋은 바로 엘리베이터에 탔으나 이혁은 아니었다. 이혁은 옥상 문을 잡고 있는 남자와 한창 대화 중이었다. 이혁을 기다리느라 엘리베이터에 안 타고 머뭇거리자니 엘리베이터를 잡아준 제복경찰이 말했다. 경희가 그 말을 해석해 전했다.

"이혁은 그냥 두고 먼저 가라는데."

1층에 도착하자마자 세창은 누군가에게 전화를 걸었다. 명주와 경희는 각기 세창과 이혁을 기다리며 어색한 대화를 시작했다. 먼저 말을 걸어 온 건 경희였다.

"다리는 괜찮아요?"

"예, 뭐."

"다행이다. 우리 정식으로 인사하자. 나는 번역해요. 중국어 번역. 명주 씨는?"

"바리스타예요."

"어머, 정말? 홍콩에서?"

"아뇨, 서울요. 코엑스."

"코엑스 어디인지 물어도 되나?"

177

"코퍼스 크리스티라고 도심공항터미널 지하에 있어요. 아주 작아요."

"나 서울 가면 꼭 들를게요. 우리 남편 회사 근처라 찾아갈 수 있을 듯."

"회사요?"

"아, 경찰서라고 말하면 어감이 그렇잖아요. 그냥 밖에선 회사라고 불러요."

다시 한번 엘리베이터가 내려왔다. 이혁과 흰 머리 형사였다. 이혁은 생긋 웃으며 명주에게 다가오더니 다짜고짜 손목을 잡으며 말했다.

"다리는 괜찮아요?"

"예, 뭐."

"그럼, 뜁시다."

"네?"

"뛰자고!"

이혁이 명주의 손목을 잡고 달리기 시작했다. 등 뒤에서 세창의 다급한 목소리가 들려왔다. 뒤를 흘낏 보니 흰머리 형사가 세창의 앞을 막아서고 있었다. 이혁은 큰 도로가 나오자마자 택시를 잡았다. 뒷좌석에 탄 후 "완차이!"를 소리쳤다.

"뭐가 어떻게 된 거에요? 대체 왜 뛰어야 하는데요?"

"누가 할 소릴 하는 거야?"

이혁은 짜증이 난다는 듯 명주의 손목을 확 놔버렸다.

"당신 누구야?"

"네?"

"당신 대체 누구냐고."

"유, 윤명주요."

"거짓말하지 마. 윤명주는 죽었잖아."

이혁이 핸드폰을 꺼내 화면을 보이며 말했다.

"오 년 전 죽은 배트맨, 그 배트맨이 윤명주였다며."

이혁이 보인 것은 경찰 내부 문서자료로 보였다. 그 안에 명주의 이름 석 자 '윤명주'가 영어로 적혀 있었다.

"하지만 나는… 윤명주인데요. 잠깐만요. 여권을 보면 알잖아요!"

명주는 급히 클러치를 찾았지만 없었다.

"클러치를 클럽에 두고 왔나 봐요. 아님 옥상이나. 재스민의 집에 두고 온 것 같기도 하고."

"거짓말."

"내가 무슨 거짓말을 한다는 거예요! 난 윤명주라고요!"

"알겠습니다. 당신이 윤명주라고 치고, 그럼 배트맨은 뭔데? 당신은 대체 배트맨이랑 무슨 상관인 건데? 당신이 칠 년 전에 만났다는 배트맨과, 당신과 이름이 같은 배트맨. 도대체 이 두 명의 배트맨은 뭡니까? 또 코엑스에서 떨어져 죽었다는 배트맨은 뭡니까?"

"…나도 모르겠어요."

명주는 울상이 됐다.

"뭐가 뭔지 모르겠다고요. 하지만 난 윤명주예요. 정말, 윤명주라고요."

택시가 어느새 완차이역에 도착했다. 이혁이 계산을 하고 내렸다. 명주도 그를 따라 내리려했지만 이혁이 막았다. 차문을 닫은 후 택시기사에게 재스민의 집주소를 중국어로 말했다.

"집으로 돌아가."

"나도 같이 갈래요!"

"난 당신이랑 같이 다니고 싶지 않아."

"무슨 소리예요? 난 당신 의뢰인이잖아요."

"오늘은 그만 가!"

"내 말을 좀 들어봐요!"

"빅토리아 피크! 고!"

운전사는 바로 택시를 출발시켰다.

이혁은 명주가 탄 택시를 단 한번도 뒤돌아보지 않고 바로 보이는 골목으로 사라졌다. 명주는 택시 뒤창으로 그가 사라진 골목을 원망스럽게 바라보다가 몸을 돌렸다. 차창 밖, 흰 들리는 네온사인과 수많은 사람들에게 시선을 고정한 채 생각했다.

'이혁은 내가 윤명주가 아니라고 했다. 윤명주는 오 년 전 죽었다고 했다. 하지만 나는 지금 이곳에 살아 숨 쉬고 있다. 그렇지만 아까 이혁이 보여준 사망신고서의 이름은 내가 분명했다. 정말 나는 윤명주가 아닐까? 그럼 나는 뭘까? 나는 정말 살아있는 걸까?'

그때 머릿속으로 기이한 기억이 스쳤다. 해골로 온 몸을 치장한 명주의 목소리.

'날아 봐. 넌 날 수 있어.'

명주는 갑작스레 떠오른 기억에 두통이 왔다. 속이 메스껍고 오바이트가 쏠렸다. 머리를 움켜쥐고 차를 멈추라고 소리쳤다. 택시기사가 중국어로 무어라고 말했다. 길 한복판이라 세우기 곤란하다는 말 같았지만 명주는 막무가내였다. 한국말로 몇 번이고 "세워!"를 부르짖었다.

차가 멈췄다. 마침 일방통행 도로였다. 택시가 멈추자 뒤따르던 차들 역시 동시에 급정거했다. 명주는 차에서 쓰러지듯 내렸다. 주저앉아 오바이트를 하다 기운이 빠져 자신이 토한 내용물에 머리를 처박고 말았다. 뒤따르던 차의 운전사들이 그런 명주에게 경적을 울리고 욕설을 쏟아냈다. 명주는 그들의 목소리가 아득히 멀리서 나는 것만 같았다. 지금 이 순간 명주의 귀를 울리는 것은 머릿속 가득한 질문뿐이었다.

'도대체 난 누구지. 윤명주가 아니라면 대체 난 누구지.'

2011년 10월 28일, 홍콩 ☎ 서울

나 형사는 운 나쁜 제비를 뽑았다. SNS에 올라온 사진과 목격자들에게 받은 사진 분석이라는 어마어마한 숙제와 함께 혼자 특수반에 남았다. 질리도록 사진을 되풀이해 보니 멀미가 날 지경이었다. 각각 다른 각도로 찍은 사진이지만 배경엔 하나같이 하늘을 나는 배트맨이 있었다. 프로 사진가가 찍은 듯 배트맨이 정말 공중에 붕 뜬 모습도 있었지만 대부분은 엎어지고 뒷모습에 검은 점으로밖에 보이지 않았다.

백 팀장은 이 안에서 단서를 찾으라고 했다. 살인의 순간이 있다면 떨어지는 순간의 단서가 사진에 찍혔을 거라면서.

'있긴 쥐뿔.'

나 형사는 트위터에 새 멘션을 올렸다. 위아래로 손가락을 움직이며 세창을 찾았다.

세창은 홍콩에 잘 도착한 모양이었다. 첫날, 출발! 도착! AEL! 하버시티! 호텔! 등 단문과 함께 부부의 셀카를 꾸준히 올리는가 싶더니 오늘은 배트맨과 캣우먼으로 변장한 모습까지 찍어 올렸다.

나 형사는 기가 찼다. 지금 서울 상황을 알기는 하는 거냐고 한 마디 하려다 혹시라도 그 말에 자극받아 돌아오면 더 피곤해질 테니 겨우 참았다.

그런데 배트맨 변장 이후 트윗이 업데이트 되지 않았다. 어딜 갔다고 신나서 올릴 줄 알았는데 별일이었다. 나 형사가 몇 번이고 다시 세창의 계정을 기웃거릴 무렵 데스크의 전화가 울렸다. 홍콩에서 걸어온 콜렉트 콜이었다. 나 형사는 세창을 떠올리고 바로 통화를 수락했다.

"나 형삽니다."

"여, 잘 있었냐?"

세창이었다.

"하나도 안 잘 있어요! 사건 꼬였어요!"

나 형사는 저도 모르게 울먹였다.

"배트맨이 뛰어내린 곳을 아무리 해도 찾을 수가 없어요!"

나 형사는 흥분해서 지금까지의 상황을 이야기했다. 자살

184

이라고 생각한 배트맨 소동이 파헤칠수록 기묘해 제대로 수
사를 시작했다는 것, 이후 CCTV 분석을 끊임없이 하는 중이
라는 사실까지.

"도대체 선배는 홍콩에서 무슨 짓을 하시는 겁니까? 그 연
세에 배트맨이 말이나 됩니까?"

내친김에 나 형사는 비아냥거림을 쏟아냈다.

"그 귀신 이야기나 더 해봐."

세창은 신경 쓰지 않았다.

"피해자가 공포동호회에 올렸다는 귀신 이야기 말이야."

세창의 반응이 심상치 않았다. 나 형사는 태도를 바꿔서
문제의 공포동호회에 대해 보고했다. 세창은 문제의 카페 게
시글 주소를 카카오톡으로 보내라고 했고, 나 형사는 바로
카카오톡을 열었다. 주소를 보내는 김에 자신도 한번 더 문
제의 게시글을 확인했다.

제　목 : 귀신을 봤습니다.
작성일 : 2011년 9월 23일
작성자 : 남자박쥐

가입하고 처음 글을 올립니다. 그동안 눈팅은 많
이 했는데 딱히 올릴 글은 없어서 보기만 했네요.

그런데 올릴 일이 생겼습니다. 그보다는 너무 혼란스러워서 이렇게라도 털어놓고 싶어졌습니다.

저는 삼성역 근처에 직장을 다닙니다. 이 동네에서 직장을 다니는 사람들만 아는 지름길이 몇 군데 있습니다. 특히 도심공항터미널을 통해 지하로 내려가 코엑스 몰로 들어가는 길은 이 근처 회사원들이라면 상식입니다.

평소에는 그 길을 잘 이용하지 않습니다. 집이 가까워 버스나 자가용으로 출퇴근을 하거든요. 친구들을 만날 때 이용하는 정도라면 모를까.

대학 친구들이 다 근처에서 회사를 다녀 일주일에 두세 번씩 만납니다. 다음날 출근을 해야 하니 적당한 시간이 되면 헤어집니다. 저 역시 마찬가지고요. 이날은 회사에 잔업이 남아서 돌아가야 했습니다. 도심공항터미널 에스컬레이터를 거꾸로 걸어 올라가 회사로 향했죠.

도심공항터미널은 그날의 여객수속을 종료하면

186

지하로 향하는 에스컬레이터를 멈춥니다. 때문에 걸어서 올라가야 합니다. 가끔 올라가는 사람들과 내려가는 사람들이 에스컬레이터에서 마주치기도 하는데, 이날도 마찬가지였습니다. 제가 올라가는 에스컬레이터 맞은 편, 1층에서 한 여자가 내려왔습니다. 저는 옆으로 슬쩍 피해주려고 몸을 기울이다 여자와 몸이 닿을 듯 가까워졌습니다.

이 여자, 매우 특이했습니다. 선글라스를 낀 긴 머리 여자였습니다. 해골이 그려진 검은 원피스에 작은 금색 왕관을 쓴 전신해골 목걸이를 한데다 한손에는 해골이 그려진 반지까지, 완전히 해골로 뒤덮었더군요. 저는 기가 막혀서 넋을 놓고 보다가 에스컬레이터 밖으로 떨어질 뻔했고, 여자는 제가 그러든 말든 신경 쓰지 않았습니다. 힐끗 저를 본 후 지하로 내려갔습니다.

저는 이해할 수 없었습니다. 여자의 과한 옷차림이 아니라 그 여자의 존재 자체를요. 그 여자는 이곳에 있을 수 없었습니다. 왜냐하면 이 여자는 2006년 홍콩, 란콰이퐁에서 죽었으니까요.

이 여자가 그때 그 여자인가, 아니면 착각인가. 확인하고 싶다는 마음에 에스컬레이터를 다시 내려가 여자를 찾았습니다. 하지만 그새 여자는 사라졌습니다. 바로 앞에 있는 안내직원에게 물었지만 어리둥절해 하더군요. 그런 여자는 지나가지 않았다고요. 혼란스러웠습니다. 죽은 여자가 눈앞에 있었던 것도, 그 여자를 안내직원이 보지 못했다는 것도.

동시에 그 지름길이 두려워졌습니다. 이후로는 아무리 마음이 급해도 그 길은 피합니다. 아니, 아예 코엑스 지하로 가지 않습니다. 그 길로 갔다가 또다시 귀신을 만날 것만 같아서 두려워 참을 수가 없습니다.

세창은 대답이 없었다. 대신 수화기 너머 멀리에서 "으앗!" "아앗!" "제길!" "됐다!"가 연이어 들렸다. 잠시 조용해지는가 싶더니 다시 목소리가 들렸다.

"안 끊었지?"

"예."

"카카오톡으로 보낸 지문 조회 좀 해봐."

나 형사는 바로 카카오톡을 열었다. 세창이 보낸 문제의 지문 이미지 파일을 다운로드 받았다. "얼마나 걸릴지 모르겠…다."고 말하려는 순간 바로 결과가 떴다.

"에엥?"

"왜 그래? 뭐야? 벌써 떴어?"

"선배, 이 지문 홍콩에서 딴 거죠?"

"그러니 카톡으로 보냈지."

"그게 말이 돼? 왜 홍콩? 정말 동일인 맞아요? 아, 지문 땄으니 동일인 맞겠지. 아니 그보다 이 사람 보통이 아닌데요?"

"뭐가?"

"전과가 있어요. 살인 전과 1범 전이혁."

나 형사는 마우스의 스크롤을 내리며 덧붙였다.

"사람을 식칼로 찔러 죽였대요."

"어어, 거기 서!"

전화 반대편에서 갑자기 세창이 고함을 질렀다. 그러고는 전화를 끊었다. 소동이 일어난 모양이었다. 나 형사는 전화가 다시 오길 기다리며 화면을 바라보았다.

세창이 방금 전 보낸 지문도, 이 카페 이야기를 들은 반응도 모두 수상했다. 홍콩에서 이 지문을 떴다는 말은 전과자

189

가 서울이 아닌 홍콩에 있다는 말 아닌가. 하지만 문제의 전 이혁은 국내에 있다고 나온다. 그러고 보니 피해자 신도진 역시 홍콩에 가려다 살해를 당했다.

나 형사가 F5를 눌렀다. 그 사이 카페에 또 새 글이 떴다. 회원 수가 만 명이 넘는 카페다 보니 잠깐 딴 짓을 할라치면 바로 글이 늘었다. 시답잖은 괴담이나 꾸며낸 경험담이리라. 아니면 작가지망생들의 치기어린 단편소설, 혹은 뜻밖에 굉장한 소설이거나.

일전 추천소설 게시판에서 읽은 '산중에서 길을 잃다'는 대단했다. 호랑이에게 부림을 당하는 귀신에 대한 이야기였다. 나 형사는 그 이야기에 빨려들었다. 이번에도 그런 소설이 혹시 안 보이나 한참을 뒤적이다가 장편연재소설 게시판에 들어갔다. 그곳은 온통 '카메라이언'이었다.

카메라이언은 '조씨기담집', '흰 바람벽이 있어', '붉은 깃발의 섬 연속살인사건' 등 세 개의 소설을 월수금으로 연재했다. 날짜를 살펴보니 2010년 9월부터 2011년 8월까지 거의 일 년에 걸친 연재였다. 나 형사는 카메라이언에게 흥미가 생겼다. 닉네임을 클릭해 카메라이언의 개인 블로그에 접속했다.

블로그 제목은 '명탐정 카메라이언'이었고 닉네임은 카페와 달리 '특급변소'였다. 카메라이언은 카페에서 연재를 완료한 후로 블로그에서 '조씨기담집'의 연재를 계속하고 있었다. 최근 올라온 여러 게시물 중에는 지금 진행 중인 사건을 떠올릴 법한 제목의 글도 있었다.

제목 : 절대적인 행복의 시간, 3분

살아있는 내가 마지막으로 본 것은 수많은 시체 토막이었다. 비늘처럼 벗어던져 하늘 여기저기 점점이 박아놓은 팔이며 다리, 피투성이가 된 머리들이 내 앞을 스쳐 지나갔다. 그것들이라도 잡아 나락으로 떨어지는 이 검은 몸뚱이를 멈추려 하였지만 역부족, 이미 죽어버린 삶은 죽어가는 내 몸뚱이를 구할 수 없기에 삶을 구할 수 있는 것은 또 다른 삶뿐이니까 나는 시체들을 부둥켜안은 채 바닥에 떨어질 뿐이었다. 이런 내게 사방에서 괴물들이 달려들었다.

"배트맨!"

괴물의 말을 듣되 듣지 못한 나는 귀가 네 개나 있는데도 듣지 못하는 허구였다. 가면 속 인간의 귀는 바닥에 부딪치는 순간 고막이 터졌고 검정 가면 위의 삐죽 튀어나온 박쥐 귀는 박살난 뇌로

범벅이 되어 소리를 구별하지 못했다. 죽음이란 이런 것이구나 생각할 틈도 없이 나락이 왔다. 온통 컴컴한 가운데 낯익은 목소리만이 들렸다.

'너는 3분을 느꼈니?'

이 목소리는 누구였더라.
대답 대신 고개를 저으려 목을 움직여보았지만 움직이지 않았다. 어느덧 나에겐 입도 목도 없었다. 이 어둠이 나였고 질문을 한 것도 어둠이었다. 나는 무엇을 말해야 할지 몰랐으나 기묘한 거품과도 같은 어둠은 이내 "3분"이라는 글자를 내뱉었다. 이것이야말로 주마등인가 싶은 순간이 밀려들며 나는 오래 전의 나로 돌아갔다. 아직 내가 어둠이 아니었을 때의 나로. 날 바라보는 나는 날 닮은, 꼭 닮은 따뜻한 눈이었다.

"난 3분을 느끼고 싶어."
"3분이 뭔데?"
"맞춰봐."
"카레?"

"아냐."

"컵라면?"

"아니라고."

"그러면... 에이씨, 몰라!"

너는 툴툴거렸고,

"절대적인 행복의 시간이래, 3분은."

나는 말했다.

"인간은 평생 순수한 행복을 최고 3분밖에 느끼지 못한대. 자신이 행복하다고 느끼는 순간에도 인간은 불안, 슬픔, 분노를 함께 느끼기 때문이래. 나는 3분을 느끼고 싶어. 3분을 모두 느낀 후에 죽는다면 바랄 게 없어."

"3분이라. 넌 지금 몇 분쯤 느꼈는데?"

"몰라."

"뭐냐."

"모르니까 골치 아픈 거라고. 아, 이거 어떻게 측정해야 해, 대체?"

너와 나는 웃었다. 이듬해 나는 죽었다. 아니 네가 죽었나. 모르겠다. 어쨌든 나는 어둠이 되었다. 슬픔도, 분노도, 불안도, 웃음도 없는 어둠이 되었다.

나는 아직도 궁금하다. 내 안에 행복이 있을까.
나는 3분 중 얼마만큼의 행복을 느꼈을까. 앞으로
얼마나 더 행복할 수 있을까.

홍콩에서 죽은 배트맨까지는 알아들었지만 뒤쪽은 무슨 소
리인지 알 수가 없었다. 왜 카메라이언, 특급변소가 이런 글
을 써놨는지 이해하고 싶어져 나 형사는 블로그 곳곳을 훑다
가 가장 최근 올린 글을 발견했다.

홍콩 다녀옵니다.

올해도 할로윈에 홍콩 갑니다. 이유는 다들 아시
다시피 칠 년 째 쓰는 소설(ㅜㅜ) '절대적인 행복
의 시간, 3분'을 완성하기 위해서입니다. 이 소설
을 과연 올해야말로 완성할 수 있을지 저도 모르
겠어요. 하지만 올해는 느낌이 좋아요. 몇 년 전
알게 된 홍콩 현지 친구들이 제 계획을 듣고 도
와주겠다고 나섰거든요. (ㅅㅂㅅ) 마침내 배트맨을
찾을 수 있을 것만 같아요. 그런다면 곧 이 소설
도 완성할 수 있겠죠. 다녀올게요. ——/~ 이번에
야말로 소설을 완성해서, 그 사람을 찾아내서.

할로윈, 배트맨, 홍콩, 특급변소.

나 형사는 블로그의 카테고리를 자세히 들여다보았다. '일상다반사'라는 카테고리의 하위 카테고리에 닉네임과 같은 '특급변소'라는 카테고리가 있었다. 클릭하자 지금 본 '홍콩 다녀옵니다'를 시작으로 수많은 잡글이 나왔다. 나 형사는 카메라이언의 글을 일일이 확인했다. 특급변소는 해골이라면 사족을 못 쓰는 해골 마니아였다. 그런 '특급변소'의 첫 글은 더욱 나 형사의 시선을 사로잡았다.

코퍼스 크리스티 오픈!
마침내 내 카페가 생겼다. 가게 이름은 내가 좋아
하는 해골 악세서리를 잔뜩 만들어 파는 코퍼스
크리스티를 그대로! 꺅! (>ㅡ</~)

특급변소가 차렸다는 카페 '코퍼스 크리스티'. 신도진은 그 가게에서 생과일주스를 사먹은 직후 사라졌다. 게다가 신도진은 에스컬레이터에서 '해골 옷을 입은 여자'를 보고 공포에 질렸다.

백 팀장에게 이 사실을 보고하려고 하다가 뜻밖의 사실을 떠올리고 손을 멈췄다. 신도진은 해골녀가 죽었다고 말했다. 특급변소 역시 글에서 스스로 죽었다고 말했다. 뭐가 어떻게 된 거지.

나 형사는 잠시 머뭇거리다 생각을 멈추고 백 팀장의 휴대폰으로 전화를 걸었다. 생각보다 중요한 건 검거다. 우연, 이해할 수 없음은 일단 특급변소를 잡고 나면 자연스레 해결될테니.

평소 재스민은 밤 열 시면 잔다. 새벽 다섯 시면 일어나 카페에 나가야 하기 때문이다. 하지만 이날은 달랐다. 새벽 두 시가 넘도록 재스민의 집은 불이 꺼지지 않았다. 명주가 아직 귀가하지 않은 탓이다.

홍콩에 올 때마다 명주는 배트맨을 찾는다며 바쁘게 돌아다녔지만 자정 즈음이면 늘 숙소로 돌아왔다. 작년, 재스민의 집에 묵을 때에도 명주는 이 규칙을 지켰다. 처음엔 재스민의 집에 묵으니까 식객으로 예의를 지키느라 그러는가 싶었지만 아니었다.

"할로윈의 밤은 위험하니까."

재스민은 명주의 말에 쉽게 수긍할 수 있었다. 세계적으로 유명한 홍콩 할로윈 축제. 이 시즌마다 갖가지 다양한 사건 사고가 잇따랐다. 할로윈 시즌 내내 경찰은 순찰을 돌았지만 모든 범죄를 예방하는 것은 불가능했다.

매년 할로윈에 홍콩을 찾는 명주는 그 누구보다 이 사실을 잘 알았다. 그렇기에 신데렐라의 귀가 시간인 자정을 반드시 지켰건만 안 들어오다니, 재스민은 이혁이 함께 있으니 괜찮겠거니 하면서도 불안했다.

재스민은 몇 번이고 명주에게 전화를 걸어보았지만 통화가 되지 않았다. 이혁 역시 마찬가지라 재스민은 잠을 이룰 수 없었다.

"일어나, 일어나보라고."

재스민은 자신과 달리 거실 소파에서 졸고 있는 리셩하이를 깨워 말했다.

"명주한테 무슨 일이 생겼을 거 같아. 배트맨 이야기만 나오면 좀 이상해졌었잖아."

"괜찮을 거야. 이혁이 함께 있잖아. 난 이혁을 믿어."

리셩하이가 하품을 참으며 말했다.

"나도 이혁을 믿어. 하지만 믿는 것과 명주 문제는 다른 거잖아. 명주는 강한 척하지만, 많이 아픈 애야. 당신도 알잖아."

"어린애도 아니고. 걱정이 지나쳐, 당신은. 이혁을 믿으라고."

"몇 번이나 말해! 믿는 거랑 다른 이야기라고 이건!"

리성하이가 건성으로 한 대답에 재스민은 정말 화를 냈다. 그대로 휠체어를 밀어 방에 들어갔다. 리성하이는 허둥지둥 그런 재스민을 따라 들어가려 했으나 문이 잠겨 있었다. 안에서 음악소리가 크게 났다. 혼자 있고 싶다는 뜻 같았다. 옛날부터 재스민은 신경이 곤두서면 금방 화를 냈다. 그런 재스민의 기분을 풀 수 있는 사람은 세상에 단 한 명도 없었다.

리성하이는 거실로 돌아왔다. 와인 한 병을 땄다. 할로겐 전등에 붉은 와인을 비춘 후 한 모금 홀짝였다. 자신에게 다짐하듯 다시 한번 중얼거렸다.

"난, 이혁을 믿어."

오 년 전, 리성하이는 마카오에 있었다. 마카오로 온 계기는 재스민과 취홍윤의 결혼이었다. 부부관계는 없다, 그저 호적상의 부부일 뿐이라고 직접 취홍윤이 설명했는데도 리성하이는 그 상황을 참지 못했다. 그렇게 마카오로 날아왔다. 큰돈을 벌어 취홍윤에게서 재스민을 되찾겠다고 결심했는데 결과는 더 지독한 몰락이었다.

처음 마카오에 왔을 때 리성하이는 어째서 사람들이 모든 것을 잃어도 카지노 근처를 배회하는지 이해할 수 없었다.

지금은 안다. 마카오에는 이유가 없다. 존재하는 것은 욕망뿐이다. 돌아가고 싶지 않다, 그저 이곳에 있고만 싶다는 정체불명의 욕망이 사람들을 카지노로 끌어당긴다.

리셩하이는 아침에 일어나면 본능적으로 도박장으로 향했다. 본래 가던 카지노에서 받아주지 않아도 상관없었다. 퀭한 눈으로 카지노 주변을 어슬렁거리고 있으면 악마가 나타났다. 악마는 그를 다른 곳으로 데려갔다. 예전 보다 더 깊고 어두운, 돈을 대신할 것들로 게임을 하는 곳으로.

오늘 나타난 악마는 검은 티셔츠에 청바지를 받쳐 입은 키가 크고 비쩍 마른 남자였다. 남자는 리셩하이를 아래위로 훑어보더니 씨익 웃었다. 남자는 리셩하이에게 턱짓을 해서 따라오라는 신호를 보냈다. 리셩하이는 순순히 그의 말을 들었다. 남자는 리셩하이를 페리항으로 데려갔다. 두 장의 티켓을 사서 리셩하이에게 한 장을 내밀었다.

저 안에서 게임을 하는 건가!

게임을 할 수 있다는 사실만으로 리셩하이는 가슴이 두근거렸다. 남자를 따라 배에 올랐다. 배가 뭍을 떠났다. 어둠 속에서 총천연색 빛을 발하는 마카오가 흐릿해지도록 남자는 리셩하이를 도박장으로 안내하지 않았다. 리셩하이는 슬슬 불안해졌다. 게임을 할 수 없다고 생각하니 가슴이 두근거리고 식은땀이 났다. 주변 사람들이 모두들 자신을 보고 수군 거리고 비웃는 것만 같았다. 리성하이는 남자의 팔을 꽉 붙 잡고 말했다.

"어디로 가는 거요?"

"홍콩."

"배의 목적지 말고 카지노 말이오. 어디서 게임을 하느냔 말이야."

"카지노 같은 건 없어. 우린 홍콩에 가는 거야."

"날 속였어!"

"누가 누굴 속여?"

"카지노에 데려다 준댔잖아!"

"내가 그런 말을 한 적이 있었나?"

남자가 리성하이를 혐오스럽다는 듯 내려다보았다.

"당신 발로 따라온 거야."

리성하이는 가슴 깊은 곳에서 끓어오르는 분노와 좌절에 온 몸이 떨렸다. 앞뒤 재지 않고 남자에게 달려들었다. 남자 의 얼굴에 주먹을 날렸다. 남자는 피하지 않았다. 오히려 뺨 을 갖다 댔다. 온힘을 다한 주먹 한 방이었지만 남자는 눈 한번 꿈쩍하지 않았다.

"무엇 하나 자기 마음대로 되는 게 없어 화가 나지. 아무 한테나 화풀이하고 기대지. 그러다 제대로 안 되면 남 탓이

나 해버리고."

정곡을 찔렀다. 리성하이는 불쾌감에 괴성을 지르며 달려들었다. 남자는 슬쩍 몸을 돌려 피하더니 그런 리성하이를 번쩍 들어 난간 밖으로 집어 던졌다. 리성하이가 바다에 빠졌다. 배가 멈추고 튜브가 날아왔다. 선원들이 어서 잡으라고 고함을 질렀다. 리성하이는 바로 튜브를 잡으려다 강한 시선을 느꼈다. 난간에 선 남자가 리성하이를 내려다보고 있었다. 그 시선에 리성하이는 방금 전 남자가 한 말을 되새겼다.

'아무한테나 기대지. 안 되면 남 탓이나 해버리고.'

리성하이는 튜브를 잡으려던 손을 거뒀다. 저만치 쳐서 떨어뜨리고 헤엄쳤다. 선원들이 무슨 짓이냐고 소리쳐도 귓등으로 흘렸다. 고작 5미터, 손에 닿을 듯 가까운 배에 가기 위해 튜브까지 빌릴 이유가 없었다.

얼마 못 가 숨이 찼다. 너무 오랜 시간 카지노에만 처박혀 있었기 때문인지 반도 채 오지 않았는데도 몸을 마음처럼 움직일 수 없었다. 가까스로 배에 손이 닿았다. 줄사다리를 잡고 올랐다. 숨이 차고 온몸이 떨려 서 있을 수 없었다. 그대로 엎어졌다. 머리까지 울리는 힘찬 심장 소리를 느끼며 생각했다.

나는 살아있구나.

선원들이 담요 몇 개를 리성하이의 몸 위로 던졌다. 리성하이는 모두 받아 온몸에 칭칭 감았다. 남자가 다시 다가왔다. 리성하이의 앞에 쭈그리고 앉아 말했다.

"웰컴 투 홍콩."

리성하이는 기가 막혀 웃었다.

홍콩에 도착한 후 남자는 리성하이를 유리공장에 처박았다. 리성하이는 농땡이를 피우다 사흘 만에 사장에게 쫓겨났다. 이런 리성하이의 앞에 다시 남자가 나타났다. 다음으로 남자는 그를 목공소에 취직시켰다. 이곳에서 리성하이는 또 일을 안 하고 버텼다. 일주일을 그렇게 지내자 목공소장이 언성을 높였다. 리성하이는 욕설을 내뱉으며 대들었다가 몰매를 맞고 쫓겨났다.

목공소 앞에 널브러져 있는 리성하이 앞에 다시 남자가 나타났다. 남자는 또 다른 유리공장으로, 타이어공장으로 리성하이를 처박았다. 하지만 리성하이는 어느 곳에서도 사흘을 버티지 못했다. 이런 리성하이의 앞에 다시 남자가 나타났을 때, 리성하이는 말했다.

"이번엔 어디로 갈 건가? 또 다른 유리공장? 플라스틱 공장?"

"이번엔 젓가락 공장이다."

"포기하는 게 어때."

"그럴 순 없어."

"슬슬 인정해."

"뭘."

"내가 있을 장소는 이 나라에는 없다는 사실을. 마카오로 나를 돌려보내줘. 거기서 아무도 모르게 뒈지는 게 나에게 어울려."

이 말에 남자가 반응했다. 리셩하이의 멱살을 잡더니 얼굴을 주먹으로 찍어 내렸다. 남자의 연달은 주먹질에 리셩하이는 반항 한번 하지 않고 맞는 내내 낄낄거렸다.

남자는 묵사발이 된 리셩하이를 데리고 트램 정거장으로 갔다. 엉망진창이 된 남자의 등을 떠밀어 트램에 태웠다. 리셩하이의 얼굴을 본 사람들이 놀라 그를 뚫어지라 바라봤다. 그러나 남자는 전혀 신경 쓰지 않았다. 리셩하이의 뒷덜미를 잡아 2층으로 올라갔다. 2층에서 사진을 찍던 관광객들이 피투성이가 된 리셩하이와 남자를 보고 놀라 도망치듯 1층으로 피했다.

둘은 맨 뒷자리에 나란히 앉았다. 남자가 리셩하이에게 때절은 손수건을 건넸다.

"닦아."

리셩하이는 거칠게 손수건을 낚아챘다. 얼굴의 피를 닦으며 말했다.

"드디어 알아버렸어."

"뭘."

"내가 궤도를 벗어난 트램이란 사실을. 나는 더 이상 다른 사람들처럼 살 수가 없어."

"…은 어떻게 하고?"

트램이 철로를 지나가며 끼기긱, 하고 시끄러운 소리를 내는 바람에 남자의 소리가 묻혔다.

"뭐라고?"

리셩하이는 인상을 쓰며 되물었고, 남자는 말했다.

"재스민."

남자의 입에서 예상치 못한 이름이 나왔다.

"내 이름은 이혁이야. 하지만 재스민은 날 리라고 부르지. 왜일 것 같아?"

리. 그건 재스민이 리셩하이를 부르던 애칭이었다. 그렇다는 건….

"재스민은, 잘 지내?"

"궁금해?"

리셩하이는 대답을 머뭇거렸다. 궁금한 건 사실이었다. 하지만 그가 재스민의 새로운 애인이란 사실을 확인했다가는 무너질 것 같았다.

이혁은 그의 답을 기다리지 않고 말했다.

"일 년을 버티면 알려주지."

그러고는 리성하이를 젓가락 공장에 데려다줬다.

이후, 리성하이는 처음으로 단 한 마디의 불평도 하지 않고 일만 했다. 친한 척하는 사람도, 시비를 거는 사람도 상대하지 않았다.

원동력은 재스민의 안부였다.

이혁이 떠난 후 내내 재스민의 생각에 사로잡혔다. 재스민이 딴 남자의 부인이 되었어도, 이혁이라는 새로운 애인이 생겼어도 보고 싶었다.

일주일에 한 번, 이주에 한 번씩 리성하이는 공장 주변을 맴돌았다. 예전 이혁이 일주일 만에 공장에 나타나곤 했던 일을 떠올린 탓에 하는 행동이었다. 이혁은 나타나지 않았다. 가끔 일이 끝나고 공장 동료들이 함께 카드게임이나 마작을 하자고 권하거나 근처 술집에 가자고 하는 일이 있었다. 리성하이는 단 한번도 응하지 않았다. 충동적으로 따라가고 싶은 기분이 들 때면 이혁이 말한 일 년을 떠올리고 참았다.

도박을 하지 않고 버티는 사이 리성하이에게 점점 현실감각이 돌아왔다. 마카오에서 진 빚은 평생 일해도 갚을 수 없

는 수준이었다. 그렇다는 말은 재스민을 다시 볼 일도 없다
는 뜻과 같았다. 아니, 다시 보더라도 그 무엇도 할 수 없으
리라. 재스민에겐 새로운 '리'가 있으니까.

약속한 일 년에서 한 달이 남았을 무렵, 이혁이 나타났다.
이혁은 그를 공장에 데려다줬던 11개월 전과 꼭 같은 차림으
로 나타났다. 달라진 것은 그가 양손에 든 007가방 두 개뿐
이었다. 이혁이 리성하이의 눈앞에서 가방을 열었다. 가방의
내용물을 확인한 리성하이는 당황했다. 가방 가득 홍콩달러
가 들어 있었다.
　"이게 뭐야?"
　"당신의 몸값."
　"이걸 왜 당신이 주는데?"
　"재스민이 원했으니까. 재스민은 당신이 다시는 자신의 곁
을 떠나지 않게 해달라고 말했어. 그리고 지금의 당신이라면
재스민을 지킬 수 있어."
　"왜 당신이 이렇게까지 하는데? 당신은, 당신은 재스민의
새로운 '리'잖아."
　"그녀의 인생에 '리'는 단 한 명뿐이야."
　이혁이 돈뭉치 하나를 손에 들었다. 펜으로 무어라 휘갈겨
쓴 후 리성하이에게 던졌다.

"그리고 이 돈은 재스민이야."

돈뭉치엔 빅토리아 피크의 주소가 적혀 있었다.

리셩하이는 바로 그곳으로 찾아갔다. 초인종을 누르자 그리운 목소리와 함께 느리게 인기척이 났다. 문이 열리고 재스민이 나타났다. 얼굴은 달라진 점이 없었으나 눈높이가 달랐다. 재스민은 리셩하이보다 한참 낮은 곳에서 그를 올려다보고 있었다. 전동 휠체어에 탄 재스민을 보는 순간, 리셩하이는 이혁이 한 말의 의미를 깨달을 수 있었다.

이 돈은 재스민이야. 재스민이 돈이 되었다. 재스민의 다리가 돈이 되어 나를 살렸다….

재스민이 말했다.

"어서 와. 배고프지?"

그 말에 리셩하이는 주저앉았다. 울음이 나오려는 것을 겨우 참으며 재스민의 무릎에 얼굴을 파묻었다. 잠시 그대로 가만히 있다가 가까스로 고개를 들고 말했다.

"응."

"뭐가 먹고 싶어?"

"완탕."

"그럴 줄 알았어."

사실 리셩하이가 하고 싶은 말은 따로 있었다.

이제부터는 내가 네 다리가 되어줄게.

이 말을 꺼내는 순간 90년대 홍콩영화의 주인공이 될 것 같아 참았다.

그로부터 얼마의 시간이 지나 리셩하이는 이혁의 정체가 해결사라는 사실과 이혁이 타지에서 해결사를 하게 된 데에 는 그럴 수밖에 없는 깊은 연유가 있다는 사실을, 또 그런 이혁이 한 여자를 만나기 위해 매일 블루하우스를 찾는다는 사실 역시 알게 되었다.

하지만 리셩하이는 이혁이 찾는 여자가 누구인지, 왜 하필 블루하우스를 매일 가는지는 알지 못했다. 그 이야기만 꺼내 면 이혁의 얼굴이 말 그대로 무시무시해졌다. 화가 난 이혁 은 틴허우 사원 앞에 선 바다사자 상 같았다.

사람들은 말한다.

우습게 생긴 바다사자의 얼굴을 가만히 들여다보면 이유 없이 두려움이 밀려들어 절로 뒷걸음질을 치게 된다고. 이혁 은 그 바다사자를 닮았다. 바다사자처럼 원인을 알 수 없는 고독과 두려움, 그래도 참고 다가갔다가는 화상을 입을 것만 같은 차가운 공포가 늘 이혁의 안에 있었다.

이혁은 잔뜩 인상을 쓴 채 블루하우스 앞에 서 있었다. 새 파란 4층 건물은 어둠 속에서도 형형했다.

"표정이 왜 그래?"

흰 머리 형사가 나타났다.

"다이파이동 냄새에 질린 거야?"

"형."

이혁이 짧게 한 마디를 뱉었다.

"아우."

청은 고개를 끄덕이며 이혁의 옆에 섰다.

"아까 이야기를 계속할까."

"됐어. 이 의뢰는 집어치울 거야."

이혁이 거칠게 내뱉었다.

"거짓말쟁이는 딱 질색이라고."

"아우, 자네가 그렇게까지 사람을 싫어할 수 있는 사람이었냐?"

청이 웃었다.

"내가 아는 아우는 저 블루하우스처럼 차가운 남자인데 말이지. 타인을 좋아하지도, 싫어하지도 않는 영원한 블루, 말이야."

"닥쳐."

"사자새끼처럼 지껄이기는. 일단 자료 받아."

청이 서류봉투를 내밀었다.

"할로윈에서 있었던 사건을 열람하다가 '윤명주'가 관련된 흥미로운 사건을 하나 찾아냈어. 정확히 말하자면 사건으로 발전되지는 않았지. 하지만 당시 관련자들의 증언기록이 남아 있었더군. 이 서류를 본다면 누구나 당시 윤명주에게 무슨 일이 있었는지 추측할 수 있어. 또, 그 윤명주가 왜 이 년 후 배트맨처럼 꾸미고 자살을 했는지도 알 수 있지."

"관심 없어."

이혁은 서류봉투를 안 받았다.

"거짓말은."

청이 혀를 찼다.

"알고 싶잖아. 그 여자가 왜 그런 행동을 했는지. 받아라."

이혁은 마지못한 척 서류봉투를 받았다. 안에서 서류를 꺼내 읽으며 점점 미간의 내 천(川) 자를 풀었다. 한 손으로 입을 가리고 서류를 뚫어져라 바라보았다.

"사람은 누구나 나름의 사연이 있기 마련이야."

청이 벽에 기댄 몸을 일으켰다.

"아우가 이혁이 된 것처럼 그 여자도 윤명주가 될 수밖에 없는 사연이 있었던 거야."

청은 이혁에게 손을 흔들어 보인 후 멀어졌다. 이혁은 그가 완전히 간 것을 확인하고 나서야 서류봉투의 내용물을 확인했다. 블루하우스에 몸을 기댄 채 몇 번이고 되풀이해 서류를 읽은 후 고개를 들어 블루하우스를 올려다보았다.

주리.

너무도 부르고 싶은 그 이름을 입안에 담았다가 목구멍으로 삼켰다. 잊고 싶지만 결코 그래서는 안 될 그날의 기억을 떠올렸다.

15년 전, 이혁이 스물한 살 대학교 2학년 때의 일이다. 여느 때와 다름없이 평온한 날이었다. 이혁은 주리와 만나 저녁을 먹기로 했다. 그 자리엔 주리의 친오빠도 있었다. 이혁은 그 남자와 술잔을 기울이며 별 것 아닌 이야기를 나눴다. 대학 다니기가 힘드네, 이번 선거에선 누굴 뽑네 하다가 시비가 붙었고 이혁은 갑자기 화가 치밀어 올라 남자에게 달려들었다.

얼마 후, 이혁은 주리의 비명소리에 정신이 들었다. 이혁의 손에 피 묻은 포크가 들려 있었다. 그 포크가 남자의 배를 찔렀다. 주리의 오빠는 즉사했다. 이혁은 자신이 한 짓을 믿을 수 없었다. 경찰에 잡혀 재판을 받아 7년형을 받아 감옥에 들어가고, 모범수로 5년 후 출옥했을 때에도 마찬가지였다. 아직 20대 청년이었던 이혁은 여전히 자신이 왜 그를 죽였는지 알 수 없었다. 대신 한 가지는 깨달았다. 시간의 흐름과 죄 씻김은 무관했다.

형을 살았다. 값을 치렀다. 사회에 나왔다. 다시는 그런 일을 저지르지 않겠다고 결심했지만 사람들은 믿지 않았다. 이혁의 과거가 들통 나는 순간 벽이 생겼다. 전국 곳곳 어딜 가도 마찬가지였기에 이 나라를 뜨기로 결심했다. 이혁의 전과로는 비자가 나오기 불가능했다. 감옥에서 알게 된 연줄을 통해 필리핀 여권을 위조했다. 홍콩으로 와 경력을 속여 한 국계 회사에 취업했지만 그것도 잠시, 반 년 후 정체가 드러나 쫓겨났다.

일을 그만 둔 첫 날, 이혁은 무작정 집에서 나왔다. 집안에 틀어박혀 있기 싫었다. 섹킵메이의 맨션은 허구한 날 이상한 냄새가 올라왔다. 방을 얻고 얼마 후 이웃의 동남아 불법체류자에게 이 맨션이 지은 지 50년 되었다는 말을 듣고 나서야 당했구나 싶었다. 집주인에게 불평을 했으나 먹히지 않았다. 이나마도 못 구하는 사람이 얼마나 많은지 아냐고, 예전엔 방마다 화장실도 없었다며 밀입국자로 신고한다고 협박해 왔다. 입을 다물 수밖에 없었다. 대신 몽콕 야시장에서 12홍콩달러짜리 코마개를 샀다.

어떻게든 냄새에 적응하고 나자 이번엔 더위가 문제였다. 본격적인 여름이 찾아온 홍콩, 에어컨 없는 방은 찜통이 따로 없었다. 더위를 피하려면 해가 떠 있는 동안에는 집에 없어야 했다. 재스민을 만난 날은 그렇게 동이 트자마자 집을 나와 배회한 날 중 하루였다.

MTR을 타고 센트럴역으로 향했다. D1 출구로 나와 레인크로프트를 지나 미드레벨 에스컬레이터에 올랐다. 창밖으로 흐르는 고층 맨션들과 높은 빌딩을 무심히 바라보았다. 얼마 전까지 이혁은 저 빌딩들 중 한 곳에 있었다. 지금은 달랐다. 이혁은 불법체류자에 밀입국자였다. 홍콩도 한국과 마찬가지였다. 전과자에게 허락된 길은 없었다.

열차는 레일을 따라 달려야만 그 존재를 인정받는다. 정해진 길을 이탈해 반대쪽으로 달리거나 하면 사고가 나 고철신세다. 이혁은 레일을 따라 달리다 이탈했고, 버려졌다. 그런 이혁이 지금 에스컬레이터를 타고 오른다. 부자들과 관광객들 사이를 무심히 흐른다.

'이 에스컬레이터는 내가 타기엔 너무 길어.'

이혁은 중간에서 내렸다. 무작정 계단을 내려갔다. 바로 앞에 보이는 골목에 들어서자 시장이 나왔다. 처음 온 골목이지만 낯설지 않았다. 이방인인 이혁에겐 낯선 것도, 익숙한 것도 존재치 않았다. 바로 앞에 보이는 다이파이동에 들어섰다. 간판에 하얀 바탕에 붉은 글씨로 JASMIN이라고 적혀 있었다.

이혁은 밀크티를 주문했다. 또래로 보이는 여주인은 고개를 끄덕이더니 바로 내놓았다. 생각보다 맛이 좋았다. 다 마시고 나자 허기가 졌다. 회사생활을 할 때에는 호주우유공사에 들러 스크램블 에그 샌드위치에 마카로니 수프를 테이크 아웃 했겠지만 이제는 사정이 달랐다. 주변을 둘러보니 사람들이 햄버거를 먹고 있었다. 이혁은 여주인을 불러 옆자리의 사람이 먹고 있는 걸 손가락으로 가리켜 주문했다. 홍콩 생활이 꽤 됐는데도 이혁은 여전히 영어든 중국어든 어색했다.

"쭈파빠오, 나이차."

여자가 햄버거와 밀크티를 내오며 말했다. 이혁은 고개를 끄덕였다.

다음날 다시 아침 일찍 '재스민'을 찾았을 때, 이혁은 여자가 가르쳐 준대로 "쭈파빠오, 나이차."라고 말했다. 그렇게 한 달 넘게 매일 찾아오자 마침내 여자가 말을 걸어왔다.

"Japanese?"

"Korean."

"North, South?"

"Seoul, South."

여자가 고개를 끄덕이더니 손을 내밀었다.

"Jasmin."

"J⋯."

전이혁이라 말하려다 입을 다물었다. 본명을 말해 좋을 것 없었다. 이번 회사도 그랬다가 정체가 들통 나 잘렸으니까.

"Lee, LeeHyuk."

"O.K, LeeHyuk."

손님이 오면 띄엄띄엄 끊어지는 대화였지만 이혁은 그것만으로 감사했다. 퇴사를 한 후 대화를 할 상대가 전혀 없었다. 이곳, 다이파이동 재스민에서 이 여자와 하는 대화가 없다면 이혁은 산 입에 거미줄을 칠 수준이었다. 대화가 너무 고팠던 탓인지 이혁은 자기 생각보다도 훨씬 많은 이야기를 하고 말았다.

이 대화를 통해 재스민은 이혁이 실직자라는 사실을 알고 바로 일자리를 제안했다. 이혁은 처음에는 경계했다. 말로는 친절하지만 전과자라는 사실을 알고 나면 등 돌릴까 두려워 "날 뭘 믿고 쓰느냐?"고 묻자 재스민은 짧게 대답했다.

"리, 그 성이 마음에 들어서."

이혁은 재스민이 얼마 못가 마찬가지 이유로 자신을 자르는 것은 아닐까 의심부터 들었다. 하지만 주머니 사정이 간당간당했기에 잘릴 때 잘리더라도 일단 일은 하기로 마음먹었다.

그렇게 이혁은 홍콩에서 두 번째 일을 구했다. 딱히 어려울 것은 없었다. 손님들과 대화하며 중국어 실력도 나아져 어느 정도 의사소통이 가능해졌다.

다이파이동의 진짜 사장은 재스민이 아닌 그녀의 아버지 취홍윤이었다. 하지만 이혁은 한번도 취홍윤을 만난 적이 없었다. 이혁은 내심 안도했다. 어딘지 모르게 허술한 구석이 있는 재스민은 그의 이력을 전혀 신경 쓰지 않았지만, 취홍윤은 다를 것 같았다.

석 달쯤 지나고 나자 이혁은 취홍윤과 재스민의 뒷담을 듣게 되었다. 취홍윤은 일흔 살이 넘은 노인으로 재스민은 그의 후처랬다. 이혁은 신경 쓰지 않았다. 그에게 중요한 것은 재스민의 사생활이 아닌 잘리지 않는 일자리였다.

반년이 지났을 무렵, 재스민이 이혁을 따로 불렀다. 이혁은 자신의 정체를 들킨 걸까 긴장했지만 재스민의 용건은 따로 있었다. 재스민은 그에게 수습기간을 무사히 마친 것을 축하한다며 월급 인상을 알렸다. 그러면서 자신의 사연을 들려주었다.

"본래 간판엔 재스민이 없었어."

홍콩에서는 다이파이동의 허가를 더 이상 내주지 않아 70년대 이후로는 신장개업이 불가능하다. 위생상의 문제다, 보기에 좋지 않다고 했다지만 정확한 것은 알 수 없다. 취홍윤은 그전에 허가를 받았으나 나이가 나이인 만큼 운영하는 게 슬슬 한계였다.

취홍윤은 자신의 대에서 다이파이동을 끝내고 싶지 않았다. 자녀에게 상속을 하고 싶었지만 홍콩정부는 이를 인정하지 않았다. 또, 자녀들은 각기 하는 일이 있어 가업을 잇고 싶어 하지 않았다. 차선책으로 취홍윤은 직원들 중 누군가에게 물려줄 생각을 했다. 그러다가 눈에 든 사람이 재스민이었다.

홍콩정부는 자녀상속은 인정하지 않았지만 배우자의 상속은 인정했다. 재스민과 나이 차이는 50세 이상, 그 말은 곧 취홍윤과 재스민이 결혼한다면 앞으로 50년은 더 다이파이동을 운영할 수 있다는 말이 된다. 취홍윤은 자신의 생각을 재스민에게 알렸다. 아내로 호적에 올리더라도 성적인 요구 등은 일절 없을 것이라고 선언했다. 재스민은 고민 끝에 그 제안을 받아들였다.

"그렇게 이 간판에 재스민이 들어갔어."

이후 재스민은 정직원이 된 이혁에게 메뉴를 차례차례 전수했지만 나이차의 비법만큼은 알려주지 않았다. 왜 그러냐고 이혁이 묻자, 재스민은 이름값을 해야 하기 때문이라는 답을 돌려주었다.

"나도 그랬어. 저 간판에 내 이름이 달리고 나서야 나이차를 만들었어."

이혁은 잠시 간판을 올려다보았다. 취홍윤이란 거대한 이름 아래 작게 적힌 이름을 힘주어 읽었다. 재. 스. 민.

매일 남녀가 함께 있다면 연애감정이 생길만도 했지만 이 둘만큼은 예외였다. 이혁에겐 잊지 못하는 연인 주리가 있었고, 재스민은 행방불명이 된 연인이 있었다. 이혁이 그가 누구냐고 묻자 재스민은 말했다.

"리. 당신과 성이 같은 남자야."

이혁의 가짜 성과 같은 성씨의 남자라니, 이혁은 그의 정체가 더 궁금해졌지만 더는 묻지 않았다. 그건 재스민이 그가 왜 홍콩까지 오게 되었는지 그 연유를 단 한번도 묻지 않은 것에 대한 보답이기도 했다.

평화로운 일상이 계속됐다. 시간은 눈코 뜰 새 없이 흘러 어느덧 이혁은 스물아홉이 되었다. 살인의 기억은 전생처럼 멀어졌다. 그는 늘 생각했다. 그저 지금 같았으면 좋겠다, 이렇게 살다 적당히 죽어버렸으면 좋겠다, 라고. 재스민이 다리를 잃기 전까지, 이 생각엔 변함이 없었다.

그날도 이혁은 새벽 여섯 시 십 분 전에 출근했다. 그런데 웬일로 재스민이 없었다. 평소 재스민은 다섯 시 반 전에는 출근했다.

이혁은 재스민을 대신해 가게 문을 열었다. 여섯 시가 되기가 무섭게 단골들이 나타났다. 단골들은 아직 개장 준비가 안 된 것을 의아해 하며 늘 먹던 메뉴를 주문했다.

오전 일곱 시가 넘어서도 재스민은 오지 않았다. 이혁은 재스민에게 연락을 해야겠다고 생각하면서도 평소 두 명이

할 일을 혼자 하자니 그럴 틈이 없었다. 이런 이혁의 핸드폰이 울린 것은 오전 여덟 시가 다 되어갈 무렵이었다. 재스민이 연락이 안 되니 불편하다며 이혁에게 안 쓰는 핸드폰을 줬다. 실제로 사용할 일은 거의 없었다. 이혁이 홍콩에서 아는 사람은 재스민밖에 없다. 그런데 재스민은 거의 하루 종일 붙어 있었다. 바로 이 무용지물 핸드폰이 울렸다. 그건 곧, 재스민이 걸어온 전화란 뜻이었다.

이혁은 주문을 받는 것과 동시에 핸드폰을 얼굴과 턱 사이에 끼웠다. 그가 받자마자 빠르게 쏘아붙이는 소리가 들렸다. 중국어에 익숙해졌어도 알아듣기에는 한참 부족한 억양과 말투였다. 어쩔 수 없이 이혁은 영어로 "Sorry?"하고 운을 뗐다. 영어로 말해달라고 부탁하자 상대는 홍콩 사람 특유의 억양이 섞인 영어로 상황을 설명했다. 재스민이 교통사고가 났다는 이야기였다. 이혁은 바로 가겠다고 말한 후 전화를 끊었다. 단골들에게 상황을 설명하고 바로 가게를 닫으려고 했다.

사정을 듣고도 단골들은 주문을 멈추지 않았다. 오히려 다급하게 쭈파빠오를 몇 개씩 주문했다. 이혁은 무시하고 싶은 마음이 굴뚝같았지만, 재스민이라면 이런 순간에도 쭈파빠오를 만들었겠지 싶어 주문을 모두 받았다. 빠른 손놀림으로 햄버거 빵 사이에 내용물을 차곡차곡 넣고 포장해 단골들에게 건넸다. 단골들은 하나같이 쭈파빠오 열 개는 더 살 돈을 각기 챙겨주며 병원비에 보태라더니, 그 사이 택시까지 불러 놨다. 덕분에 이혁은 예상보다 훨씬 일찍 병원에 도착할 수 있었다.

　응급실로 달려간 이혁은 침대에 누워 수술실로 향하는 재스민을 목격했다. 대수술이 될 예정이라는 말에 이혁은 자신 대신 재스민의 호적상 남편인 취홍윤이 오는 게 옳았다고 생각했다. 이런 이혁에게 간호사 한 명이 다가왔다. 이혁의 이름을 확인한 후 재스민이 전해달라고 부탁했다는 쪽지 한 장을 건넸다. 그 쪽지에 나이차 만드는 법이 적혀 있었다.

　이제 취홍윤 재스민의 나이차는 이혁의 담당이 되었다. 하지만 같은 방법으로 만들어도 맛이 달랐다. 매일같이 단골의 타박이 이어졌다. 그러면서 누구 한 명도 발길을 끊지 않았다. 단골들은 매일 와서 이혁을 보고, 한숨을 쉬고, 멀리 골목 끝을 바라보았다.

　마침내 재스민이 돌아온 날, 모두들 자리에서 벌떡 일어났다. 쭈파빠오를, 손에 든 나이차를 그대로 두고 전동휠체어를 타고 서서히 다가오는 재스민을 바라보았다. 무슨 말을 해야 할지 몰라 하는 단골들에게 재스민은 사고 전과 다름없는 미소를 지으며 말했다.

"다녀왔어."

그게 전부였다. 단골들은 다시 아무 일 없었다는 듯 다시 쭈파빠오로, 나이차로 시선을 돌렸다.

돌아온 재스민은 예전 같지 않았다. 쉬이 지치고 힘들어했다. 취홍윤 역시 재스민의 사고에 마음이 약해졌다. 가게를 정리하자고 재스민을 설득했다.

재스민은 한참의 고민 끝에 그 제안을 받아들였다. 취홍윤은 재스민에게 퇴직금 대신이라며 빅토리아 피크에 커피체인점을 차려주었다. 재스민은 이혁에게 그곳에서 일하라고 권했지만, 이혁이 거절했다. 커피체인점에 취직을 하려면 신원증명서가 필요했다. 이혁에게 그런 게 있을 리 없었다. 그렇다고 그냥 일했다가는 재스민이 곤란해질지도 모른다.

"네 처지에 내 걱정할 때야?"

재스민은 화를 냈다.

"뭘 해서 먹고 살려고 그래?"

이혁은 대답 대신 시간을 달라고 말했다.

바쁜 일상에서 벗어나자 이혁은 다시 좁은 방에 틀어박혔다. 그러자 어김없이 살인의 기억이 꿈속으로 몰려들었다.

'왜 그 남자를 죽였지?'

여전히 이혁은 이 질문에 대답할 수 없었다. 대신 자신이 하고 싶은 일이 무엇인지 깨달았다. 다음날 이혁은 일어나자마자 빅토리아 피크, 인테리어 공사가 한창인 재스민의 카페를 찾아갔다. 공사용 헬멧을 쓰고 전동휠체어에 앉아 있는 재스민을 내려다보며 말했다.

"나 같은 사람을 많이 만날 수 있는 일을 하고 싶어."

"이혁이 어떤 사람인데?"

"사람을 죽인 사람."

자신과 마찬가지로 누군가를 죽여 본 사람을 만난다면 그날의 이유를 알 수 있을 것 같았다.

재스민은 이혁의 누런 이를 가만히 바라보더니 고개를 끄덕였다.

그날 저녁, 재스민은 이혁을 데리고 다이파이동이 있던 골목보다 훨씬 더 안쪽으로 향했다. 복잡한 길을 따라 한참 들어가자 간판에 압(狎)²⁾자가 크게 적힌 집이 나왔다. 문제의 집에 들어간 재스민은 철창 사이로 보이는 두꺼운 노안경을 쓴 노인에게 큰 소리로 인사했다. 노인은 재스민이 탄 전동휠체어를 물끄러미 바라보다 인사 대신 말했다.

"문턱을 없애야겠군."

"사람 필요하다고 했지?"

재스민이 이혁을 턱짓해보였다. 노인은 이혁을 아래위로

---

2)압(狎) : 전당포를 뜻한다.

223

훑더니 안으로 따라오라 말했다. 내실로 들어간 이혁은 자신과 비슷한 덩치에 어딘지 모르게 멍청한 표정을 짓는 남자와 만났다. 노인은 그를 '청'이라고 부르며 덧붙였다.

"아들. 오늘부터 네 아우다."

이후 이혁은 청을 따라 다니며 여러 사람을 만났다. 정확히 말하면 사람을 잡아 족쳐서 돈을 뱉게 하는 일이 주 업무였다.

청의 본업을 알게 된 건 우연이었다. 이혁은 누군가를 족치다 붙잡혀 경찰서에 끌려갔다. 불법체류자라는 사실이 들통 나면 곤란하니 입을 꽉 다물었다. 영어건 중국어건 아무것도 못 알아듣는 체하는데 청이 나타났다. 청은 이혁이 말을 못하는 자기 동생이라는 누가 봐도 거짓말인 소리를 하더니 그를 빼냈다.

형제는 완차이로 향하는 트램을 탔다. 2층 제일 뒷좌석에 나란히 앉아 뜨뜻미지근한 바람을 정면으로 맞았다.

"경찰이 아르바이트 해도 됩니까."

이혁이 먼저 입을 열었다.

"가족 사업은 아르바이트가 아니지. 안 그래, 아우?"

그제야 이혁은 그날 청을 형이라 부르라고 한 말의 의미를 깨달았다.

청은 이혁에게 다른 일거리를 던졌다. 이혁에게 사람 - 정확히 말하자면 누군가를 죽이거나, 상처를 입히거나, 괴롭힌 사람들 - 한 마디로 강력범을 잡게 했다. 이혁은 그간의 노하우를 살려 훌륭하게 일을 처리했다.

육년이 흘렀다. 서른여섯 살이 된 이혁은 홍콩에서 꽤나 알려진 해결사 겸 탐정이 되었다. 불법체류자에 살인자였지만 아무도 그런 것을 신경 쓰지 않았다. 청과 그의 아버지는 이혁을 친자식처럼 아꼈다.

그럴수록 이혁은 쓸쓸해졌다. 이혁을 낳은 부모는 이혁의 재판도 끝까지 지켜보지 않았다. 그가 교도소를 나왔을 때, 부모는 이혁 몰래 이사를 가서 행방이 묘연했다. 그 탓에 이혁은 신원보증인을 구하느라 애를 먹었다. 이혁은 청과 그의 아버지 역시 언젠가는 자신을 버릴지도 모른다는 생각을 자꾸만 했다. 그럴수록 더 궁금해졌다. 왜 그때, 주리의 오빠를 죽였을까. 대체 무슨 생각으로 그랬을까. 그래서 이혁은 자신과 같은 죄를 저지른 사람을 만나면 저도 모르게 묻게 되었다.

"왜 그랬지?"

살인자들은 옛날의 이혁과 같았다. 자신이 그런 죄를 저지르고도 정확한 이유를 알지 못했다. 하나같이 모르겠다, 어쩌다보니 그랬다는 말만 반복했다. 이런 일이 있을 때마다 이혁은 블루하우스를 찾았다. 대학생이었을 때, 자신에게 이런 미래가 있을 거라고는 상상도 할 수 없었을 무렵, 주리는 자주 블루하우스 이야기를 했었다.

'홍콩에서 가장 오래 된 건물일 거래. 홍콩의 역사가 그 안에 모두 있다고 하더라.'

홍콩 영화가 한창 국내에서 인기를 끌던 때였다. 어디서 들은 이야기인 듯 주리의 말은 늘 ~듯하대, ~싶어. 로 끝났다. 상관없었다. 이혁은 홍콩 이야기를 하는 그녀가, 반짝이는 두 눈과 미소가 좋았다.…는 것도 최근에서야 기억해냈다. 청의 의뢰를 받아 한 남자의 뒤를 쫓다 우연히 영화관에 들렀다. 그 영화에서 블루하우스가 나왔다. 이혁은 남자를 쫓는 것도 잊고 그 영화를 넋 놓고 보았다.

이날 이후 이혁은 매일 밤 블루하우스를 찾았다. 혹시라도 그녀가 홍콩에 온다면 이곳에 들르지 않을까 하는 막연한 바람에서 비롯된 습관이었다.

지금 이 순간 다시, 이혁은 블루하우스 아래 서 있었다. 사람을 죽인 이혁은 죽은 사람인 척하는 의뢰인을 생각하며 블루하우스를 올려다보고 있었다.

이혁은 손에 든 서류봉투를 열었다. 칠 년 전 사건서류를 들여다보았다. 아무리 봐도 알 수 없는 것투성이였다. 대체 이 사건의 무엇이 의뢰인을 죽은 사람인 척하게 만들었을지 알 수 없었다. 그럴 수밖에 없었다. 이혁은 죽어본 적 없는, 죽여본 적만 있는 인간이었으니까.

2011년 10월 26일, 서울 ✈ 홍콩

여행 첫날 아침, 공항. 세창은 또 신경성 복통에 시달리고 있었다. 고소공포증이 있는 세창이다. 작년 스파이더맨 사건 때에는 나 형사에게 대신 건물을 타고 내려가라고 시켰다. 하지만 부부여행은 대타를 구했다간 이혼사유다.

어떻게 비행기를 타긴 했지만 하필 항공기에 문제가 있었다. 몇 번이고 비행기에서 내렸다 탔다를 반복하는 사이 세창의 공포는 점점 커졌다. 어떻게 비행기가 뜨긴 했으나, 세창은 결국 수면제 신세를 져야 했다. 홍콩에 도착하고 잠시 신이 났지만, 숙소에 짐을 풀자마자 배탈로 다시 일정이 꼬였다. 다음 날엔 침대에서 아예 일어날 수조차 없었다. 세창은 암이 재발했다고 야단을 떨었지만 경희는 듣는 둥 마는 둥이었다. 홀로 나가 쇼핑을 즐기고 오더니, 다음 날 아침도 바로 나갈 준비를 했다.

"자기는 계속 그러고 쉬던가. 나 혼자 다녀도 돼."

이 말에 세창은 오기가 났다. "어떻게 온 해외여행인데."하고 혼잣말을 계속 중얼거리며 후들거리는 다리를 가까스로 버티며 옷을 갈아입었다. 경희가 아무리 무리하지 않아도 된다고 말해도 세창은 고집을 꺾지 않았다.

그렇게 겨우 호텔방을 나오자마자 세창은 뜻밖의 커플과 마주쳤다. 바로 옆방 713호에서 배트맨과 캣우먼으로 분장한 남녀가 나왔다. 그들은 세창 부부에게 "해피 할로윈."하고 먼저 인사를 해왔다. 세창은 대꾸하지 못하고 잠시 멍청히 서 있었지만 경희는 달랐다. 바로 익숙한 말투로 "해피 할로윈." 하고 맞받았다.

배트맨 커플과 엘리베이터를 타고 1층으로 내려가는 동안 세창은 잠시 복통을 잊을 수 있었다. 서울에서 일어난 사건을 떠올린 것이다. 이 배트맨은 한국인이 아니다. 아니, 동양인이 아니다. 코엑스에서 일어난 사건의 피의자와 아무 상관이 없다. 그래도 세창은 그의 행동을 주시하며 자꾸만 단서를 찾았고, 이런 집중력이 복통과 다리의 후들거림을 잊게 만들었다.

1층에서 엘리베이터가 멈췄다. 배트맨 커플은 세창 부부에게 "바이."하고 인사를 한 후 먼저 앞서 나갔다. 세창은 끝까지 배트맨에게서 시선을 못 떼다가 전혀 예상치 못한 상황을 맞닥뜨렸다. 방금 전 엘리베이터에서 내린 배트맨이 누구인지 구별이 안 될 만큼 수많은 배트맨이 로비에 있었다. 게다가 일상복 차림의 숙박객들, 그 누구도 배트맨 무리에 놀라지 않았다.

거리 역시 온통 배트맨투성이였다. 10월 말인데도 홍콩은 여름이었다. 온몸에서 땀이 흘러 후덥지근한데 사람들은 배트맨 옷을 입고 다녔다. 배트맨 들이 한 손에 커다란 명품 쇼핑백을 들고 다니는가 하면, 로빈 복장을 한 아이를 어깨에 올려 지나가고, 여자 배트맨도 있었다. 이런 배트맨이 단 날개 모양이 제각각인 점이 특히 포인트였다. 누군가는 안 달고, 누군가는 달고, 또 누군가는 슈퍼맨의 빨간 망토를 달았는가 하면 어떤 이는 거대한 호박을 등에 지고 있었다.

대체 왜 이렇게 배트맨이 많은 건지, 세창은 그 까닭이 너무나 궁금했다. 경희를 따라간 한 명품매장 쇼윈도에 배트맨 코스튬이 걸린 것을 발견했을 때, 결국 세창은 참지 못하고 점원에게 물었다.

"와이! 그러니까 날개가 뭐더라. 윙, 그래 윙! 노 윙 배트맨! 투 매니! 와이!"

세창의 표정이 어지간히 절박해 보였는지 점원은 그의 말을 단번에 알아들었다. 바로 유창한 영어로 그 까닭을 설명해줬다. 물론, 세창은 당황했다. 질문은 어떻게 했지만 유창한 영어를 알아들을 정도의 회화 실력은 없었기에 경희에게 도움을 청했다.

경희는 점원의 이야기를 해석해줬다. 점원은 매년 홍콩 란콰이퐁에서 하는 할로윈 축제와 2006년 자살한 배트맨, 그후 매년 나타나는 날개 없는 배트맨 귀신의 사연을 들려주었고, 이 이야기를 전해들은 세창은 흥분해서 고개를 연신 끄덕이다가 지갑에서 카드를 꺼냈다. 쇼윈도에 걸린 배트맨과 캣우먼 복장을 가리키며 "식스 먼스!"를 소리쳤다.

세창은 결제된 금액을 보고 충격이 클까 봐 일부러 영수증을 확인하지 않았다. 하지만 만에 하나라도 경비 처리를 받을 가능성을 생각해 영수증을 고이 접어 지갑에 넣었다. 그러고는 아직 쇼핑을 더 해야 한다는 경희를 재촉해 갈 곳이 생겼다고 말했다.

"어딜 간다는 거야, 대체?"

"경찰서!"

"홍콩에서도 출근하게?"

"날개 없는 배트맨이라잖아! 코엑스랑 같다고!"

"그게 뭐?"

"탐문! 수사!"

"당신 치안센터 발령 난 거 잊었어?"

아차.

세창은 씩씩하게 걷다 멈췄다. 시무룩해지는가 싶더니 복통이 돌아왔다. 인상을 팍 쓴 채 한 손을 아랫배에 올리고 말했다.

"아니, 그러니까 뭔가 이건 이상하니까 사건은 사건이고 나는 홍콩이고, 또…."

"뭐 버릇 남 못 준다고. 알았어, 같이 가 줄게."

"만세!"

세창이 바로 발딱 일어섰다.

"단, 조건이 있어."

"뭐든지!"

"지금 산 옷 입고 같이 란콰이퐁 가."

"그깟 게 뭐 어렵다고! 경찰서 가자, 어서 가자!"

생각보다 시간이 늦어 경찰서는 들를 수 없었다. 정확히 말하자면 세창의 아랫배가 다시 말썽을 부렸다. 날개 없는 배트맨 덕에 호전을 보인 복통이 보다 큰 통증과 함께 복귀했다. 세창은 다시 하루를 꼬박 앓았다. 그러는 내내 "경찰서. 폴리스. 데카."같은 소리를 잠꼬대로 반복해 경희를 웃게 만들었다.

다음 날, 세창은 새벽 다섯 시가 되자마자 벌떡 일어났다. 자신의 몸이 기력을 회복했다는 걸 깨닫고는 아직 자고 있던 경희를 깨워 "역시 난 형사체질."같은 소리를 했다가 한 대 얻어맞고 다시 잘 만큼 기력을 되찾았다. 그 후 오전 일곱 시가 조금 넘어 찾은 홍콩 경찰서는 한국과 비슷한 분위기였다. 세창은 평소 출근하듯 경찰서 안에 들어가려다가 입구에 선 경찰에게 제지당했다. 세창은 경희를 시켜 자신이 한국에서 온 경찰이란 사실을 알렸다. 그 이야기에 경찰은 모자를 벗었다 썼다 하며 인사를 해왔고 세창은 경례로 화답했다.

세창은 안내데스크에서 상황을 전했다. 한국 코엑스에서 날개 없는 배트맨 복장을 한 사람이 할로윈 장식물 위로 뛰어내렸다, 이곳의 날개 없는 배트맨 추락사에 관한 이야기를 듣고 싶다고 하자 얼마 안 가 백 팀장 또래의 흰 머리 사복 형사 한 명이 나타났다. 이 흰 머리 형사가 청이었다. 청은 경희에게 무어라 한참 말한 후 따라오라는 시늉을 했다.

"당시 사건 서류를 보여주겠대."

경희가 그 말을 세창에게 전하자, 세창은 몸이 직각이 되도록 굽혀서 감사를 전했다. 청은 그런 세창의 어깨와 가슴을 치며 무어라 말했다. 세창은 경희가 해석해주지 않아도 청의 말을 알아들을 것 같았다. "열심히 하라고!", "사건 해결해야지!" 같은 응원이겠거니 생각했으나 경희가 번역한 말은 예상과 달랐다.

"나 예쁘다고 부럽대."

세창의 입이 팔(八) 자가 되었다.

청은 컴퓨터 앞에 앉더니 한 화면을 보여줬다. 세창은 옆에서 함께 보았지만 무슨 말인지 전혀 이해할 수 없었다. 이런 세창에게 경희가 청의 말을 전했다.

"2006년 할로윈 란콰이퐁에서 한 사람이 배트맨 복장을 하고 건물 옥상에서 뛰어내렸다. 당시엔 날개 없는 배트맨 자살소동이니 뭐니 해서 난리도 아니었다. 요즘에는 할로윈 때 이 배트맨 귀신을 보면 일주일 안에 죽는다는 묘한 소문까지 돈다."

경희가 통역하는 사이 청은 이상하다는 듯 고개를 갸웃거렸다. 이때마다 형광등 불빛에 흰 머리가 반짝였다. 세창이 경희에게 뭐라고 말했느냐고 묻자 경희는 뜻밖에 진지한 표정으로 말했다.

"그때 죽은 사람이 우리나라 사람이었는데 모르는 게 이상하대."

"우리나라 사람이라고?"

세창의 반문에 다시 청이 말을 길게 늘어놓았다. 경희는 한참 들은 후 세창에게 그대로 전했다.

"우리나라 사람에, 여자. 당시 여권기록을 확인했을 때 2004년부터 2006년까지 삼 년에 걸쳐 할로윈마다 홍콩에 온

전력이 있었대. 이름은 윤명주, 1979년생이니까 살아있었다면 올해 우리나라 나이로 서른셋이네."

"배트맨인데 여자였다고?"

세창은 의아해했고, 청은 세창의 의문을 듣지 않아도 이해했다는 듯 고개를 끄덕이며 중국어로 한참 떠들었다.

"당시 경찰들도 놀랐대요. 겉보기엔 남자나 다름없었대요. 키도 크고 몸도 탄탄해서. 헌데 복장을 벗겨 보니 여자였다는 거죠."

세창과 경희는 그 정보를 갖고 란콰이퐁으로 향했다. 약속한 배트맨 복장으로 돌아다니다 이혁과 명주를 만났다. 그래서 세창은 명주의 이름을 듣자마자 비명을 질렀다. 죽은 여자라고 들은 명주가 눈앞에 있었으니까. 이후 5년 전 배트맨이 추락사한 빌딩에 도착해 경찰이 출동하는 등 한바탕 소란을 치른 후, 세창은 서울에 전화를 걸었다. 나 형사에게 윤명주와 이혁의 정체를 확인했다가 또 한번 놀랐다. 이혁이 전과자였으니까.

그사이 이혁이 명주를 데리고 내뺐다. 세창과 경희는 바로 그 둘의 뒤를 쫓으려고 했으나, 청의 방해로 그럴 수 없었다. 이 일로 세창이 언성을 높였다. 경희는 싫은 내색을 전혀 하지 않고 세창의 말을 청에게 모두 통역해주었다. 그러자 청이 말했다.

"저 사람, 자기 동생이래. 자기가 보증하는 좋은 사람이라고."

"뻥치시네! 저 사람은 메이드 인 코리아거든! 전이혁이거든! 밀입국자에 살인자거든!"

경희는 세창의 옆구리를 팔꿈치로 세게 쳤다. 경희는 생긋 웃으며 청에게 무어라 말한 후, 세창을 노려보며 덧붙였다.

"자기 너무 흥분한 거 알아?"

"지금 범인을 놓치게 생겼는데 흥분 안 하게 생겼어? 게다가 전과자라고!"

"그 남자가 전과자인 게 지금 무슨 상관이야."

"어떻게 상관이 없어?"

"형사님 아우라잖아. 믿으라잖아."

"자기는 오늘 처음 만난 형사를 나보다 더 신용해? 아니 뭣보다 어떻게 국적이 다른데 어떻게 아우냐고!"

청이 둘 사이에 끼어들었다. 통역을 하지 않아도 세창의 표정만으로 세창이 이혁의 욕을 한다는 걸 알아들은 듯 약간 화가 난 표정으로 경희에게 말했다.

"자기 동생은 시티헌터래. 한번만 더 동생 욕하면 가만 안 둘 거래. 철창에 집어넣는대."

"시티헌터 좋아하시네! 그건 쌍팔년도 만화잖아! 성룡이 나온 영화, 픽션이잖아! 도대체가 말이 되는 소리를 해야지!

시티헌터고 해결사고 자시고 살인자는 살인자야!"

"아, 정말."

경희가 주먹을 꽉 쥐었다. 그대로 세창의 아랫배를 세게 때렸다.

"적당히 해라!"

세창은 아랫배를 부여잡고 그 자리에서 주저앉았다. 갑작스런 충격에 복통이 돌아왔다. 대답할 기운도 없어 가까스로 고개를 끄덕였다.

청은 이런 세창을 보고 고소하다는 듯 껄껄 웃더니 그의 어깨를 몇 번 두드려주며 뭐라고 말했다. 경희는 그 말은 세창에게 번역해주지 않았다. 하지만 세창은 청이 무엇이라고 말한 지 알 것 같았다. 아마도 이런 말이 아니었을까.

한국의 경찰은 여자의 주먹에 맞아 쓰러질 정도로 맷집이 약한가?

세창은 어떻게든 청에게 이건 오해다, 암을 앓았다, 신경성 복통이 생겨서 그렇다고 전하고 싶었다. 하지만 이걸 어떻게 전해야 할지, 암이 영어로 뭔지 도통 떠오르지 않아 끙끙대기만 했다.

그러던 중 경희가 예상치 못한 이야길 전했다.

"내일 아우와 만나게 해주시겠대."

"캔서!"

그 순간, 세창은 단어를 떠올렸다.

"아임 캔서! 비포어!"

자신의 아랫배를 가리키며 연신 어필했다. 청은 잠시 멍한 표정을 짓다가 다시 그런 세창을 보며 말했다.

"일단 흥분을 좀 가라앉히래. 내일 경찰서에서 보재."

세창은 억울한 마음에 다시 한번 "아임 캔서! 비포어!" 하고 호소해봤지만 청은 용건이 끝났다는 표정으로 경찰차를 타고 사라졌다.

이제 건물 앞에는 세창과 경희만 남았다. 세창은 다시 한 번 경희를 보며 "아임 캔서 비포어."라고 말했다. 경희는 그런 세창에게 경희는 "알았어, 알았다고."라고 말하며 그에게 어깨동무를 해줬다. 세창은 한껏 칭얼거리며 그런 경희에게 기대 언덕을 천천히 내려갔다.

세창이 묵는 호텔은 IFC몰 광장 근처였다. 광장에는 수많은 아마들이 모여 있었다. 세창은 아마를 처음 봤기에 호기심이 일었다. 경희에게 칭얼거리며 그들이 어떤 사람들인지 물어봐달라고 졸랐다. 경희는 귀찮아하면서도 그 부탁을 들어줬다. 아마들은 경희가 말을 걸자 한참 경청하더니 아주 빠르게 무어라 답했다. 경희는 그 말을 재깍 세창에게 전했다.

"동남아시아 여기저기서 온 가정부들이래. 주중엔 홍콩의 가정집에서 일을 하고, 주말엔 이렇게 노숙을 한다네."

"왜 노숙을 해?"

"돈이 없으니까. 일주일에 하루나 이틀을 호텔이나 모텔에서 묵으려면 그 돈이 만만찮은 데다 그만큼 방도 쉽게 나오지 않아 노숙을 하는 거래."

"대단하네, 노숙이 안 무섭나."

세창의 말에 아마들은 자지러지게 웃었다.

"이건 통역 안 해도 알겠지?"

세창에 대답 대신 고개를 끄덕였다. 감사를 표한 후 다시 갈 길을 가기 위해 일어났다. 가정부들이 세창과 경희를 향해 맥주를 들며 외쳤다.

"해피 할로윈!"

그 인사에 답례로 세창과 경희는 "해피 할로윈!"을 외쳤다. 세창은 이 낯선 인사가 더는 쑥스럽지 않았다.

얼마 지나지 않아 경희가 다시 입을 열었다.

"난 그 남자 기분 이해해. 살인 전과가 있다고 하면 얼마나 사람들이 색안경을 끼고 봤겠어. 당신만 해도 이러잖아."

"그거야 그놈이 피의자를 데리고 튀었으니까. 게다가 밀입국자고."

"그것도 이상해. 왜 당신은 벌써 그 여자가 범인이라고 단정 짓는 거야?"

239

"한국 사람인데 홍콩에 자주 오고 배트맨을 아는 여자, 살인전과 1범과 어울리는데다가 코엑스 사건 현장 근처에서 일한다는 우연이 그렇게 쉽게 일어날 리 없잖아."

"난 그 남자, 그렇게 나빠 보이지 않았어. 그런 사람이 자기 애인을 죽였다니 안 믿겨."

세창은 사람이란 겉모습으로 판단할 수 없는 것이라고 말하고 싶었다. 작년 스파이더맨 사건의 진범은 전혀 뜻밖의 인물이었다. 하지만 이 이상 대꾸했다가는 또 배에 주먹이 날아올 것만 같았기에 세창은 그냥 입을 다물었다.

2011년 10월 29일, 한국

백 팀장은 바둑판 앞에서 장고 중이었다. 처음에는 일국을 뒤집겠다는 일념뿐이었으나 시간이 지나자 본래의 목적은 잊었다. 이래서 스님들이 참선을 하는가 싶을 정도로 머릿속이 가벼워져 그간의 사건을 정리할 수 있었다.

신도진은 서울대학교 재학 시절 '마녀의 사과'라는 동호회에서 배트맨으로 분장하고 마술을 펼쳤다. 매년 할로윈마다 홍콩을 찾아 배트맨으로 변장했다. 올해 할로윈도 마찬가지 계획을 짰건만 홍콩에 가기 직전 살해당했다. 이 부분에서 의문점이 생긴다. 신도진은 코엑스에서 유령을 목격했다며 그쪽에 가는 것을 기피했다. 그런데 사건 당일 코엑스에 갔다가 살해당했다. 신도진은 왜 이날 코엑스에 갔을까.

"또 여기 계셨군요!"

나 형사가 서장실 문을 벌컥 열고 뛰어 들어왔다.

"전화는 왜 안 받으세요!"

"지금 형국이 아주 심각해."

"그럴 때가 아닙니다!"

나 형사가 바둑판 위로 핸드폰을 들이댔다.

"특급변소입니다!"

"특급… 뭐?"

"코퍼스 크리스티요!"

"코퍼… 뭐?"

"코엑스 카페요!"

나 형사가 답답하다는 듯 손가락으로 이리저리 움직여 '코퍼스 크리스티 오픈!'이라고 적힌 블로그 포스트를 띄웠다.

"코퍼스 크리스티 사장이 특급변소라고요!"

"알아듣게 좀 말해."

"신도진이 가입한 인터넷 공포카페에 접속했는데요, 그 카페 회원 중에 카메라이언이란 사람이 있었습니다. 이 사람 블로그에 들어가 봤더니 닉네임이 특급변소였고, 신도진처럼 매년 할로윈마다 홍콩에 간답니다. 취미는 해골 옷이며 해골 관련 물건들을 모으는 거고, 그 가게 이름 자체가 해골로 유명한 명품 이름이래요! 이것뿐이 아닙니다. 특급변소는 칠 년 전 홍콩, 할로윈에서 날개 없는 배트맨을 만났답니다. 헌데 신도진도 날개 없는 배트맨이었잖아요!"

백 팀장은 나 형사에게 핸드폰을 받아 한참동안 들여다보다가 고개를 들었다.

"그래서?"

"수상하잖아요!"

나 형사가 답답하다는 듯 가슴을 주먹으로 쳤다.

"배트맨을 찾고 있고, 홍콩에 할로윈마다 가는데다가 코퍼스 크리스티라는 코엑스 지하 카페 사장이니까요! 이 여자가 무슨 방법을 써서 신도진을 죽인 게 분명해요! 신도진과 홍콩에서 둘이 사연이 있었던 거죠!"

"그럼 그 여자를 잡으러 가야겠네?"

"네, 어서 출동해야죠!"

"헌데 어쩌나. 그 여자 못 잡겠네."

"네? 무슨 말씀이세요! 잡으러 가야···."

"니 입으로 말했잖냐?"

백 팀장이 나 형사의 핸드폰을 몇 번 꼼지락거리더니 특급변소의 블로그를 띄워보였다.

제목은 '홍콩 다녀옵니다'.

아차!

"···송환조치를 부탁하면···."

"영화를 너무 많이 본 거 아니냐, 막내?"

백 팀장이 한숨을 쉬었다.

"우리가 뭔 대단한 권한이 있어 피의자 송환조치를 요구할까. 뭣보다 그 여자가 피의자란 증거가 어디 있지? 그 여자가 사건 현장 근처에서 장사를 한다고 해서 살인자가 되나? 그 여자가 피의자랑 같은 나라, 같은 시기에 여행을 간다고 살인자가 되나? 그 여자가 피해자랑 같은 인터넷 카페에 가입한 게 살해동기가 되나?"

"우연이라고 보기엔 너무 겹치잖아요!"

백 팀장은 나 형사의 휴대폰을 돌려주었다.

"우연이 지나치지. 하지만,"

다시 바둑판을 눈으로 훑다가 한 지점을 주시했다. 한 손에 백돌을 잡아 바둑판에 내려놓았다.

"형사는 우연을 필연이라고 생각해선 안 돼. 형사가 믿어야 할 것은 내 눈으로 본 것, 내 발로 뛰어 찾아낸 것, 내 손으로 잡은 것이다."

백 팀장이 웃옷을 들며 자리에서 일어섰다.

"가자."

"어딜요?"

"다시 CCTV 본다."

"또요!"

백 팀장은 나 형사가 구시렁거리는 걸 무시했다. 단 한 수

밖에 놓지 않았으나 많은 것이 바뀐 바둑판을 두고 서장실을 빠져 나왔다.

김 형사는 코엑스 주변 편의점에 들어갔다. 빵 진열대를 보며 단팥빵을 찾았지만 하나도 없었다. 점원에게 단팥빵 어디 있냐고 묻자 아까 김 형사가 사간 게 전부란 대답이 돌아왔다. 김형사는 편의점을 나왔다. 바로 옆에 있는 호프집에 들어가 탁자에 몸을 기댄 채 마주보고 맥주를 마시는 의찬과 동석에게 "근처 편의점 또 어디 있어?"라고 물었다. 의찬은 대답 대신 "배트맨이 하늘을 날 리 없잖아!"라고 술주정을 해댔다.

"맞은편 보이는 길로 따라가."

아직 덜 취한 동석이 김 형사가 원하는 대답을 들려주었다. 김 형사는 고개를 끄덕인 후 다시 호프집을 나왔다. 동석이 말한 길로 향하자니 낯이 익었다. 곰곰이 생각해 보니 질리도록 분석한 CCTV에서 본 길이었다.

김 형사는 길 끝에 나타난 편의점에 들어갔다. 이곳엔 단팥빵이 두 개나 있었다. 두 개 모두 사서 계산을 하고 나와 주변을 살폈다. CCTV의 영상으로 보았을 때와 느낌이 사뭇 달랐다. 어쩌면 손에 든 단팥빵의 영향일지도 모른다고 생각하며 온 길을 되돌아갔다. 얼마 안 가 동석과 의찬이 기다리는 호프집이 나타났다. 동석과 의찬은 원래 이 호프집 단골인데 사건 당일에는 도진이 웬일로 코엑스에서 만나자고 했다.

코엑스가 싫다는 신도진이 코엑스로 두 친구를 불러냈다. 무슨 심경의 변화였을까.

김 형사는 신도진처럼 건물을 통과해 밖으로 나갔다. 큰길이 나오자 왼쪽으로 신도진이 걸었던 횡단보도가 보였다. 김 형사는 그 횡단보도를 건너 도심공항터미널로 향했다. 운행을 정지한 에스컬레이터를 걸어 내려갔다. 지하에 내려오자마자 눈매가 매서운 안전요원이 다가왔다. 커다란 덩치의 사내가 한 손에 단팥빵을 먹으며 돌아다니는 꼴이 수상해 보였나 보다.

김 형사가 신분증을 꺼내 보이자 안전요원은 고개를 숙여 인사했다. 김 형사는 안전요원의 인사를 받는 둥 마는 둥 하며 지하 복도를 걸었다. 오른쪽으로 직진하여 코너를 꺾자 신도진이 담배를 산 편의점과 생과일주스를 산 카페가 나왔다. 편의점은 문을 열었지만, 카페는 시간이 늦어 폐점한 상태였다.

김 형사는 신도진처럼 편의점에 들어갔다. 또다시 단팥빵을 보이는 대로 샀다. 이십 대 남자 점원은 매우 수상하다는 듯 거대한 김 형사와 이미 한 손에 들고 있는 단팥빵 봉지를

246

바라보았다. 김 형사는 안전요원의 일을 떠올리고는 신분증을 보여줄까 고민했지만, 결국 귀찮아서 관뒀다.

편의점을 나와 문 닫은 '코퍼스 크리스티' 앞에서 물건 사는 시늉을 하고 있자니 또 한번 시선이 느껴졌다. 편의점 점원이 여전히 수상한 눈으로 김 형사를 노려보고 있었다.

어쩔 수 없이 김 형사는 신분을 밝혔다.

"경찰입니다. 용건이라도?"

점원은 당황한 듯 김 형사를 보더니 고개를 저었다. 김 형사는 단팥빵을 우물우물 씹어 먹으며 다시 신도진처럼 걸어 보았다. 일본식 덮밥집과 은행 사이의 어두운 복도가 나타났다. 불빛 한 점 없는 좁고 짧은 복도, 김 형사는 끝에 보이는 비상구 불빛을 지침 삼아 걷다가 비상구 문에 배가 먼저 부딪쳐 멈췄다. 문손잡이를 잡고 좌우로 움직여 봤지만 열리지 않았다. 신도진은 이 길의 끝에서 비상구를 열고 나갔다. 다시 나타날 때엔, 죽은 후였다.

김 형사의 핸드폰이 울렸다.

"단팥빵 사러 어디까지 갔냐? 빨리 안 와!"

의찬이었다.

"알았다고, 간다고. 내 치킨 남기라고."

어느새 자연스레 말을 놓았다. 처음엔 서울대라는 이유만으로 고까웠지만 이제는 신경 쓰지 않았다. 배트맨이라는 수

수께끼가 서로를 엮었다. 인연은 늘 이렇다. 어떻게 엮이고 풀릴지 아무도 알 수 없다. 지금은 즐겁게 대화를 하고 배트맨이니 뭐니 낄낄거려도 사건이 종료되면 서서히 잊히리라. 조금 섭섭하겠지만 상관없다. 형사의 일은 사건의 해결이니까.

김 형사는 다시 좁고 짧은 길을 빠져나왔다. 잠시 방향감각을 잃어 주변을 두리번거리다 일본식 덮밥집을 발견하고 왼쪽으로 꺾었다. 편의점에 직원이 없었다. 어딜 갔나 괜히 신경이 쓰여 팔짱을 끼고 잠시 서 있었더니 뒤쪽 냉장고가 갑자기 앞으로 열리며 점원이 나왔다.

"뭘 도와드릴까요?"

점원이 김 형사에게 물었다. 김 형사는 점원보다 그가 문을 열고 나온 냉장고에 시선을 고정했다. 뭔가 마음에 걸렸는데 알 수 없었다.

"아니, 괜찮습니다."

김 형사는 정중하게 말한 후 다시 편의점을 나왔다. 아예 복도에 양반다리를 하고 앉은 채 단팥빵만 우물거리고 다시 한번 신도진의 문제에 골몰하자니 아까 들렀던 편의점 점원이 다가왔다. 콜라 한 병을 내밀며 말을 걸었다.

"목메실 것 같아서요."

김 형사는 고개를 끄덕이며 콜라를 받았다. 점원은 옆에 쭈그리고 앉았다.

"가서 일 하지."

"이 시간엔 손님도 없는데요, 뭐."

"그렇다고 자리를 비우나. 그러다 잘리면 어쩌려고."

"에이, 안 잘려요. 그보다 아까부터 여기서 뭐하세요?"

김 형사는 대답 대신 콜라를 들이켰다.

"몰라도 돼."

"저 도움 될 텐데. 코엑스 잘 아는데. 여기 아르바이트만
반 년 넘게 했는데."

"학생이 공부는 안 하고."

"저 학생 아니에요."

"그럼 일을 해야지. 왜 아르바이트를 해?"

"취업이 안 되는 걸 어떻게 해요."

"눈을 낮춰. 중소기업 많잖아."

"중소기업요? 꿈도 못 꿔요, 전."

"대학 어디 나왔는데."

"고졸이에요."

"허어."

"정확히는 고등학교 중퇴요. 검정고시 졸업장은 있는데 취
업이 안 되네요."

"그런 이야길 처음 보는 나한테 하나?"

"듣고 보니 그러네요. 왜 그랬지."

점원이 고개를 갸웃거렸다.

"하지만 뭐, 못할 것도 없는 이야기잖아요. 창피할 것도 없고."

김 형사는 또 하나 단팥빵을 뜯더니 반을 잘라 점원에게 건넸다.

"나도 고등학교 중퇴야. 검정고시 봤어."

"그랬구나."

"내가 오늘 서울대 가 봤는데 뭐 별 거 없더라. 그냥, 서울에 있어서 서울대더라."

"왜 가셨는데요?"

"사건 때문에."

"무슨 사건요?"

김 형사는 다시 입을 다물었다. 점원과 눈을 마주쳤다. 잠시 망설이다 입을 열었다.

"여기서 일어난 사건."

본래라면 외부인에게 사건정보를 흘려서는 안 된다. 하지만 콜라값 정도는 말해줘도 되지 않을까. 어쩌면 이 대단치 않은 이야기가 이 청년에게 도움이 되지는 않을까. 씨름선수 김벅찬이 형사 백정복의 도움을 받아 누명을 벗었던 것처럼, 이 청년도 조금은 위안을 받지 않을까.

"한 남자가 이 길을 걸어갔다. 편의점에서 담배를 사고, 카페에서 주스를 사 들고, 복도에 들어섰지. 그런데 사라졌어. 복도로 들어간 남자는 비상구로 사라진 후, 죽은 채 발견됐다. 나는 지금, 그 남자가 여기서 어떻게 사라졌나 고민 중이다. 처음엔 남자의 죽음이 사고사로 보였기 때문에 자세하게 조사할 필요가 없었지만 알고 보니 남자는 살해당한 거고, 남자의 행적을 좇다 보니 의아한 점이 한두 개가 아니야. 그중 첫 번째는 남자가 이곳 비상구로 향한 후 어디로 갔는지 알 수 없다는 점이다."

"비상구를 통해 올라간 것 아닌가요?"

"그게 가장 흔한 가능성이지. 비상구를 통해 계단을 올라 어딘가의 장소에서 살해당해 목이 매달렸다가 떨어졌다. 하지만 나는 이 복도가 마음에 걸린단 말이지. 우선 CCTV가 없다는 점. 누군가가 남자를 죽이려 했다면 이 장소에서 납치할 가능성도 있을 것 같거든."

"감식반 불러서 복도를 현장검증하면 되잖아요?"

"사건 현장도 아닌데 단순한 가능성만으로 그렇게 쉽게 움직일 리가 없지."

"탐문은요? 여기서 사람이 사라질 방법이 있냐고 물어보면 되잖아요."

"너무 우스운 질문이잖아. 그런 걸 어떻게 물어. 뭣보다 형사는 수사정보를 흘려서는 안 되고."

"그래서 일을 어렵게 만드셨구나."

"그렇지. 그래서 일을 어렵게… 뭐라고?"

"저 알아요. 여기서 사람이 사라진 방법, 알 것 같아요."

"뭐, 뭘 안다고?"

"안다고요. 그 사람 어떻게 사라진지."

점원은 별 것 아니라는 듯 자리에서 일어났다. 손전등 불빛을 ㄲ자 실루엣만 비상구 푸른 불빛에 어른거리는가 싶더니 김 형사의 눈앞에서 마술이라도 부린 듯, 정말 사라져버렸다. 잠시 후, 점원은 사라질 때보다 훨씬 느리게 모습을 드러냈다.

"이 벽 안으로 숨은 거예요."

점원은 벽을 가리키며 말했다. 그제야 김 형사는 눈앞의 벽이 단순한 벽이 아니라는 사실을 깨달았다. 손전등을 들어 벽을 비췄다. 손으로 두드려보았다. 2미터는 족히 되는 벽의 위쪽 50센티미터만 진짜 벽이었고, 아래쪽 1미터 50센티미터는 창고였다. 안에는 청소도구며 박스들이 쌓여 있었다.

"여기 창고가 있는 걸 누가 알지?"

"이 창고는 일단 저희하고 일본식 덮밥집하고 함께 쓰고요, 가끔 카페에 빌려줘요."

"늘 이렇게 열려 있나?"

"네. 뭐 훔쳐갈 것도 없고, 누가 말하지만 않으면 어떻게 여기에 창고가 있는지 알겠어요?"

2011년 10월 29일, 홍콩

딩동.

리성하이는 초인종 소리에 놀라 잠에서 깼다. 어느새 아침이었다. 연거푸 초인종이 울렸지만 바로 반응하지 못하고 잠시 비틀거렸다. 와인을 마시다 잠들어서 그런가 두통이 왔다. 리성하이는 가까스로 움직여 현관으로 다가갔다. 매직미러로 바깥을 내다보다가 흠칫 놀라 한 발짝 뒤로 물러섰다. 이혁의 바다사자 같은 얼굴까지는 아니더라도 만만찮게 잔뜩 심통 난 중늙은이가 밖에 서 있었다.

"누구십니까?"

"여기 윤명주 씨가 계시다고 해서 만나러 왔는데요."

분명 남자가 서 있었는데 여자 목소리가 났다. 다시 매직미러로 내다보니 그의 곁에 선 여자가 보였다.

리성하이는 남녀가 명주를 안다는 말에 살짝 경계를 풀었다. 안전 고리를 끼우고 문을 열었다.

"명주 씨를 왜요?"

여자가 남자에게 "명주 씨를 왜 찾는지 묻는데, 뭐라고 하지."라고 한국어로 전했다.

이 남녀는 세창과 경희였다. 청은 약속을 지켜 재스민의 집을 알려주었다.

"한국 경찰이라고 말하면 윤명주랑 만나게 해주려나."

"경찰이요?"

리성하이가 저도 모르게 한국어로 말했다. 여자가 중국어로 말하려고 입을 열었다 놀라 그대로 고개를 끄덕였다. 남자 역시 놀란 듯 리성하이를 봤다.

"한국 사람입니까?"

"그건 아닙니다만 한국말 좀 합니다. 그런데 왜 경찰이 명주 씨를 찾습니까?"

"잘 됐네요. 그럼 우리말로 하겠습니다. 강세창, 서울 강남 경찰서 형사입니다. 아내 이경희고요. 윤명주 씨 안에 계십니까?"

"무슨 일로 찾으시는데요?"

"본인이 아니면 말씀드리기 곤란합니다. 윤명주 씨는 안에 계십니까?"

"집에 없습니다. 어제 안 들어왔어요."

"저희가 찾는다고 전해주십시오. 아니! 어디 있는지 확인만 좀 해주시겠습니까? 저희가 찾는다는 이야기는 빼고요."

"연락이 안 됩니다."

"그렇다면 전이혁 씨는요?"

다시 세창이 입을 열었다.

"전이혁?"

"아, 여기서는 이혁으로 통한댔나. 아무튼 그 이혁 씨와 연락하고 싶은데요."

"왜 이혁을 찾으시죠?"

"본인이 아니면 말할 수 없습니다."

"용건은 밝히지 않으시면서 만나야 한다, 연락해야 한다고 말씀하시는 것은 좀 이상하지 않습니까?"

"그게 형사의 일입니다만."

세창은 리셩하이와 눈을 마주쳤고, 리셩하이도 시선을 피하지 않았다.

"누가 왔어?"

한참 안전 고리를 사이에 두고 서로 노려볼 때 재스민이 다가왔다. 세창과 경희를 보며 리셩하이에게 물었다.

"누구셔?"

"명주 씨와 이혁의 손님이래."

"그래? 들어오시라고 해."

"감사합니다!"

리성하이가 대꾸하기 전, 경희가 선수를 쳤다. 재스민은 웃으며 경희에게 어서 들어오라고 재촉했다. 리성하이는 이 상황이 마음에 들지 않았지만 일단 문을 열어 방문객을 안에 들였다. 명주에게 전화를 걸어 상황을 확인해야겠다고 생각할 때, 다시 한번 초인종이 울렸다.

"명주 씨?"

리성하이는 서둘러 문을 열었다.

"그 여자 나오라고 해."

이번엔 이혁이었다.

"자신이 윤명주라고 말한 여자. 나오라고 해. 할 이야기가 있어."

"윤명주라고 말한, 이라니? 무슨 소리야? 게다가 나오라고 하라니? 같이 안 있었어?"

"그게 무슨 소리야?"

"어젯밤 안 들어왔어, 명주 씨. 그보다 지금 안에…."

"이야기 좀 합시다, 대한민국 국민 전이혁 씨."

그때, 뒤에서 다가온 세창이 재빠르게 이혁의 손목을 잡았다. 이혁은 리성하이와 눈을 마주쳤다.

"놓고 말하시죠."

이혁은 세창의 손을 뿌리치려 했다.

"어허. 이거 왜 이러셔."

하지만 세창의 완력은 그보다 셌다. 이혁이 다른 손으로 그런 세창의 손목을 꽉 잡으며 말했다.

"제 이름은 어떻게 아셨습니까?"

"국가기밀입니다."

세창은 더 세게 손목을 힘주어 잡으며 말했다.

둘은 서로를 노려보았다. 안에서 들려온 경희의 목소리가 아니었다면 둘은 언제까지고 그렇게 대치했으리라.

"나이차 한 잔 하재요."

경희가 재스민의 말을 전했다. 두 여자는 벌써 사이가 좋아진 듯 부드럽게 웃고 있었다. 이 말에 두 남자는 서로의 손목을 꽉 잡고 있던 걸 거의 동시에 뿌리쳤다.

"들어가서 이야기할까요, 전이혁 씨."

"그러지요."

이혁을 중심으로 식탁 양쪽에 세창 커플과 리성하이 커플이 마주보고 앉았다. 따끈한 나이차와 쭈파빠오가 놓인 식탁은 얼핏 보기에 흔한 아침상 같았으나 여자들만 웃으며 음식을 들 뿐, 남자들은 심각하기 짝이 없었다.

"몇 가지 물어봐도 되겠습니까?"

마침내 세창이 입을 열었다.

"대답할 수 있는 것이라면 해드리죠."

리성하이가 말했다.

"윤명주 씨와는 언제부터 알고 지내셨습니까?"

"삼 년입니다."

리성하이가 대답했다.

"재스민은 빅토리아 피크에서 커피집을 운영합니다. 그곳에 명주 씨가 손님으로 왔습니다."

"할로윈에?"

"예, 할로윈이었죠."

리성하이가 고개를 끄덕였다.

"재스민은 명주 씨가 굉장히 힘들어 보여서 몇 마디 붙였고, 곧 명주 씨가 서울 코엑스에서 카페를 운영한다는 사실을 알았습니다. 이 이야기 저 이야기 하다 보니 명주 씨가 몇 년째 배트맨을 찾는다는 사실을 알게 되었습니다."

"그 사람이 윤명주란 사실은 어떻게 알았습니까?"

"네?"

리성하이가 의아하다는 듯 이혁과 세창을 번갈아보았다.

"이혁도 그렇고 둘 다 이상하군요. 왜 그런 이상한 질문을 하죠?"

"그 여자가 윤명주가 아니니까."

이혁이 입을 열었다.

"윤명주는 오 년 전 할로윈에 죽은 배트맨의 이름이야."

"그게 무슨 소리야?"

"그 여자는 윤명주가 아니라고."

"동명이인 아니고?"

"배트맨을 찾는, 서울에서 온 윤명주가 그렇게 흔할까?"

"삼 년이나 알고 지냈는데 윤명주 씨가 진짜 윤명주가 아니라는 사실은 전혀 몰랐습니까?"

"어떻게 그 여자가 윤명주라고 단정 지은 거야?"

"여권을 보거나 할 기회가 없었습니까?"

이혁과 세창이 동시에 리성하이에게 질문을 퍼부었다.

"잠깐, 잠깐만요! 난 그런 건 몰라요! 여권을 보다니, 그럴 일이 왜 생기겠어요? 우리가 명주 씨를 안 시간이 얼마인데!"

"하지만 분명 신분증을 꺼내거나 할 때 수상한 낌새가 있었을 텐데요."

"그런 걸 어떻게 일일이 기억합니까? 애당초 왜 수상해 해야 하죠? 명주 씨는 친군데요! 당연히 믿고, 도와줘야죠! 명주 씨는 진지했어요. 날개 없는 배트맨 전설이 있기 전부터 자신이 만났던 배트맨을 찾는다기에 도와주기로 했고, 올해엔 신문광고까지 내서 빅토리아 피크로 배트맨들을 잔뜩 불

러냈는데도 허탕을 쳤기에 이혁을 불렀습니다. 이혁은 홍콩
에서 유명한 해결사니까요!"

"그래서 전이혁과 윤명주가 같이 배트맨을 찾아다녔다?"

"그렇습니다."

"서울에서 살인사건이 일어난 건 언제입니까?"

이번엔 이혁이 세창에게 물었다.

"살인사건?"

리셩하이가 놀라 되물었다.

"25일 밤입니다."

"그 여자가 홍콩에 입국한 건 언제야?"

"살인사건이라니 무슨 소리야?"

리셩하이가 흥분해 물었다.

"대답이나 해."

"26일 오후 2시였어."

"확실해? 공항에서 착륙하는 걸 본 거야?"

"공항까지 마중을 가지는 않았지만…."

"입출국기록 확인 전 알리바이 성립 불가."

이혁이 단번에 나이차를 들이키며 자리에서 일어섰다.

"어딜 가려고?"

"그 여자 찾으러."

"잠깐만! 설명 좀 하고 가! 대체 무슨 소리야? 살인사건은

뭐고 알리바이는 또 뭐야? 명주 씨가 무슨 사건에 관련된 거야?"

"저 사람한테 들어."

이혁이 세창을 턱으로 가리켰다.

"어떻게 찾을 거지?"

세창이 그를 받아 턱질하며 말했다.

"전화도 안 받는다면서?"

"그래도 찾아내야죠."

"어떻게?"

"모릅니다. 하지만 전 믿습니다."

"무엇을?"

"내가 마음먹은 이상, 홍콩에서 찾지 못할 것은 없다는 사실을."

"그럼 나도 같이 가 볼까."

세창이 자리에서 일어났다.

"자기는 어딜 가려고 그래?"

경희가 나이차를 홀짝이며 말했다.

"어딜 가겠어."

세창이 당연하다는 듯 말했다.

"범인 잡으러 가야지."

다시 한번, 이혁과 세창은 서로를 노려보았다. 둘은 함께

집을 나섰다. 이혁은 바로 앞에 세워놓았던 오픈카에 올라타
며 옆자리를 권했다.

"타시겠습니까?"

세창은 고개를 끄덕인 후 조수석에 탔다.

이혁은 바로 차를 출발했다. 구불구불한 길을 따라 내려갔
다.

"어디로 갈 건가?"

세창이 물었다.

"리펄스 베이, 애버딘, 센트럴, 란콰이퐁."

"그게 어딘데?"

"요 며칠, 배트맨을 찾기 위해 그 여자와 갔던 곳들입니
다."

"해결사 맞아?"

세창이 코웃음을 웃었다.

"그 여자를 마지막으로 본 곳부터 시작해야지. 그 여자가
마지막으로 어디서 사라졌는가를 알아내고, 쫓아가야지."

"잠깐 순서를 착각한 거예요."

이혁이 퉁명스럽게 말했다.

"일단 택시회사로 방향을 틀죠."

세창은 그만 웃음을 터뜨렸다.

"왜 웃습니까?"

"내가 아는 누구랑 좀 비슷해서. 누군지 궁금해?"

"별로."

"역시 비슷하네."

"아니, 그러니까, 뭐가요?"

"그 말투가 똑같아."

이혁이 불쾌하다는 듯 말했지만 세창은 대답하지 않았다. 그러면서 이혁과 비슷한 말투의 나 형사와, 그가 한 이야길 떠올렸다.

나 형사가 말한 전이혁, 살인을 저지른 남자는 결코 이런 사람이 아니었다. 그는 자신의 여자친구를 식칼로 찔러 죽인 남자였다. 게다가 전이혁의 동기도 기이했다. 전이혁은 경찰서에 와서 "왜 죽였는지 모르겠다."고 진술했다. 지금 눈앞의 남자는 어떠한가. 정체조차 흐릿한 유령 같은 여자를 찾겠다고 홍콩 전역을 뒤지겠다고 얼굴까지 벌게져 소리친다. 너무나 인간적인 인간이다. 정말 살인자 전이혁과 눈앞의 이혁이 같은 인물일까.

"속도 좀 내겠습니다."

이혁이 말했다. 오른손을 움직여 더듬거리더니 음악을 틀었다. 오아시스의 'Don't look back in anger'에 맞춰 액셀러레이터를 세게 밟았다.

"백 팀장님, 완성했습니다!"

백 팀장과 나 형사가 서장실을 나서는 순간 박 서장이 나타났다. 백 팀장은 어서 빨리 CCTV를 재확인하고 싶었다. 하지만 박 서장의 눈빛으로 볼 때 도저히 피할 수 없는 상황인 듯했다. 백 팀장은 나 형사에게 먼저 특수반에 가 있으라고 말한 후, 박 서장을 따라 뒷마당으로 향했다.

그렇게 도착한 뒷마당은 정말 코엑스 그 자체였다. 박 서장은 비교해보라며 사건이 일어나기 직전의 '멀쩡했던' 코엑스 광장 사진을 꺼내 백 팀장에게 보여주었다. 박 서장이 자랑할만했다. 눈앞의 풍경은 사건 전의 코엑스 풍경과 꼭 같았다. 하늘엔 시체와 호박들이 걸려 있고 중앙의 장식물도 찌그러지지 않았던, 어디에도 날개 없는 배트맨이 내려올 것 같지 않았던 평화로운 광경 그대로였다.

똑같네, 아주 똑같아. 그렇다면 다음 순서는….

백 팀장은 눈앞에 모인 열 명의 형사들과, 그들이 손에 든 검은 옷을 보며 불길한 예감에 휩싸였다.

"에, 다들 수고가 많습니다."

박 서장이 한 손에 메가폰을 들고 그들에게 말했다.

"오늘 해야 할 일은 미리 말했다시피 번지점프입니다. 일단 안전장치는 충분히 설치하였으니 맘껏 날아보세요. 그럼 지금부터 위치를 지정하겠습니다."

…역시나.

각 팀에서 차출된 비슷한 인상착의의 형사들은 눈앞의 상황을 깨닫고는 적잖이 불안한 표정을 지었다. 배트맨 옷을 받고서는 갈아입지도 못하고 원망스러운 표정으로 백 팀장만 바라보았다. 박 서장이 죽고 못 사는 백 팀장이라면 이 상황을 해결할 수 있지 않겠느냐는 무언의 압박이었다.

그때 설치 업체 직원이 박 서장에게 다가왔다. 그가 무어라 속삭이자 박 서장의 안색이 바뀌었다. 가위바위보로 순서를 서로 미루는 형사들을 그대로 두고 설치물로 다가갔다. 그랬다가 설치물 아래에 잔뜩 쌓인 호박넝쿨과 커다란 호박이 그려진 방수천을 발견했다.

"사건 현장을 그대로 재현했는데 이만큼이나 스프링이 남았습니다."

업체 직원이 말했다.

"그럴 리가요? 충실히 재현한 것 맞습니까?"

박 서장이 눈을 가늘게 뜨며 말했다. 아니면 당장 처음부터 다시 하라고 말할 표정이었다.

"저희는 최선을 다했습니다."

업체 직원은 정색하고 대답했다.

박 서장이 턱에 손을 갖다 댔다. 배트맨 역할을 명받은 형사들이 살금살금 자리를 피하는지도 모를 정도로 남은 재료에 골몰했다.

어째서 재료가 남았지?

완벽하게 사건 현장을 재현했는데 어째서?

도대체 왜?

아니, 질문을 던질 필요는 없지.

박 서장이 눈을 가늘게 떴다.

이유는 단 하나야.

스프링들과 거대한 천이 바로 이 사건 '하늘을 나는 배트맨'의 트릭인 게야.

백 팀장이 박 서장의 호출을 받아 뒷마당에 나간 사이, 나 형사는 자발적으로 CCTV를 분석했다. 백 팀장은 우연을 믿지 말라고 했지만 나 형사는 아무리 생각해도 해골녀가 수상했다.

얼마 안 가 나 형사는 해골녀를 발견할 수 있었다. 복장이 달랐지만 나 형사는 해골녀를 바로 알아봤다. 나 형사는 해골녀의 행동에 따른 타임라인을 분석했다.

신도진이 사라지고 한참 후, 앞치마 차림의 여자가 복도에 등장했다. 여자는 커다란 박스를 얹은 수레를 밀어 비상구 방향으로 다가가다가 코엑스 방향으로 사라졌다.

나 형사는 이 장면이 계속 마음에 걸렸다.

이 여자와 해골녀가 동일인이란 사실을 알기 전까지 신도진이 비상구를 통해 이동했다는 것은 하나의 가설이었다. 하지만 이 여자가 해골녀라면 전혀 다른 가능성이 생긴다.

이 여자가 저 거대한 박스에 신도진을 숨겼다면 어떨까. 어떤 방식으로 신도진을 비상구 안에 숨겨 두었다가 박스에 담아 이동했다면?

문제는 그 방법을 알 수가 없다는 사실이었다. 신도진을 어딘가에 숨겼다면 그 방법이 무엇일까.

나 형사가 한참 고민할 때, 문이 열리며 백 팀장과 박 서장이 돌아왔다.

"사건 당시 배트맨 추락하는 모습 찍은 사진들. 그것 좀 봅시다."

268

나 형사가 자신이 찾아낸 의문점을 이야기하기 전, 박 서장에게 선수를 뺏겼다. 나 형사는 박 서장이 왜 이러나 의아해하면서도 일단 마우스를 움직였다. 바탕화면의 저장 폴더들 중 '배트맨01'을 클릭한 후 마우스를 넘겼다. 박 서장은 빠른 속도로 손가락을 놀렸다. 한참 사진을 넘기다 다시 앞으로 돌아오더니 빤히 바라보았다.

"역시 이건가?"

혼잣말로 중얼거리며 화면을 바라보았다.

"하지만 이게 정말 가능해?"

그러더니 박 서장은 백 팀장과 둘이 한참 속닥거렸다.

뭐가 어떻다는 거야?

나 형사는 고개를 갸웃거리며 함께 화면을 바라보았다. 화면 속의 배트맨은 딱히 다를 게 없었다. 배트맨은 공중에 아라비아 숫자 1의 형태를 만들며 허공에 서 있었다. 나 형사는 이 사진 안에 뭐가 있나 싶어 자세히 살폈다. 그러다가 낯익은 얼굴… 아니, 복장을 발견했다. 카페 앞치마 차림의 해골녀가 군중들 사이에 서 있었다.

나 형사는 급히 화면을 확대했다. 방금 전 CCTV를 찾아 두 개의 영상을 함께 박 서장과 백 팀장에게 보이며 자신의 추리를 이야기했다.

"신도진이 비상구를 통해 나가지 않았고, 이 여자가 신도

진을 유인한 후 숨겨뒀다가 박스에 담아 이동했다면 어떨까
요? 자신이 저지른 범죄가 제대로 이뤄졌는지 확인하려고 광
장에 갔다가 사진에 찍혔다면?"

"김 형사도 비슷한 말을 했지. 코엑스 지하에서 확인해볼
게 있다고."

백 팀장이 말했다.

"그렇게 되면 이 사진 자체가 이상하잖습니까. 이 여자가
왜 배트맨이 추락한 장소에 있었느냐는 말입니다. 애써 번거로
운 장치를 만들어 원격살인을 해냈는데 사진에 찍힌다면 원
격살인의 의미가 없잖아요."

"바둑에서도 궁지에 몰릴 때가 있어."

백 팀장은 잠시 생각하다가 다시 입을 열었다.

"그럴 때면 나는 앞으로의 일을 알기 위해 그 전의 수를
다시 읽지. 이 전후 사진 있나?"

나 형사가 고개를 끄덕였다.

박 서장은 새삼 백 팀장을 존경어린 눈길로 바라보았다.
그 사이, 나 형사는 촬영 시간별로 사진을 정리한 후, 애니메
이션 효과를 줬다.

"영화 <밀레니엄>이 떠오르는군요."

"서장님도 보셨군요!"

나 형사가 반가운 표정을 지었다. 그 영화에도 연속 촬영

된 사진을 모아 단서를 추리하는 장면이 나온다.

코엑스의 사진들은 한 사람이 촬영한 것도, 같은 시점에서 촬영한 것도 아니라서 영화처럼 극적이지는 않았다. 그래도 여자의 표정을 나름 잡아낼 수는 있었다.

미묘하게 움직이는 얼굴과 입이 무언가를 말했다. 다른 상황이었다면 그 입 모양을 읽어낼 수 없었으리라. 너무나 많은 가능성이 있었으니까. 하지만 지금은 알 수 있었다. 사건 당시 코엑스, 이 상황에서 어울릴만한 대사는 단 하나밖에 없었기에 세 명의 경찰은 해골녀의 말을 읽어냈다.

해골녀는 이렇게 말했다.

'배트맨이다!'

2011년 10월 29일, 홍콩

세창의 추리는 옳았다. 어젯밤 유령처럼 생긴 해골로 치장한 여자, 일방통행로에서 차를 멈추라고 해서 교통체증을 일으킨 여자를 택시기사는 확실하게 기억하고 있었다. 차가 섰던 장소 주변에서도 해골녀에 대한 목격정보가 여럿 나왔다. 정보를 취합한 결과, 여자가 향한 곳이 란콰이퐁이란 사실을 알 수 있었다.

세창은 다시 찾은 란콰이퐁의 풍경에 놀랐다. 어젯밤은 지옥의 한 귀퉁인가 싶을 정도로 사방팔방 시체가 가득 했건만, 아침의 란콰이퐁은 평범한 시장바닥 같았다.

세창이 관광객 티를 내며 주변을 두리번거리는 사이 이혁이 앞서 걸어 나가며 말했다.

"두고 갑니다."

세창은 급히 그를 뒤따랐다. 이혁은 클럽마다 뒷문을 발로 차고 들어갔다. 바텐더를 붙잡고 중국어로 무어라 쏘아붙인 후 대답을 듣고 나면 다시 돌아 나왔다. 세창은 통역하지 않아도 이혁의 말을 알 것 같았다. "해골녀 못 봤어?"라고 묻고 있겠지. 그렇게 몇 군데 클럽을 돌았을까, 마침내 이혁은 명주를 목격했다는 이야기를 들을 수 있었다.

"해골녀는 오 년 전 배트맨이 죽은 빌딩으로 향했다."

이혁의 표정이 달라졌다. 그대로 뛰어나가더니 주변을 두리번거리다 골목을 거슬러 올라갔다.

"잊고 있었습니다."

"무엇을?"

"그 여자가 자신을 윤명주라고 한 사실요!"

"뭐가 어쨌다는 거지?"

세창은 정말 모르겠어서 물었다.

"그 여자는 자기를 윤명주라고 생각한다고요!"

"그래서?"

"정말 모르시는 겁니까? 자신이 죽었다고 생각한다면 진짜 죽었나 확인하려 들 수 있다고요!"

"설마, 그 빌딩에서 일부러 뛰어내린다고?"

이혁은 대답조차 귀찮다는 듯 더 빠르게 달렸다. 세창 역시 그를 따라 달리기에 속력을 냈다. 격하게 달리자 아랫배

273

의 통증이 심해졌지만 속도를 늦추지는 않았다.

두 남자의 앞에 문제의 건물이 나타났다. 1층 철창은 어제 부순 그대로 열려 있었다. 경찰이 있거나 출입 금지선이 쳐졌던 흔적은 없었다. 어젯밤 일은 단순한 오해였기에 그냥 물러갔으리라. 이혁과 세창은 엘리베이터를 타고 꼭대기 층으로 향했다. 옥상 문을 박차고 뛰쳐나갔다.

"저기 있다!"

두 남자가 명주를 발견했다. 명주는 난간에 아슬아슬하게 기대 서 있었다.

이혁이 소리쳤다.

"내려오지 못해!"

명주가 서서히 고개를 돌렸다. 이혁과 그 뒤를 따라 모습을 드러낸 세창을 보았다. 그러더니 다시 고개를 돌렸다. 난간 아래를 물끄러미 내려다보며 말했다.

"왜 내려가야 하지."

"죽기 싫음 내려오라고!"

"죽은 사람이 또 죽을 수도 있나?"

"당신은 죽지 않았어!"

"난 윤명주라며."

"당신은 윤명주가 아니야!"

"그럼 난 누군데?"

세창은 말문이 막혔다. 어젯밤 처음 명주를 만났다. 지금이나 그때나 동일한 명주의 복장은 기이했다. 말하는 것 역시 이 세상 사람 같지 않았다. 어쩌면 그녀는 혼령일지도 모른다. 죽은 사람이 돌아온다는 할로윈이라 잠시 돌아와 모두를 혼란스럽게 하는 것일지도 모른다. 그도 아니라면 왜 윤명주는 할로윈마다 나타나 배트맨을 찾는단 말인가.

이때 세창의 핸드폰이 울렸다. 이런 상황에서 전화통화를 하면 안 될 것 같아 수신을 거부하려고 했으나, 새로 산 전화기라 어찌할 바를 몰라 하다가 얼결에 전화를 받아버렸다.

"여, 여보세요? 선배님!"

나 형사였다.

"지금 전화 받을 때가 아니야! 끊어!"

"피의자 검거했습니다!"

"알아, 해골녀! 지금 내 눈앞에 있다고! 끊어!"

나 형사는 끊지 않았다.

"무슨 소리예요? 피의자를 검거했다니깐요!"

세창은 할 말을 잃었다.

"잠깐만, 누굴 뭘 잡아? 피의자라니!"

세창의 목소리가 너무 커 이혁마저 고개를 돌렸다.

"아, 그리고 선배님, 엄청난 사실을 또 하나 알아냈어요!

275

선배님이 말한 그 윤명주요! 그 윤명주는 죽은 윤명주가 아니에요!"

"그건 또 무슨 소리야! 죽은 사람이 윤명주랬잖아!"

"범인이 증언했습니다! 그때 죽은 건 김명주예요! 윤명주와 동갑인 여자, 일행이었대요! 홍콩에서 신원파악을 잘못했던 거래요!"

그렇다는 말은, 지금 눈앞의 윤명주는 유령이 아니다?

"야!"

세창이 흥분했다. 얼굴이 새파랗게 질려 되는대로 소리쳤다.

"야! 내려와! 너 유령 아냐!"

"선배님? 무슨 소리예요?"

전화 너머의 나 형사가 어안이 벙벙하다는 듯 말했다. 세창은 그를 무시하고 연달아 소리쳤다.

"너 윤명주 맞아! 윤명주라고!"

2011년 10월 29일, 한국

김 형사는 몇 번이고 편의점 점원이 알려준 신도진의 소실 마술을 따라했다. 기가 막힐 정도로 간단한 방법이라 웃음만 나왔다. 김 형사는 어서 이 사실을 알려야겠다고 생각하고 전화를 들었다가 카톡 알림창을 발견했다.

'해골녀 발견!'

해골녀 발견이라니?
김 형사는 메시지를 확인했다.
나 형사가 CCTV를 분석한 결과를 김 형사에게 카톡으로 보냈다. 해골녀가 신도진이 사라진 얼마 후, 박스를 들고 비상구를 통해 복도로 나왔다, 이 해골녀가 범인일 가능성이 높다는 이야기였다.

김 형사는 나 형사가 이런 건 메시지가 아닌 전화로 연락하면 좋겠다고 생각하면서도 일단 함께 보내온 영상을 보며 머릿속으로 상황을 정리해 보았다.

방금 전 찾아낸 방법을 생각한다면 이 해골녀가 범인일 가능성이 높다. 게다가 이 여자는 낯이 익다. 코퍼스 크리스티뿐만 아니라 어디선가 전혀 다른 모습으로 본 적이 있는 것 같았다. 그런데 어디였더라.

한참 기억이 날 듯 말 듯 고개를 갸웃거리다 마침내 생각해냈다. 바로 나 형사에게 전화를 걸어 소리쳤다.

"아, '마녀의 사과'다!"

"네?"

"그 해골녀, '마녀의 사과'라고!"

해골녀는 신도진과 같은 마술동호회 '마녀의 사과'의 일원이었다. 해골녀는 슈퍼히어로 분장을 한 사람들 사이에서 캣우먼 복장을 하고 있었다.

김 형사는 바로 의찬에게 전화를 했다. 의찬은 잠에 반쯤 취한 목소리로 전화를 받았다가 해골녀 이야기에 점점 목소리가 날카로워졌다. 마지막엔 흥분해서 소리쳤다.

"캣우먼은 배트맨의 조수였어! 도진이가 트릭을 가르쳐줬을 수도 있어! 둘은 각별했으니까. 잠깐만… 그렇지만 왜 그녀가 그런 짓을 하지?"

의찬이 의아한 듯 말했다.

"그녀는 배트맨이 믿는 유일한 사람이었는데 대체 왜."

김 형사도 그 의문에는 대답할 수 없었다. 일단 끊고 다시
나 형사에게 전화를 걸어 이 사실을 알렸다.

"배트맨을 죽인 게 캣우먼이라니,"

나 형사 대신 낯선 목소리가 대답했다.

"흥미롭군요."

김 형사에게 대꾸한 것은 박 서장이었다.

나 형사는 스피커폰으로 박 서장, 백 팀장과 함께 김 형사
의 이야기를 듣고 있었다.

전화를 끊은 후 백 팀장이 말했다.

"나 형사, 피의자 연행하러 가자."

백 팀장과 나 형사가 서장실을 나섰다. 박 서장은 그들을
배웅한 후 다시 뒷마당으로 시선을 돌렸다. 어느 정도 트릭
은 눈치 챘다. 하지만 왜 피의자가 그 장소에 남아 '그 말'을
외쳤는지는 여전히 이해할 수 없었다.

그 사이 김 형사가 돌아왔다.

"피의자는요?"

"백 팀장님과 나 형사가 갔습니다."

"그랬군요."

"그보다 신도진이 사라진 방법을 알아내셨다고 들었습니다. 저한테도 좀 알려주시겠습니까?"

"간단한 마술이었습니다."

김 형사는 편의점 점원과 나눈 이야기를 들려주었다.

"뭐 그렇게 된 겁니다. 추리소설에 나올 것 같은 비밀의 방이었죠."

헌데 박 서장이 반응이 없었다.

"박 서장님?"

뭔가 큰 충격을 받은 듯 멍하니 김 형사의 얼굴만 바라보았다.

"…그랬던 거야."

마침내 박 서장이 말했다.

"그래서 해골녀는 광장에 있었던 거야! '그 말'을 외칠 수밖에 없었던 거야!"

경찰서를 나온 백 팀장과 나 형사는 주차장으로 향했다. 백 팀장과 나 형사는 동시에 운전석으로 향했다.

"막내가 길을 잘 알겠구나."

백 팀장은 운전석을 나 형사에게 양보했다. 나 형사는 잠실방향으로 차를 몰았다. 일전 들렀던 신도진의 아파트 바로 옆 동에 들어섰다. 출입문에서 1022호를 누른 후 "경찰입니다."라고 짧게 말하자 문이 열렸다. 엘리베이터를 타고 10층에 올라갔다. 문은 이미 열려 있었다. 신도진의 동생 신도국이 약간 겁에 질려 그를 맞았다.

"무슨 일로?"

"신도진 씨를 죽인 피의자를 알아냈습니다."

"네?"

신도국은 놀라 아무 말도 하지 못했다. 때문일까, 표정이 사라진 신도국의 얼굴은 죽은 신도진과 무척 닮아 보였다.

"누, 누굽니까? 그게 누굽니까!"

신도국의 목소리가 컸을까, 안에서 "여보, 무슨 일이야?"하는 목소리가 나더니 한 여자가 나타났다.

"저 아시죠?"

백 팀장이 말했다. 여자는 대답하지 않았다. 하지만 백 팀장은 포기하지 않고 덧붙였다.

"기억 안 나십니까? 딸기바나나 주스에 딸기랑 바나나 얼마나 들어 가냐고 물었잖습니까? 그러면서 신도진 씨 사진을 보여드렸을 때, 뭐라고 대답하신 지 기억나세요?"

"…."

"전세미 씨, 왜 대답을 못하세요? 홍콩에 간 윤명주 씨를 대신해서 코퍼스 크리스티를 봐주고 있는 전세미 씨 맞죠?"

"…."

"자, 잠깐만요!"

신도국은 도대체 무슨 말인가 싶어 아내와 형사들을 번갈아 보다 끼어들었다.

"대체 아내가 뭘 어쨌다고 이러십니까? 예?"

"피의자를 찾았습니다."

"그 말씀은 아까도 하셨잖습니까! 그런데 왜 제 아내한테…. 잠깐만, 잠깐만요!"

신도국은 깨달았다는 듯 아내를 바라보았다. 못 믿겠다는 듯한 표정이었다.

"설마, 당신이?"

"걱정하지 마, 여보."

세미가 말했다.

"뭔가 오해가 있나 봐. 그래서 나랑 이야기를 하자고 하시는 거야."

"오해?"

"응, 오해."

"그, 그렇지? 오해지?"

"자, 그럼. 경찰서에 가서 이야기하죠."

"잠깐만. 나도 같이 갑시다."

신도국이 급히 신발을 신었다. 얼마나 급하게 신었던지 한 발은 구두를, 다른 한 발은 운동화를 신었다. 세미가 그런 신도국 앞에 쭈그리고 앉았다. 구두와 운동화를 차근차근 벗기더니 말했다.

"당신은 오지 마. 오해가 풀리지 않을 가능성도 있으니까."

신도국은 황망한 표정으로 전세미를 바라보았다. 자신의 눈앞에 있는 아내가 자신이 알던 사람이 아닌 것 같았다.

세미는 두 형사와 함께 나갔다. 신도국은 양말 바람으로 세 사람의 뒤를 따라갔다. 10층에 엘리베이터가 도착했다. 세미와 두 형사가 안에 올라탔다. 신도국이 따라 타려고 하자 세미가 말했다.

"안 돼."

"뭐가 안 돼. 난 당신 남편이야. 같이 갈 거야."

"그럼 신발 신고 오던가."

"신발?"

신도국은 자신의 발을 내려다봤다. 양말 바람이었다.

세미가 다시 한번 말했다.

"기다릴 테니까, 어서."

신도국은 세미의 말대로 했다. 집으로 돌아가 신발을 신고 나왔다. 세미는 기다리지 않았다. 그 사이 엘리베이터는 문이 닫혀 내려가고 있었다.

신도국은 10층 복도에 주저앉았다. 괴성이라고 할 수 밖에 없을 비명을 질렀다. 그 소리는 아파트 입구를 나와 경찰차에 올라타는 세미의 귀에도 들릴 정도였다.

경찰서에 도착한 세미는 특수반 대신 뒷마당으로 연행됐다. 세미는 코엑스와 꼭 같게 연출된 눈앞의 광경을 한참 바라보다가 가까스로 입을 열어 말했다.
"도대체 어떻게?"
"구미호의 요술이죠."
백 팀장이 말했다.
세미가 무슨 뜻인가 싶어 고개를 돌리는데 박 서장이 나타났다. 박 서장은 세미의 얼굴을 가만히 들여다보다 빙그레 웃었다.
"당신이었습니까, 이 놀라운 트릭을 해낸 사람이."
말 그대로 여우가 씐 듯한 얼굴이 세미를 보고 묘하게 웃었다.
"오해가 있으신 것 같네요."
세미의 목소리가 떨렸다.
"일단 갑자기 들이닥치셔서 오긴 했지만 제가 뭘 어쨌다고 이러시는지 모르겠어요. 좀… 당황했네요."
"당황하셨다?"
박 서장은 세미를 바라보다 고개를 돌렸다. 눈앞의 거대한 호박 머리 트리를 바라보며 말했다.

"그렇다면 말을 정정하겠습니다. 이 사건의 범인은 정말 놀라운 트릭을 구현했습니다. 작년 스파이더맨 사건도 이처럼 흥미롭지는 않았습니다. 정확히 말하자면 당신이 아니라 죽은 신도진 씨 작품이겠지만. 자, 그럼 쇼를 시작해 볼까요."

"쇼가 아니라 사건검증입니다."

백 팀장이 정정했지만 박 서장의 귀엔 들리지 않았다.

"사건 당시 현장은 갖가지 할로윈 장식물로 가득했습니다. 이곳에 한 남자가 추락했습니다. 누군가 배트맨이 떨어졌다고 소리친 후 사방이 아수라장이 되어버렸죠. 이때까지만 해도 모든 이들이 배트맨은 어딘가의 건물에서 떨어져 죽었다고 생각했습니다만, 사건은 생각만큼 단순하지 않았습니다. 배트맨은 목이 졸려 숨져 있는 상태였으니까요.

저는 가정했습니다. 어딘가의 건물에 목이 졸려 매달려 있었던 배트맨이 그 무게를 이기지 못해 떨어졌다, 라고. 하지만 근처 건물 어디에도 배트맨이 매달려 있었던 흔적은 없었습니다. 단서 역시 잡히지 않았어요. 때문에 이렇듯 시간과 돈을 투자하여 경찰서 뒷마당에 무대를 설치할 수밖에 없었죠. 그랬다가 뜻밖의 수확물을 얻었습니다."

박 서장이 손으로 딱 소리를 내자 감식반들이 커다란 바구니 가득 담긴 작은 호박넝쿨과 거대한 호박이 그려진 천을 가져와 보였다.

"처음엔 도대체 이것이 무엇일까 싶었습니다. 조형물을 설치할 때 실수를 해서 호박넝쿨이나 천이 남았을까? 그건 아닐 겁니다. 무엇 하나 조금이라도 다르면 처음부터 다시 설치를 명했거든요. 그렇다면 이것들은 무엇인가. 무엇 때문에 이런 것들이 남았는가. 가능성은 단 하나밖에 없었습니다. 범인의 트릭.

그러고 나니 김 형사가 이야기한 마술 공연이 떠오르더군요. 살아생전 피해자 신도진이 배트맨 분장을 하고 말 그대로 하늘을 날았다는. 하지만 그 마술의 비밀은 아무도 알지 못했다는 그 말을 떠올리고 다시 한번 이 스프링과 천을 바라보자, 저는 한 가지 기묘한 아이디어를 떠올릴 수 있었습니다. 너무나 우습고, 과연 이게 가능할까 싶기는 하지만 결코 시도하지 못할 것은 없다는 그런 생각이 드는 아이디어가. 그렇기 때문에 방송국에 아는 분께 부탁해서 이런 귀찮은 것을 하나 만들어보았습니다."

박 서장이 손으로 딱 소리를 내자 한 명의 사내가 등장했다. 배트맨이었다. 극히 평범해 보이는 날개형 망토를 입은 배트맨.

"보시다시피 이 남자는 극히 평범한 배트맨입니다. 하지만 망토를 살펴보면,"

배트맨이 뒤를 돌아 날개의 안쪽을 보였다.

모두의 입에서 낮은 신음소리가 나왔다.

"우리가 아는 배트맨과는 조금은 다르지요?"

망토 뒤에 수없이 많은 스프링이 달려 있었다.

"망토를 두 겹으로 만들고, 뒤쪽 망토와 앞쪽 망토 사이에 스프링을 붙여 트램펄린으로 만든 것입니다. 겉보기에는 알 수 없었을 겁니다. 아마 트램펄린으로 만든 망토는 밟아 튕겨지고 나면 다시 등으로 돌아오도록 설계가 되어 있었을 겁니다. 그래서 배트맨은 정말 하늘을 난 것처럼 보였겠죠.

대체 누가 망토 뒤에 거치적거리게 이런 걸 만들겠습니까. 웬만큼 운동신경이 좋지 않으면, 끊임없이 노력하지 않으면, 정확한 타이밍과 위치를 계산해서 날아오를 수 없습니다. 하지만 신도진은 이걸 가능하게 할 만큼 운동신경이 좋고 끈기도 있었습니다.

당신은 이런 신도진의 마술 아이디어를 알고 있었습니다. 김 형사가 알아냈듯이 신도진의 마술을 도와주는 역할을 했으니까. 때문에 이 마술의 트릭을 응용하기로 마음먹었겠죠. 신도진은 마술에서 망토를 트램펄린으로 만들어 이용했지만 당신은 진짜 트램펄린을 사용하였던 것입니다.

보시다시피 이 조형물의 중앙에는 거대한 호박 머리 트리가 있었습니다. 이른바 잭 오 랜턴(Jack-o'-lantern)이죠.

잭 오 랜턴은 속을 파내고 껍질에 얼굴 형태를 칼로 새긴 호박을 뜻합니다. 이 조형물 역시 마찬가지였습니다. 안이 가득 차보이지만 사실 텅 비어 있었습니다.

당신은 그 안에 배트맨을 목매달았습니다. 자세히 보았다면 누군가 눈치 챌 수도 있었겠지만 할로윈, 이 조형물 자체가 호박이며 시체를 달아놓은 것인데 누가 그리 자세히 보았겠습니까.

당신은 아래에 트램펄린을 설치해 두고 자리를 피했겠죠. 그건 아마 호박넝쿨과 같은 색깔의 용수철과 역시 할로윈의 상징인 주황색으로 만든 천으로 된 트램펄린이었을 겁니다. 시간이 지나 느슨하게 매어 놓은 배트맨은 바닥으로 떨어졌고 바로 이 순간, 트램펄린에 튕겨 공중으로 솟아올랐습니다.

트램펄린은 처음부터 낚싯줄이나 가는 실로 연결했기에 배트맨이 튕겨져 오르는 순간 부서졌을 것입니다. 용수철과 천은 사방으로 흩어졌고 증거는 남지 않았습니다. 실제로 건축물이 무너지는 덕에 산산조각이 나기도 했습니다.

당신의 아이디어는 훌륭했어요. 하지만 당신은 몇 가지 실수를 저질렀습니다. 첫 번째는 이 상황을 지켜보던 사람들의 눈입니다. 스마트폰이 발달하다 보니 사람들은 어디서나 사진을 찍죠. 배트맨이 등장한 순간, 사람들은 제각기 핸드폰을 손에 들고 사진을 찍었어요. 개중엔 배트맨이 떨어지는 순간이 아닌 튀어 오르는 순간을 찍은 이도 있었어요. 다른 사진 속 배트맨들은 하나같이 비스듬하게 서 있었는데 그 사진만은 아라비아 숫자 1자 모양을 그리며 공중에 떠 있었습니다. 그럴 수밖에 없었지요. 그 배트맨은 떨어지는 게 아니라 솟아오르고 있었으니까요."

"훌륭한 추리네요."

세미는 박 서장의 말이 끝나기를 기다렸다가 고개를 끄덕이며 입을 열었다. 아까보다는 꽤 침착해졌다.

"다른 점이 있다면 대학 시절 신도진의 트릭 정도예요. 도진 선배의 트릭은 그렇게 조잡하지 않았어요. 도진 선배는 망토 천 자체를 겹판스프링으로 쓸 수 있는 신소재로 제작했죠. 순간적으로 굳어지는 그런 뭐, 이름을 알 수 없는 걸로 만들었댔어요. 때문에 몸을 젖혔다 폈을 때 그 반동으로 무대까지 날아오를 수 있어요."

"그랬던 거군요!"

형사들이 진심으로 감탄했다. 다들 웅성거렸다.

"다행이네요."

세미가 그런 그들을 보며 웃었다.

"그것 때문에 절 의심하셨던 거잖아요? 그렇다면 다행이라고요. 그 트릭, 이미 다 알려졌어요. 선배가 홍콩으로 해외여행을 갔다가 날개를 잃어버렸을 때부터 비밀 아닌 비밀이 됐

어요. 마술잡지에도 몇 번이고 나왔었는걸요. 아아, 정말 다
행이에요. 이걸로 오해가 풀린 거죠?"

'거짓말.'

김 형사는 속으로 답했다. 동석과 의찬은 마술의 비결은
외부에 공개된 적이 없다고 했었다.

하지만 김 형사는 입을 열지 않았다.

추리쇼는 김 형사의 역할이 아니었으니까.

다시 박 서장이 입을 열었다.

"물론 이것만은 아닙니다. 당신이 범인이라고 단정 지은
이유는 따로 있습니다."

턱짓을 하자 김 형사가 세미에게 사진을 보였다.

"여기, 당신이 찍혔습니다."

"사진에 찍힌 게 이상한가요?"

세미가 의아하다는 듯 말했다.

"일하다 잠시 구경을 하러 갔던 것뿐인데요."

"하지만 당신은 말했죠. '배트맨이다.' 라고."

"네, 그게 왜요? 저 말고 다른 사람들도 그렇게 소리쳤는
데요!"

"아뇨, 당신은 일부러 소리를 질렀던 겁니다. 마술쇼에서
그랬던 것처럼 당신은 일부러 소리를 질렀다고요."

박 서장이 백여우 같은 미소를 지었다.

"애당초 당신은 왜 무대에 다시 나타났을까요. 이토록 완벽한 설치를 해놨는데도 불구하고 어찌하여? 저는 그 이유를 방금 전까지도 알지 못했습니다. 하지만 지금은 압니다. 김형사가 코엑스에서 찾아낸 '비밀창고'의 트릭 덕분이죠.

비상구 근처에 창고가 있었습니다. 우리는 몰랐습니다. 누군가 우리에게 그 벽이 문이라고 말해줄 때까지, 우리는 그 정체를 알 수 없었습니다. 광장에 떨어진 **검은 남자**도 마찬가지입니다. 우리는 이 남자가 배트맨이라고 생각했기에 배트맨이라고 인식했습니다. 하지만 처음부터 망토를 벗고 있었다면 과연 우리는 이 남자를 배트맨이라고 생각했을까요?

아니요, 몰랐을 겁니다. 누군가 '배트맨'이라고 말하기 전까지는 눈치 채지 못한 채 그저 검은 남자라고만 생각했을 것입니다.

당신은 그것을 용납할 수 없었겠죠. 모든 이들이 그를 날개 없는 배트맨이라고 생각하게 만들고 싶었겠죠. 때문에 당신은 어쩔 수 없이 무대에 등장해,

배.

트.

맨.

이라고 소리쳤습니다. 본래라면 마법사의 조수가 해야 할 말을 마법사인 당신이 말했습니다. 이건 조수가 있을 수 없

291

는 단독범행이라는 이름의 마술, 아니 살인이니까.

하지만 전 알 수가 없었습니다.

왜 그렇게까지 배트맨으로 보이게 하는 일에 집착했는가. 처음부터 망토를 떼지 않았다면 굳이 나타날 필요가 없었을 텐데, 왜. 전 도무지 알 수가 없었습니다."

"아까 이야기했죠."

세미가 말했다.

"신도진은 판스프링을 홍콩에 갔다가 잃어버려 그 이후로 사용하지 못했다고. 때문에 제가 이런 조잡한 마술을 펼쳤다고. 홍콩. 그래요, 모든 건 홍콩 때문이에요."

전세미가 씁쓸하게 웃었다.

"스물일곱, 참 아름다운 나이지요. 기억하시나요? 그런 광고가 있었는데. 그 광고처럼 전 스물일곱에 결혼을 했어요. 홍콩에 다녀온 이듬해였죠."

칠 년 전, 친구들과 마지막 싱글을 즐기자며 여행을 준비했어요. 조금은 사치를 부려 해외여행을 가기로 하고는 홍콩 할로윈을 노렸죠.

사실 뉴욕에 가고 싶었어요. 케이블에서 <섹스 앤 더 시티>라는 드라마를 본 이후의 일이에요. 뉴욕 거리를 돌아다니며 명품쇼핑을 하고, 브런치를 먹으며 수다를 떠는 네 여자의 모습을 동경했죠.

그냥 뉴욕에나 갈 것을 왜 하필 홍콩에 가서. 돈 아끼느라 홍콩에 가버리는 바람에 그곳에서 모든 게 시작되고 말았어요.

함께 홍콩에 갔던 친구는 두 명의 명주였어요. 윤명주과 김명주, 중학교 때부터 동창인 친구들이죠. 헷갈리실 테니 이제부터는 김과 윤이라고 부를게요.

김과 윤, 저는 단짝친구였어요. 정확히 말하자면 김과 윤은 쌍둥이처럼 닮은 아이들이었고 저는 그사이에 낀 애완동물이었달까. 그 때문에 여자 셋이 친구가 될 수 있었어요. 보통 여자애들은 둘, 넷, 여섯처럼 짝수로 다니는데 우리만큼은 예외였죠. 뭐랄까… 그 둘은 한 명 같았달까. 그래서 가능했어요.

우린 여중을 나왔어요. 키순으로 반에서 번호를 정했어요. 김과 윤은 늘 뒤에서 첫째, 둘째를 맡아 48번, 49번 혹은 50번, 51번이라고 불렸어요. 당연히 늘 둘은 같이 앉았죠. 번호 순대로 앉았으니까. 저요? 전… 2번이나 3번요. 아! 그러고 보니 선생님들은 둘을 반 번호로 불렀었네요. 명주가 한 반에 두 명이나 있으면 헷갈리니까 50번, 51번! 하고요.

지금 생각해 보면 우스운 호칭이에요, 그죠? 우리는 죄수가 아닌데. 그냥 중학생이었을 따름이었는데 어째서 우리를 번호로 불렀을까요. 학교는 그래요. 결코 당연치 않을 것들을 당연하게 만들어요. 당연해서는 안 될 것들마저 그렇게.

김과 윤은 학창시절 희한한 이야기를 자주했어요. 주로 김이 질문을 던졌어요.

"사람이 죽으면 뭐가 될까?"

"삶과 죽음의 경계는 뭘까?"

"인간은 영원히 살 수 있을까?"

"절대적인 행복을 느끼려면 어떻게 해야 할까?"

그때마다 윤이 대답했어요.

"사람이 죽으면, 람이 돼. 사가 죽을 死니까."

"삶과 죽음의 경계는 '과'야."

"인간은 영원히 살 수 있어. 영원이란 이름의 일생을 말이야."

"절대적으로 불행해지면 돼. 그러면 아주 작은 것에도 행복해질 테니까."

김은 윤의 대답이 마음에 들지 않는 듯 "좀 더 진지해져라.", "넌 너무 가벼워."같은 말을 했지만, 저는 윤의 대답이 좋았어요. 그게 중학생답다고 생각했으니까요. 가벼움, 천진난만함은 아무나 가질 수 있는 게 아니니까요.

김과 윤은 크면서 외모가 사뭇 달라졌어요. 본래 투덜거리기 잘 하는 김은 날 선 해골 같은 모습으로, 윤은 살이 조금 씩 찌더니 뚱뚱해졌어요. 허나 둘 다 키 하나 만큼은 비슷하게 자라서 172센티미터에서 딱 멈췄어요. 같은 키만큼 둘은 사이가 좋았고, 저는 가끔 그런 둘을 질투하긴 했지만 이내 그런가 보다 했어요. 제가 낫다고 생각했거든요. 둘은 서로에게 너무 집중하다 보니 남자를 사귀어도 오래 가지 못했지만, 저는 남자를 잘 만나 결혼도 할 수 있었어요.

어렸을 때부터 죽음이니 삶이니 하는 이야기에 폭 빠졌던 김은 대학에 들어가 철학을 전공해 그 후 더욱 죽음과 사후 세계 등 오컬트에 빠져들었죠. 그러더니 정도를 지나친 다이어트를 시작했어요. 죽음에 한없이 가까운 모습, 남들에게 해골 같다는 말을 듣고 싶다면서요.

홍콩으로 떠나던 날, 우리는 각기 다른 목적을 갖고 있었어요. 저는 쇼핑, 윤은 베이징덕과 딤섬을 먹고 싶다고 했지만 김은 오직 할로윈 이야기만 했어요.

홍콩에 도착하고 나서도 김은 해골, 해골, 노래를 불렀어요. 비행기에 탈 때부터 온통 해골로 치장해서 부끄럽게 만들더니만 내리자마자 코퍼스 크리스티인지 뭔지 저희는 듣도 보도 못한 브랜드를 찾아내야 한다고 했어요. 저 인간, 해골안 찾으면 홍콩에서 국제망신 시키겠다 싶어 따라갔어요. 하지만 안타깝게도 우리는 코퍼스 크리스티를 찾지 못했어요. 김은 실망했죠. 다음 해엔 반드시 찾아내겠다며 내년에 또다시 홍콩에 오자며 흥분했어요.

우리는 김을 달래며 할로윈 축제가 열리는 란콰이퐁으로 향했어요. 클럽 한 곳에 들어갔어요. 정확한 이름은 기억나지 않아요. 그곳에서 슈퍼히어로 일당을 만났어요. 슈퍼맨과 스파이더맨, 배트맨이었죠. 이때 배트맨이 신도진이란 사실을 어째서 몰랐는지 모르겠어요. 대학을 함께 다녔는데, 남편의 형인데 전혀 눈치 채지 못했어요. 뜻밖의 장소니까 그랬을지도 모르죠. 신도진이 눈치 채지 못하게 잘 행동했을지도 모르죠. 영어로, 중국어로만 말했으니까.

세 남자는 우리에게 같이 놀자고 했고, 뭐 나쁠 거 있나요. 즐겼어요. 신났어요. 재미났죠. 그러려고 간 홍콩이니까요. 남자들 총각파티처럼 즐길 셈이었으니까. 그러다 김이랑 배트맨이 사라졌어요. 우린 모른 체했죠. 아아, 눈이 맞았군. 호텔에 들어오지 않아도 무어라 하지 말자. 그런데 이내 배트맨이 돌아오더니 이번엔 윤이랑 나가는 거예요. 뭔가 이상하다고 생각했지만 별일 있겠나 싶었어요. 그런데 윤도 돌아오지 않았어요. 배트맨도 마찬가지고. 무슨 일이 있나 싶어 바깥에 나가봤어요. 윤도, 김도 보이지 않았어요. 여자화장실에 가봤죠. 역시 마찬가지.

그때, 비명 소리가 났어요. 남자 화장실이었죠. 무슨 일이 났나 들어가 봤더니 김과 윤이 껴안고 있었어요. 김은 반쯤 벌거벗은 상태였고, 윤은 옷을 제대로 입었지만, 얼굴에 멍이 들고 코피가 흐르고 있었어요. 흥분해서는 소리만 질렀어요. "헬프, 도와줘요!"라고. 바로 병원으로 갔어요. 응급실로 실려 들어간 김은 곧 의식을 차렸지만, 무슨 일이 있었느냐고 물어도 대답하지 못가고 다시 기절을 해버렸죠.

윤에게 물었어요.

"뭐가 어떻게 된 거야? 김은 왜 저러는데?"

윤은 고개만 저었어요. 대답하지 않았죠. 저는 답답했어요. 대체 무슨 일이 있었는지 알 수 없었죠. 의사가 다가왔어요. 무어라 한참 중국어로 말하는데 윤도, 저도 알아들을 수 없어 "파든?"하고 되물었더니 영어로 짧게 말하더군요.

"Raped."

저는 기가 막혀서 아무 말도 못했어요. 한참 의사를 바라보다 윤에게 소리쳤어요.

"강간이라니 무슨 소리야!"

윤은 대답하지 못했어요. 눈물이 고여서는 고개만 저었죠. 저는 그 표정에서 떠올렸어요. 김과 함께 사라졌던 배트맨, 그리고 다시 윤을 데려갔던 배트맨.

"그 자식이야? 배트맨이 그런 거야?"

의사들은 놀라서 우리를 바라보며 "배트맨?"하고 중얼거렸고, 윤은 여전히 고개만 저었어요. 경찰을 부르자고 하자 윤이 안 된다고, 싫다고 말하더군요. 왜 그러냐고 묻자 제 양팔을 붙잡고 말하더군요.

"너, 괜찮겠어?"

저는 곧 결혼할 몸이에요. 그런데 홍콩에 와서 모르는 남자들이랑 어울리다 김이 강간을 당했다? 그러면 남편 될 사람이 어떻게 생각하겠어요. 여자들이 헤프다, 저도 그런 일이 생겼을지도 모른다고 생각할 수 있지 않겠어요?

윤은 절 걱정해서 입을 다물자고 한 것이었고, 저는 그 말을 따르기로 했어요. 사람들은 그러니까요. 아무 일도 없었다고 하더라도 일단 '성'이란 글자가 들어가면 표정이 달라지죠. 성폭행을 당했다고 하면 겉으로는 그렇구나, 힘들었겠구나 하면서도 속으로는 다른 생각을 해요. 네가 그럴 만한 짓을 한 것이 아니냐고 눈으로 묻죠.

저도 그랬어요. 누구누구 비디오가 인터넷에 돌아다닌다고 들었을 때 친구들과 같이 "그러기에 왜 그런 남자랑 사귀었대.", "얼굴 값 한 거지."라고 말했으니까. 티비에서 누구누구가 성폭행을 당했다고 말하면 "밤에 늦게 다니니까 그렇지.", "저렇게 짧은 치마를 입고 다니니 그렇지."라고 말했으니까. 형사님들도 그렇지 않나요? 저처럼 아무 이유 없이 사람을 의심해본 적 있죠?

아무도 세미의 질문에 대답하지 못했다.

형사들의 마음속에는 늘 의심이 있다. 말로는 법 앞에 모두 평범하다, 죗값을 치르면 모두 평범한 사람이다, 라고 말하지만, 실제 사건이 일어나면 달라진다. 일단 전과자 리스트부터 열람한다. 사건 현장 근처에 산다면 더더욱 의심한다. 그중에는 실제로 죄를 저지른 자도 있었지만, 아닌 사람도 많다.

어떤 이들은 형사가 찾아왔다는 이유만으로 곤란한 일을 겪는다. 잘 다니던 직장에서 이유 없이 잘리거나 전과가 들통이 나서 직장 내에서 괴롭힘을 당하기도 한다. 그들이 형사들을 붙잡고 제발 그만 좀 와달라고 애원이라도 하면 저도 모르게 미안하다고 말을 하고 싶어질 때가 한 두 번이 아니었다.

그래도 사건이 일어나면 형사들은 다시 그들을 찾았다. 불심검문을 했다가 전과자를 만나면 바로 의심했다. 그게 형사의 일이니까.

"김과 윤은 변했어요."

세미가 다시 입을 열었다.

동전의 양면과도 같았던 둘의 외모는 점점 달라졌어요. 모든 것을 잊은 김이 해가 바뀔수록 몸이 불었고, 윤은 반대로 말라갔어요. 이후 둘은 저에게 말도 하지 않고 매년 둘이서만 할로윈에 홍콩을 가더니 2006년엔 윤 혼자 돌아왔어요.

"명주가 죽었어. 자살했어."

그렇게 말하는 윤이 이상했어요. 분명 눈앞의 윤은 그녀가 분명한데, 저는 그녀가 윤으로 보이지 않았어요. 검은색의 옷을 온몸에 걸치고 해골로 치장한 윤, 김의 옷을 그대로 입고 김처럼 표정을 짓는 윤은 내 눈엔 윤으로 보이지 않았어요.

김이었어요, 그녀는.

아니, 김도 윤도 아니었어요.

이제는 그저 **명주**였어요.

이후 명주는 매년 홍콩을 찾았어요. 이유는 묻지 않았어요. 알고 있었으니까. 복수였죠. 김을 죽인 날개 없는 배트맨을 찾아서 죽이기 위해 그녀는 매년 홍콩을 찾았어요.

저는… 명주에게 아무 도움도 되지 못했어요. 생활이 바빴어요. 첫째를 낳고 이듬해 바로 둘째를 낳았어요. 일할 여유도 없어 바리스타도 그만뒀어요. 전업주부가 됐죠. 상관없었어요. 생활에 여유가 있었으니까요. 제가 집에서 혼자 있는데다 육아에 쩔쩔 맨다니까 아주버님도 자주 와서 도와주셨고요. 네, 신도진이요.

도진 선배는 대학시절 동호회에서 만났어요. '마녀의 사과' 라는 마술동호회였죠. 도진 선배는 늘 반짝반짝 빛이 났어요. 마치 마술을 위해 태어난 사람처럼 처음 하는 마술도 능숙하게 해냈죠.

프로마술사들도 감탄했어요. 데뷔하라는 말도 많이 들었지만 도진 선배는 거절했어요. 도진 선배에게 마술은 취미의 하나였으니까요. 요리, 당구, 카약, 무엇 하나 못 하는 게 없는 진정한 천재였어요. 그렇지만 진심으로 좋아하는 것은 없었어요. 무엇이든 하다가 금방 질렸죠. 그나마 꽤 오래 한 게 마술이었어요.

언젠가 어딘가의 구민회관 무대에 섰다가 내려온 날이었어요. 그날 저는 도진 선배에게 어째서 마술을 계속하느냐고 물었어요. 막 무대에서 내려온 도진 선배는 머리에 쓴 커다란 모자를 제게 건네며 말했어요.

"사람들이 놀라는 게 재미있어."

"못살아. 다른 걸로도 많이 놀라게 하면서."

"그렇지. 이렇게."

모자에서 토끼를 꺼내 건넸고, 저는 웃었어요. 도진 선배는 토끼를 받아 새장에 넣는 제 모습을 가만히 바라보며 말을 이었어요.

"하지만 달라. 마술은 언제나 새롭거든."

"무엇이요?"

"무대."

"어떻게 새로워요?"

도진 선배는 대답 대신 새장 속의 토끼를 가만히 바라보다 톡, 톡, 마술봉으로 두 번 두드렸어요. 이곳이 무대였다면 토끼는 무언가로 변했겠죠. 하지만 이번엔 아니었어요. 마술이 끝난 현실이었기에 토끼는 토끼일 뿐이었어요.

"무대는 언제나 날 주인공으로 만들어주지."

"주인공으로 만든다? 무슨 뜻이에요?"

"글쎄."

도진 선배는 소리를 내 웃었고, 이대로 대답은 끝났을까 싶었어요. 헌데, 다음날 동아리 술자리에서 도진 선배는 묘한 질문을 던졌어요.

"시대를 넘어서는 삶의 주인공이 되려면 어떻게 해야 할까?"

다들 도진 선배가 선문답을 하려는가 보다 생각했어요. 평소에도 도진 선배는 묘한 말을 자주 했거든요. 때문에 다들 제각각 대답했어요.

"대통령이 되면 어때?"

"글을 쓰면 되잖아. 대단한 문인."

"음악은? 미술은?"

"대통령은 이름뿐, 이 나라가 망하면 끝이지. 고전은 나올 만큼 나왔잖아. 뭣보다 영어권이 아닌 이상 무리. 음악도 미술도 마찬가지."

도진 선배는 자기가 물어놓고 반응이 시큰둥했어요. 왠지 다들 심통이 나서 되물었어요.

"그럼 너는 어떻게 생각하는데?"

"희대의 살인마정도는 되어야지."

도진 선배가 씨익 웃었어요.

"전설로 남을 정도로 대단한 살인마가 되는 거지. 영화나 소설, 음악, 그림이나 학교에서마저도 몇 번이고 되풀이해 말하고 싶은 희대의 살인마가 된다면 역사라는 무대에서 스포트라이트를 받을 수 있을 거야. 저 먼 중세시대의 드라큘라 백작처럼, 영국의 잭 더 리퍼처럼."

다들 조용해졌어요. 도진 선배의 표정은 너무나 진지했거든요.

맞는 말이었어요. 공포소설 한 편 읽지 않는 사람들마저도 드라큘라는 알았어요. 수십, 수백 권의 소설, 만화, 영화가 나왔으니까요. 브래드 피트와 탐 크루즈가 나온 <뱀파이어와의 인터뷰>, 크게 히트를 친 <트와일라잇> 등 한두 편이 아니죠. 잭 더 리퍼도 마찬가지예요. 오페라 <모리타트>, 루이 암스트롱이 부른 '맥 더 나이프', 수없이 많은 심리학과 철학

서적이며 추리소설에서 잭 더 리퍼 이야기를 한 것은 물론이고, 연쇄살인마가 검거되었다고 말하면 심심찮게 뉴스에서도 인용했어요. 영국의 살인마 잭 더 리퍼 같은 살인마 출현! 이라고. 하지만 정말 그렇게 된다는 건 이야기가 다르지 않나.

"아니, 아니. 말이 그렇다는 거지."

이때를 제외하고 도진 선배는 늘 좋은 사람이었어요. 언제나 사람들에게 친절했죠. 누구하고도 지나치게 친하게 지내지도 멀리하지도 않으며 적당한 거리를 유지해서 인기가 많았어요. 학교를 졸업하고 회사생활을 할 때에도 마찬가지였어요. 여자들에게 인기도 많고 동료들과도 잘 지냈어요. 아주 친한 사람을 안 만드는 건 여전했지만. 때문에 괴짜 소리를 듣기도 했고.

남편은 도진 선배를 별로 좋아하진 않았어요. 친형인데도 너무 차갑다고, 바로 옆 동에 사는데도 일 년에 한 번 얼굴을 볼까말까 할 정도라고. 그래도 제가 아이를 낳은 후엔 도진 선배도 조금은 달라졌어요.

도진 선배는 아이들을 좋아했어요. 자주 찾아와 놀아줬죠. 덕분에 저도 여유가 생겼어요. 얼마 안 가 다시 바리스타 일도 할 수 있었죠.

남편도 조금은 누그러졌어요. 본래 형을 미워하는 사람은 아니었어요. 도진 선배가 온다고 하면 그날은 초저녁부터 퇴근해서 기다렸어요. 형 이것 봐, 형 저것 봐 하며 신나 했어요.

복귀한 바리스타 일도 새삼 적성에 맞다고 느꼈어요. 아이들이 크면 작은 커피집을 차릴 꿈도 가졌죠. 시부모님도 그러길 기대하시는 것 같았고. 도진 선배가 자신이 배트맨이라는 고백을 한 2년 전까지 꿈처럼 즐거운 날들이었죠.

언젠가 장을 보러 나가기로 하고 도진 선배한테 애들을 맡긴 날이었어요. 엘리베이터까지 왔는데 내 정신 좀 봐, 핸드폰을 잊었지 뭐예요. 다시 집으로 돌아갔어요. 문이 살짝 열려 있더군요. 급히 문을 열고 들어가는데 거실에 도진 선배가 보였어요.

도진 선배는 둘째를 내려다보고 있었어요. 자신의 다리를 꽉 잡고 웃는 둘째를 한참 바라보다 뚝뚝 눈물을 흘렸어요. 갑자기 주저앉았어요. 둘째 앞에 납작 엎드리더니 끊임없이 용서를 빌며 울었어요. 둘째는 세 살이에요. 도진 선배가 무슨 말을 하는지 알 리 없죠. 그런데 이 아이가 종이비행기처럼 하늘하늘한 손으로 도진 선배의 머리를 쓰다듬더군요. 고 어린 것이 무엇을 안다고, 매우 측은하다는 듯 위로하듯이.

그런 둘째가 절 발견했어요.

"엄마!"

이 소리에 도진 선배도 고개를 돌렸죠.

"핸드폰을 놓고 가서."

"아, 그래."

도진 선배는 시선을 피했어요.

"선배, 무슨 일이에요."

"아, 아무것도 아니야."

아무 일도 아니라고 말했지만 그럴 리 없죠. 제가 아는 도 진 선배는 저런 사람이 아니에요. 언제나 강한 사람이죠. 크 게 웃거나 우는 모습을 결코 남에게 보이지 않는, 이곳에 있 어도 없는 사람이에요. 지금 그 사람이 울어요. 아가에게 기 대서 위로를 받으려 들어요. 저는 생각했어요. 무언가 있다, 도진 선배는 내가 짐작치 못할 무언가를 숨기고 있다고. 하 지만 도진 선배가 숨기는 것이 설마 저 자신과 관련이 있으 리라고는 상상도 못했어요.

일단 진정시킨 후, 무슨 이야기로 어떻게 운을 뗄까 하다 가 돌아오는 할로윈에 명주 가게에서 아르바이트를 하게 된 걸 떠올렸어요. 도진 선배에게도 이 사실을 전했죠. 할로윈 시즌에 아르바이트를 하게 됐다, 할 말 있으면 언제든 연락 하고 와라. 어디냐고 묻기에 코엑스 지하라고 말했어요.

이 말을 들은 도진 선배가 좀 이상하더군요. 자리에 앉지 도 못하고 주변을 초조한 듯 훑어보더니 가야겠다고 말했어요. 갑자기 왜 이러나, 내가 뭔가 이상한 말을 했나 싶어 물었더니 그런 게 아니라면서 한참을 머뭇거리다 겨우 운을 떼더군요.

"할로윈이 무서워."

"할로윈이 왜요?"

"그때의 나는 내가 아니게 되니까."

저는 무슨 소릴 하는가 하고 웃었는데 도진 선배는 얼굴이 굳어서는 도망쳤어요. 오랜 시간 알고 지냈지만 이런 도진 선배는 처음이었어요. 걱정스런 마음에 그를 따라갔죠. 그날따라 시댁에는 아버님도, 어머님도 안 계셨어요. 도진 선배는 망설이다가 자신의 방으로 저를 데려갔죠. 언제 들어가도 압도되는 방이에요. 수많은 상장과 트로피들이 가득한 방. 저라면 그런 방에서 하루도 살 수 없을 거예요. 도진 선배는 그 방의 중앙에 쭈그리고 앉았어요. 지난날의 영광들이 지켜보는 아래, 무릎을 곧추세워 얼굴을 파묻고 울더군요. 제가 다가가 그런 선배를 마주 보고 앉았어요.

"왜 그래요. 도대체 무슨 일이에요."

도진 선배는 대답하지 않았어요. 계속 무릎사이에 얼굴을 파묻을 뿐이었죠. 저는 그래도 기다렸어요. 언젠가는 울음을 멈출 테니까, 울음이 멈추면 말하고 싶어질 테니까, 그렇다면 내가 상대가 되어주려고.

"할로윈은 귀신들의 밤이야. 그날이 되면 나는 전혀 다른 사람이 되지."

한참이 지나서야 도진 선배는 입을 열었어요.

"배트맨이야, 내가."

"알아요. 선배는 배트맨이었죠. 나는 캣우먼이었고."

"그게 아냐. 내가, 그 배트맨이라고. 너와 네 친구들이 홍콩에서 만났던 그 배트맨."

홍콩에서 만난 배트맨이라면… 김을 강간한 그 배트맨? 김을 죽게 만든 그 배트맨?

갑작스런 고백을 믿을 수 없었어요. 나는 혼란스러웠어요. 이런 내게 도진 선배가 손을 뻗었어요. 내 뺨을 만졌어요. 선배의 손이 차가웠어요. 뺨이 달아오르더니 눈물이 나왔어요. 선배의 손을 타고 흘렀어요. 한 방울, 두 방울 떨어지는 눈물이 먼저 선배의 속뜻을 깨달았어요.

나는 모른 척했어요. 하지만 선배를 속일 수는 없었어요. 선배가 날 끌어안고 속내를 퍼부었어요.

대학 시절부터 널 좋아했다, 정확히는 캣우먼 복장의 네가 좋았다, 난 복장 도착자다, 배트맨이나 슈퍼맨, 헐크니 타잔 같은 분장을 하지 않으면 흥분하지 못한다, 누구와도 친하게 지낼 수 없다, 혹시라도 들킨다면 모든 게 끝장이 날 테니까, 지금까지 지켜온 모범생, 천재의 가면이 깨져버릴까 두려워

널 포기했다, 그런데 네가 동생과 결혼을 한다고, 미칠 것 같았다, 홍콩으로 여행을 간다는 이야기를 듣고 무작정 쫓아갔다, 배트맨으로 변장을 해도 넌 알아볼 줄 알았다, 네가 캣우먼으로 등장하길 바랐다, 하지만 너는 분장하지 않았지, 오히려 네 친구들의 코스프레가 내 몸의 광기를 끌어냈다, 제기랄, 그래서, 나는 그만!

세미가 입을 다물었다. 고개를 숙이고 주먹을 꽉 쥐더니 다시 입을 열었다.

"왜일까요."

애써 웃으며 말했다.

"왜 사람들은 그렇게 속으로만 끙끙 앓죠? 비밀을 만들죠? 왜 우리는… 그런 사람들을 이해하지 못할까요. 살인을 저지를 만큼 증오하고 분노하게 될까요."

대답은 없었다.

뛰어난 추리 쇼를 보인 박 서장도, 검거율이 높은 백 팀장도, 곰 같은 김 형사도, 이름 때문에 놀림을 받았던 나 형사도, 현장에서 불독처럼 움직여 어떻게든 증거를 찾아내는 조 팀장도 대답하지 못했다.

모두 세미와 마찬가지였다. 궁금했다. 어째서 사람들이 비밀을 만드는지, 왜 서로를 이해하지 못하는지, 스스로 침잠하는지, 마침내는 살인을 저지르는지.

"이후 도진 선배는 저를 몇 번이고 찾아왔어요. 처음엔 미안하다고 말했는데… 점점 이상해지더군요. 미안하다고, 미안하다고, 몇 번이고 미안하다고 하던 사람이 묘한 말을 하기 시작했어요. '다 네 탓이야, 네가 내 마음을 눈치 채지 못해서 내가 이렇게 된 거야, 너만 아니었다면 내가 네 친구들을 만날 일도 없었어, 결국 네가 네 친구들을 죽인 거야, 결국 모두 네 탓이야, 내가 도국이한테 다 말할 테다, 네가 홍콩에서 나랑 무슨 짓을 했는지 다 말해주겠다, 네 죄값을 갚아, 네 몸으로, 네 친구들에게 사죄해, 넌 더러운 년이야, 모든 게 네 탓이야, 네 탓이야, 네 탓이야!'

이후 내내 도진 선배는 저를 협박했어요. 명주들이 그렇게 된 건 다 제 탓이라며, 죄를 갚으라고 하더군요. 캣우먼으로 변장하고 자신과 자야한다고 했어요. 친구들과 똑같은 고통을 감당해야 한다고 말했어요.

전 설득 당했어요. 캣우먼이 돼서 배트맨과 잤어요. 죽은 김에게 속죄하는 마음이었죠. 알아요. 뿌리쳐야 했죠. 그의 논리는 말도 안 되죠. 김의 죽음은 내 탓이 아니죠. 엇나간 결과일 뿐이죠. 하지만 내가 시발점이라면, 내가 시발점이 되어 사랑하는 친구들이 엉망이 됐다면… 이게 내가 아니라 당신의 일이라면, 당신도 그러지 않겠어요? 스스로를 벌주고 싶지 않겠어요?

그런 생각으로 2년을 보냈어요. 저는 지쳐갔어요. 평생 도
진 선배에게 강간당하는 벌을 받느니 그만 죽는 게 나을 것
같았어요. 아니, 이 남자를 죽이면 될 것 같았어요. 이 남자
를 죽이면 용서받을지도 모른다는 생각은 점점 굳어져 나중
엔 반드시 그렇게 해야만 한다는 각오만 남았어요.

때를 기다렸어요. 이 남자를 가장 괴롭고 치욕스러운 방법
으로 죽이고 싶었어요. 어떻게 하면 가장 괴로워할까, 어떻게
하면 차라리 죽고 싶다고 생각할까. 한참을 고민하다가 깨달
았어요. 남자가 가장 자랑스러워하는 모습은 배트맨이 된 자
기 자신이라는 사실을, 배트맨이 되어 마술을 펼치는 자신을
자랑스럽게 여긴다는 사실을. 그래서 배트맨 트릭을 골랐어
요. 배트맨의 모습을 한 남자를 죽이는 게 최고의 복수일 것
같아서.

하지만 문제가 있었어요. 아무리 해도 남자는 트릭의 비밀
을 공유하려 들지 않았죠. 아까 한 말은 지어낸 이야기였어
요. 남자는 단 한번도 배트맨 마술의 비밀을 밝힌 적이 없어
요. 그래도 포기하지 않았어요. 몇 번이고 연거푸 묻자 결국
대답해 주더군요.

'캣우먼으로 변신하면 말해줄게.'

남자는 끝끝내 복장에 집착했어요. 그 말을 따랐죠. 남자

역시 배트맨으로 변장을 했어요. 눈앞에서 날개를 접어 도움 닫기로 사용하는 트릭을 보였죠.

날개가 없는 배트맨.

그건 더 이상 배트맨이 아니었어요. 시궁창의 검은 쥐일 뿐이었죠. 캣우먼이 된 저는 쥐를 잡을 수 있었어요. 심장을 찾아내, 날카로운 발톱으로 꺼내, 짓이겼죠."

세미가 고개를 들었다. 눈앞에 보이는 그날의 풍경과 꼭 닮은 할로윈 장식물을 바라보며 덧붙였다.

"그거, 알아요? 할로윈에 홍콩에 가면 사람들이 아무한테나 말해요. 해피 할로윈! 행복한 할로윈 보내세요! 칠 년 전 우리도 말했어요. 해피 할로윈! 그랬어요. 우린 그저 그렇게 행복해지고 싶었어요. 행복하고 또 행복해지고 싶었을 뿐인데 왜 이렇게 되어버렸을까요."

2011년 10월 29일, 홍콩

"김명주는 자살이 아니었어, 그렇지? 이번에 코엑스에서 죽은 신도진이 김명주를 죽였던 거야, 코엑스에서 일어난 살인사건과 똑같은 트릭을 써서. 안 그래?"

세창의 말에 명주는 코웃음을 쳤다.

"당신들은 아무것도 몰라."

이 남자들이 생각하는 건 뻔하다. 경찰기록을 통해 여러 가지를 알아냈겠지. 칠 년 전 나와 김, 세미가 함께 홍콩에 왔고, 김이 강간을 당했다는 사실을, 그로부터 2년 후 뛰어내린 배트맨이 나, 아니 정확히 말하자면 김이었다는 사실을. 분명 배트맨이 김을 죽였다고 그따위 상상을 하겠지.

아니야.

이 사건은 그렇게 간단하지 않아.

김이 사라지고 얼마 후 배트맨이 혼자 돌아왔다. 김이 화장실에 쓰러졌다고 해서 쫓아갔는데 없었다. "어딜 갔냐."고 묻자마자 배트맨이 뒤에서 내 목을 끌어안고 잡아당겼다. 화장실에 들어가 보니 쓰러진 김이 보였다. 쓰러진 김은 상의를 벌거벗은 채 입을 떠억 벌리고 초점이 흐려진 눈으로 우리를 바라보았다.

그 앞에서 배트맨은 날 덮쳤다.

김은 그런 나와 배트맨을 보면서 어느 순간부터 낄낄거리며 웃었다. 나는 도와달라고 말했지만 김은 대신 말했다.

"해피 할로윈!"

웃으며 말했다.

"너도 당해야 해."

나는 내 귀가 잘못되었다고 생각했다. 대체 무슨 소릴 하는 건가 싶어 김을 바라보는데 김이 다가왔다. 배트맨에게 안긴 내 얼굴을 양손으로 잡더니 "넌 나니까."라고 말하며 내게 키스를 했다. 비명조차 지를 수 없었다. 도대체 무슨 일이 일어난 건지 알 수 없었다. 나에게 정신없이 키스를 해대는 김을 바라보는 순간 눈앞이 컴컴해지는가 싶더니 귓가에 남은 것은 단 하나, "넌 나야."라고 속삭이는 김의 목소리뿐이었다.

정신을 차렸을 때, 나는 옷을 그대로 잘 입고 있었고 눈앞
엔 벌거벗은 김이 있었다. 나는 혼란스러웠다. 아까 그건 뭐
지? 그건 환상이었나? 할로윈이 보여준 악몽이었나? 그때,
세미가 화장실에 들어왔다. 우릴 보고 비명을 질렀다.

병원에 실려 갔다. 세미는 나에게 무슨 일이 있었냐고 물
었지만 대답할 수 없었다. 경찰들이 몰려와 상황이 정리되고
나서 화장실에 갔다. 소변을 보려고 바지를 내리는데 발견했
다. 피투성이가 된 팬티와 피멍이 든 아랫도리를.

악몽이 아니라 현실이었다.

할로윈의 밤, 배트맨은 나와 김에게 내려왔다. 아니, 그건
배트맨이 아니었다. 박쥐로 변한 뱀파이어였다. 산 자의 피를
빨아 마시고 영생을 사는 뱀파이어가 우리를 악에 물들였다.

이제, 어떻게, 하지?

신고를 해?

그럴 수 없었다. 김의 일을 신고했다가 혹시라도 나까지
당했다는 사실이 알려진다면 사람들은 우릴 손가락질 할 게
뻔했다. 홍콩 여행 간 된장녀들, 꼴좋다고, 인터넷 검색어에
떠다니고, 홍콩 J양, K양하고 사진이 떠돌아다니겠지.

절대로 알릴 수 없다.

곧 결혼할 세미는, 아무 죄도 없는 세미는 어떻게 해.

입을 다물고 서울로 돌아갔다. 돌아오자마자 당시 사귀던

남자친구와 헤어졌다. 남자의 손이 닿는 것을 참을 수 없었다. 그나마 다행인 것은 김이 홍콩에서 일어난 일을 전혀 기억하지 못한다는 사실이었다.

대신 김은 엄청나게 식욕이 늘었다. 보이는 대로 먹어치웠다. 나는 반대로 아무것도 먹을 수 없었다. 정확히 말하자면 김의 얼굴을 보면, 그 빨간 입술과 탐욕스럽게 먹어치우는 혀를 보면, 그날의 일이 떠올라 돌아버릴 것 같았다.

몸도 아팠다. 방광염이 왔지만 치료를 받을 수 없었다. 산부인과에 갔다가 혹시라도 강간당한 사실이 들통이 나 소문이 퍼질까 전전긍긍했다. 그러다 거의 잠을 자지 못해 10킬로그램이 빠지고 나서야 산부인과를 찾았다.

치료시기를 놓친 방광염은 신장염이 되어 있었다. 일 년간 치료를 받는 사이 내 몸무게는 수직하강 했다. 나는 말라갔고, 김은 살이 쪘다. 우리의 외모는 조금씩 달라지다 일 년 후, 내 방광염이 나을 즈음엔 거의 비슷해졌다.

우리는 다시 한번 홍콩으로 떠나기로 했다. 김이 졸랐다. 그곳에서 서로를 치유하자며, 그 자식을 찾아 복수하자고 말했다. 나는 승낙했다. 복수까지는 아니더라도 그곳에 간다면 조금은 지금 이 상황에서 벗어날 수 있을 것 같았기에 함께 홍콩을 찾았다.

하지만 상황은 나빠지기만 했다. 뱀파이어에게 물린 인간이 뱀파이어가 되듯 배트맨에게 당한 김은 배트맨이 되어버렸다. 김은 호텔에 들어가자마자 배트맨으로 변장하더니 다짜고짜 날 끌어안고 키스를 했다. 나에게 속삭였다.

"I'm your batman."

도대체 무슨 상황인지 알 수 없었지만 김을 거절할 수 없었다. 김이 한 그 말 "I'm your batman."에 얼어붙었다. 절로 힘이 빠졌다. 시체처럼 늘어져 김의 품에 안겼다. 일 년 전, 배트맨에게 강간을 당했던 그날처럼.

나는 김의 친구가 아닌 애인이 되었다. 김은 점점 더 사내처럼 변했다. 언젠가는 머리카락마저 싹둑 잘라버렸다. 그 예쁜 머리를 왜 자르냐고 묻자 김은 내 손을 깍지 끼며 말했다.

"난 예쁘지 않아. 멋지지."

김이 변하는 만큼 나도 변했다. 스트레스로 거식증이 왔고 몸은 점점 말랐다. 20대 초반, 그 예전의 김처럼 변했다. 대신 김은 예전의 나보다 더 뚱뚱해졌다. 근육운동을 시작하자 어지간한 남자보다 더 단단해졌다.

이듬 해, 우린 다시 홍콩을 찾았다. 김은 배트맨으로 변장했고 나는 캣우먼이었다. 나는 김에게 안겨 란콰이퐁을 걸었다. 다른 사람들은 우리를 평범한 남녀 커플로 봤다. 사진을 찍어도 되냐고 물을 때마다 김은 나에게 키스를 퍼부었다.

찰칵, 플래시가 터질 때마다 김은 띄엄띄엄 말을 이어갔다.

"그거 알아?"

"처음 널 봤을 때부터 난 널 사랑했어."

"언제나 널 내 걸로 만들고 싶었어."

"그리고 마침내 그 날이 왔어."

"할로윈."

"할로윈은 괴물들이 깨어나는 밤이었던 거야."

"자기 자신 안에 있던 괴물을 밖으로 드러내는 날 말이야."

"배트맨이 나에게 알려줬어."

"내가 널 사랑하는 건 결코 잘못된 게 아니야."

그 해의 할로윈, 내 안의 괴물이 깨어났다. 배트맨이 그러했듯이, 김이 그러했듯이, 나는 더 이상 참을 수 없었다. 김을 데리고 건물을 올라갔다. 날개를 벗기고 등을 양손으로 애무했다. 그 옛날, 김과 선문답을 했던 때처럼 끊임없이 속삭였다.

"날아 봐."

"넌 날 수 있어."

"날 위해서라면 뭐든지 할 수 있잖아."

"넌 날 사랑하니까."

"넌 죽지 않아."

"우리는 오랜 옛날 뱀파이어였던 배트맨에게 물렸으니까."

"뱀파이어가 된 거야."

"영생을 살 거야."

김은 웃었다. 옥상 난간에 서서 일말의 망설임도 없이 뛰어내렸다.

그렇게 김은 죽었다.

사람들은 김을 남자라고 오해했다. 배트맨 옷이 너무나 잘 어울린 데다 겉으로 보기엔 남자에 가까운 몸집이었으니까.

오해는 계속됐다.

여자라는 사실을 알게 된 이후에도 몇 년 사이 여권사진과 너무나 달라진 외모 탓에 김은 나로 오해 받았다. 그렇게 윤명주의 사망기사가 났다.

홍콩에서의 사건이었기에 출입국에는 문제가 없었다. 그렇게 이날, 김명주도, 윤명주도 죽었다.

이후 늘 생각했다.

그날 윤명주가 죽었다면 지금 있는 나는 누구일까. 김은 나에게 어떤 상황에서도 나 자신으로 있으라고 했는데, 그 '나 자신'은 대체 누구인 걸까.

나는 왜 지금 살아 있을까.

왜 살아갈까.

뒤를 돌아보았다. 내 아래에 가득한 허공을 물끄러미 보았다. 허공을 걸어가는 사람들을 내려다보며 말했다.

"김은 말했어. 죽기 전에 절대적인 행복의 시간 3분을 느끼고 싶다고."

나는 지금 누구에게 말하는 걸까.

"김은 느꼈을까, 3분을?"

배트맨에게?

"나는 느꼈을까, 3분을?"

죽은 나에게?

"느꼈든, 느끼지 못했든 상관없어."

아니면 살아있는 나에게?

"다 지긋지긋해졌어."

한 발짝 내딛었다. 허공이라는 이름의 할로윈을 걸었다. 그날의 배트맨처럼, 그날의 김처럼, 그날의 나처럼.

시간이 공간을 으스러뜨리며 눈꺼풀을 감는다. 죽음의 목소리가 들린다. 죽음이 "제기랄!"이라고 외친다. 터프한 죽음이 나를 꽉 끌어안는다. 날 산산이 조각내고 감싸 안는다. 나는 잊어버린다. 내가 누구인지, 어떻게 살아가면 좋을지 모두 잊고 따뜻한 죽음에 기댄다…고 생각했는데 무언가 내 얼굴을 때린다.

"정신 차려!"

명주가 난간에서 뛰어내리는 순간, 이혁도 같이 뛰어내렸다. 이혁은 명주를 끌어안은 채 영화의 한 장면처럼 눈앞에 보이는 할로윈의 시체들이 너덜너덜 매달린 전선들을 되는대로 다 잡았다. 그것들을 밧줄처럼 꽉 쥐고 반동을 이용해 반대편 건물 유리창으로 뛰어들었다. 유리창이 깨지며 둘의 얼굴이며 온몸에 생채기가 났다. 그런데도 이혁은 명주를 끌어안은 힘을 풀지 않았다. 완벽하게 진동이 멎은 후에야 서서히 명주를 바닥에 내려놓았다. 뭔가에 홀린 듯 넋이 나간 표정으로 자신을 바라보는 명주의 뺨을 세차게 때리며 소리쳤다.

"죽을 뻔했잖아, 이 바보야!"

명주는 정신이 들었다.

"도대체가 무슨 생각인 거야! 두 번이나 같은 곳에서 그러면 어쩌겠다는 건데!"

"왜 날 살렸어?"

"뭐?"

"왜 날 살렸냐고!"

"그럼 죽게 내버려 두냐?"

"내버려 뒀어야 했어!"

"너 진짜 미쳤어?"

"내버려 둬도 됐다고! 난 죽어 싸다고! 나 때문에, 나 때문에 사람이 죽었단 말이야! 다 내 탓이라고!"

명주는 발버둥을 쳤다. 양손을 뻗어 손에 잡히는 대로 유리 조각을 집어 목에 꽂으려 했다.

이혁이 맨손으로 그 유리 조각을 막았다.

"너 때문에 사람이 죽었다고."

이혁은 유리 조각이 손바닥을 찔러 피투성이가 되는데도 표정 하나 바꾸지 않고 소리쳤다.

"어떻게 죽였는데? 칼로 찔렀나? 줄로 목을 맸나? 총으로 쐈나? 아니면 절벽에서 밀었나?"

"내가 그런 말을 해서! 날아보라고 한 탓에 옥상에서 뛰어내려서! 그래서 죽었다고!"

"그럼 나는 어쩌지? 난 식칼로 사람을 찔러 죽였다. 그럼 나도 죽어야 하나? 난 왜 살아 있지? 난 살아 있어도 될까? 이렇게 살다 보면 네가 말한 그 행복한 시간 3분을 언젠가는 느낄 수 있을까?"

"몰라! 내가 네 인생을 어떻게 알아!"

"마찬가지야! 너도 아무것도 몰라!"

"뭘 몰라!"

"죽은 김명주의 인생을 넌 모른다고!"

"내가 김을 모른다고?"

"넌 김명주가 불행했다고 생각하잖아! 김명주가 행복했던 시간은 단 한 순간도 없었으리라 생각하잖아! 일찍 죽었으니까! 너보다 불행하게 살다 죽었으니까!"

"그렇지 않아! 난 명주를 알아! 명주는 정말로 불행했어!"

"자기만족이다!"

이혁이 명주의 양 손목을 으스러지도록 꽉 잡고 소리쳤다.

"내가 용서를 빌고 싶어 홍콩을 배회하듯 너는 용서를 빌고 싶어서, 네 마음이 편해지려고 김명주가 불행하다고 생각하는 것뿐이다! 김명주는 행복했을 거야! 아니, 그렇다고 생각해야 해! 고작 3분만 행복했다고 생각하지 말라고! 그보다 훨씬 더 많이 느꼈다고 생각해! 그게 친구 아닌가! 그리고 나 역시 그렇게 행복하게 살겠다고 생각하는 게 빌어먹을, 친구 아닌가! 난 그렇게 생각해. 그렇기 때문에 지금 살아있다! 내가 죽인 여자의 몫까지 행복하게 살다 죽기 위해서 3분이 뭐야, 3일, 3달, 3년, 30년을 행복하게 살아낼 거다! 다른 사람들을 행복하게 만들 테다! 그게 내 속죄다!"

이혁의 눈에서 눈물이 흘렀다. 이혁의 눈에서 떨어진 눈물이 명주의 얼굴로, 두 눈으로 떨어졌다. 따뜻하고도 슬픈 그 눈물이 명주의 눈에 닿는 순간, 명주의 눈에서도 꼭 닮은 눈물이 떨어졌다.

일련의 소동 후 명주와 이혁은 병원에 실려 갔다.

다음날 깨어난 명주는 이혁부터 찾았다. 곁을 지키고 있었던 세창과 경희 중, 세창이 떨떠름한 표정으로 대답했다.

"돌아갔습니다."

그러더니 명주의 귀에만 들릴 정도로 작은 목소리로 덧붙였다.

"딱히 잘못한 것도 없으니까."

잠시 후 재스민 부부가 왔다. 재스민은 명주를 보자마자 울었고, 리성하이 역시 안심한 표정으로 한 손에 핸드폰을 들고 누군가에게 전화를 걸었다.

명주는 그 모습을 보자마자 소리 질렀다.

"이혁, 이혁이지?"

리성하이는 당황한 듯 명주를 바라보다 고개를 끄덕였다.

"바꿔줘, 어서!"

손을 내밀며 소리쳤다. 리성하이는 난감한 듯 명주와 핸드폰을 번갈아보다 결심한 듯 내밀었다.

"왜."

평소처럼 퉁명한 목소리가 들렸다. 명주는 안심했다.

"멀쩡하네요."

"그러니까 왜."

"나 내일 돌아가요."

"그래."

"…돈 필요 없어요?"

"배트맨 못 찾았잖아. 성공보수 필요 없어."

"받아, 받아도 돼요. 받아줘."

"그럼 계좌로…."

"직접 받아."

이혁의 말을 끊었다.

"내일 란타우 섬에서 기다릴게! 올 때까지 가지 않을 거예요!"

이혁은 대답이 없었다. 하지만 전화를 끊지도 않았다. 명주는 그가 다시 말하길 기다렸다.

"나, 한 가지 기억해냈어."

마침내 이혁이 말했다.

"왜 내가 그녀의 오빠를 죽였는지 그 이유를 내내 찾지 못한 까닭을 알았어. 내가 죽인 건 그녀였어. 그렇기 때문에 그녀의 오빠를 죽인 이유를 알지 못했던 거야. 왜냐하면 그녀의 오빠는 내가 만들어낸 환상이니까. 그녀를 죽였다는 사실에서 도피하기 위해 만들어낸 허구의 인물이었으니까."

"그러면 이제는 알아? 왜 그녀를 죽였는지?"

"아니. 모르겠어."

"어째서?"

"너무 오랜 시간 허구와 함께 살았더니 허구가 현실이 되어버려서 그만, 내가 왜 그녀를 죽였는지 이유를 잊어버렸어."

이혁은 울고 있었다. 명주는 아무 말도 할 수 없었다. 어떤 말도 하면 안 될 것 같아 그저 전화기를 가만히 들고 전화기 너머로 흐르는 이혁의 울음소리에 귀를 기울였다. 명주와 이혁은 그렇게 서로 아무 말도 하지 않다가 전화를 끊었다.

"뭐래?"

명주는 침대를 둘러싼 걱정스러운 표정의 사람들에게 말했다.

"별 일 아냐."

그들은 더 캐묻지 않았다. 어떤 관계에도 비밀은 필요한

법이다.

명주는 세창에게 서울에서 일어난 사건의 전모를 전해 들었다. 범인이 세미였다는 사실, 피해자인 배트맨이 칠 년 전 배트맨이었다는 사실. 모두 경악할 법한 이야기인데도 명주는 놀라지 않았다. 명주는 이 모든 걸 당연하다는 듯 담담하게 받아들이는 자신이 이상했다. 그렇기 때문에 명주는 더더욱 이혁을 만나야 할 필요가 생겼다. 어째서 자신이 이 모든 것을 당연하다는 듯 받아들이는지, 이 마음의 정체를 해결해 달라는 새로운 의뢰를 하기 위해서였다.

바람이 분다.

불상처럼 거대하고 후덥지근한 바람이 명주의 얼굴을 치고 달아난다. 명주는 바람을 따라갈 생각은 하지도 못하고 눈을 찌푸린다. 왼쪽 손목에 찬 팔찌를 바라본다. 그런 소동을 겪었는데도 팔찌는 명주의 손목에서 달아나지 않았다. 결코 포기하지 말라고, 포기하지 않고 사는 순간 어느덧 네 곁에 천국이 온다고 속삭이듯 Skull Paradise는 그곳에 계속 있었다.

명주가 팔찌에 달린 해골들을 오른손으로 만지작거린다. 센다. 해골의 머리를 하나, 둘, 셋 세며 소녀처럼 말한다. 온다, 오지 않는다. 온다, 오지 않는다. 온다, 오지 않는다….

얼마나 한참동안 중얼거렸을까, 저만치 멀리 낯익은 그림자가 보인다. 우스꽝스러운 알로하 셔츠가 어울리는 커다란 남자다. 남자는 잔뜩 심통이 난 표정으로 주변을 두리번거리다 붕대로 칭칭 감은 한 손을 명주를 향해 번쩍 들어 보인다.

2011년 11월 1일, 한국

박 서장은 인상을 잔뜩 쓰고 눈앞의 바둑판을 바라보았다. 외통수다. 아무리 머리를 굴려도 더 이상의 방법은 없었다. 몇 번이고 바둑알 통의 흰 돌을 만지작거리다 결국 고개를 숙였다.

"졌습니다."

"음!"

백 팀장이 고개를 끄덕이며 품에서 서류를 꺼냈다. 박 서장에게 건넸다.

'이제 방법이 없는가.'

박 서장은 한숨을 쉬며 서류를 받았다. 도장을 찍으려고 하다가 놀라 눈을 동그랗게 떴다.

"이, 이건! 백 팀장님!"

백 팀장은 홍금보를 꼭 닮은 표정을 지으며 고개를 끄덕였다. 그것은 강세창 형사의 치안센터 발령을 취소하는 서류였다.

(煥)

참고도서

일생에 한번은 홍콩을 만나라, 김동운, 21세기북스, 2012
아이 러브 홍콩, 신서희, 랜덤하우스, 2009

2016년 처음으로 조영주 작가님의 작품을 읽었다. 『붉은 소파』였다. 무슨 상을 받은 작품이라고 했다. 한창 장르 소설에 맛을 들여가고 있을 때여서 문학상을 받은 작품은 당연히 재미가 없겠거니 하고 무시하기도 했던 때였다. 그럼에도 내가 그 책을 읽었던 것은 표지 때문이었다. 그렇게 조영주 작가님의 책과 처음 인연을 맺었다.

한 사람이 죽었다. 한 번도 만나지 못했지만, 글로써 안부를 나누었고 문자를 주고받았고 좋아하는 책을 선물해주기도 하는 등 관계는 지속되었던 사이였다. 그 하나의 죽음은 나와 작가님을 연결해주는 또 하나의 기억으로 남았다. 잊지 말자는 약속으로 남았다.

『절대적인 행복의 시간, 3분』은 읽자마자 표지가 떠올랐던 글이었다. 할로윈데이 in 홍콩. 그 분위기를 그대로 살리고 싶었다. 이야기의 처음에 명주가 자신의 배트맨을 찾기 위해 여러 배트맨을 잔뜩 모아놨듯이 여기저기 배트맨이 가득한 표지를 만들고 싶었다. 내가 좋아했던 장국영을 찾아 홍콩으로 떠났듯이 명주는 딱 한 번 만났던 배트맨을 찾아서 매년 홍콩을 찾는다. 그녀의 소망은 이루어질까.

작가는 단순히 누가 어떻게 죽었고 누가 누구를 죽였고 무슨 이유로 죽였다는 그런 플롯에만 국한시키지 않았다. 거기서 더 발전해서 인간이라면 누구나 한 번쯤 생각해볼 법한 철학적인 의문을 남겼다. 당신에게 있어서 가장 행복한 3분은 언제인가?

10월 31일, 할로윈데이에 계약하고 할로윈데이를 배경으로 해서 이야기가 전개되고 계약 이듬해 할로윈데이에 발행하는 이 책의 초안은 약 십여 년 전 몽실북스 대표님과 조영주 작가님이 아직은 작가가 아니고, 출판사 대표가 아니던, 그저 개인적 인연으로 소통하던 시절에 쓰고, 두 분 다 작가와 출판사 대표라는 새로운 직군으로 만나 그 의리로 출간되는 여러모로 특별한 책이다.

조영주 작가가 살아온 생활이 많이 녹아있는 이 책을 만나시는 여러분들에게도 특별한 책으로 남길 바란다.

해피 할로윈.
당신에게도 행복한 3분이 주어지길.

절대적인 행복의 시간, 3분

1판 1쇄 인쇄 2021년 10월 24일
1판 1쇄 발행 2021년 10월 31일

지은이 · 조영주
발행인 · 주연지

편집인 · 석창진 **편집** · 박영심
디자인 · 김지영 **일러스트** · 백진연 이찬영
마케팅 · 허은정 최동완

펴낸곳 · 몽실북스 **출판등록** · 2015년 5월 20일(제2015 - 000025호)
주소 · 서울 관악구 난향7길52
전화 · 02-592-8969 **팩스** · 02-6008-8970
이메일 · mongsilbooks@naver.com
네이버 포스트 · post.naver.com/mongsilbooks_kr
인스타그램 · instagram.com/mongsilbooks

ISBN 979-11-89178-50-5 (03810)

몽실북스에서는 작가님들의 원고를 기다리고 있습니다. 자신만의 이야기를 책으로 만들고 싶다 하시면 언제든지 mongsilbooks@naver.com으로 연락처와 함께 기획안을 보내주세요. 몽실몽실하게 기대하며 기다리겠습니다.